KB020365

시니어 신무협 장편소설

ORIENTAL FANTASY STORY & ADVENTURE

일보신권

1

一步神拳

dream books

드림북스

일보신권 *1*

소림도 망하게 할 팔자

초판 1쇄 발행 / 2009년 8월 3일
초판 2쇄 발행 / 2010년 12월 13일

지은이 / 시니어

발행인 / 오영배
편집장 / 허경란
편집 / 신동철, 문보람, 오미정
본문 디자인 / 신경선
펴낸 곳 / (주)삼양출판사 · 드림북스

주소 / 서울특별시 강북구 송천동 322-10호
대표 전화 / 02-980-2112 팩스 / 02-983-0660
편집부 전화 / 02-980-2116 팩스 / 02-983-8201
블로그 / blog.naver.com/dreambookss

등록번호 / 제9-00046호
등록일자 / 1999년 3월 11일

값 8,000원

ISBN 978-89-542-3282-1 04810
ISBN 978-89-542-3281-4 (세트)

* 지은이와 협의하에 인지는 생략합니다.
* 잘못된 책은 구입한 곳에서 바꾸어 드립니다.

시니어 신무협 장편소설

ORIENTAL FANTASY STORY & ADVENTURE

일보신권 1

一步神拳

소림도 망하게 할 팔자

dream books 드림북스

一步神拳

일보신권

목차

서(序)

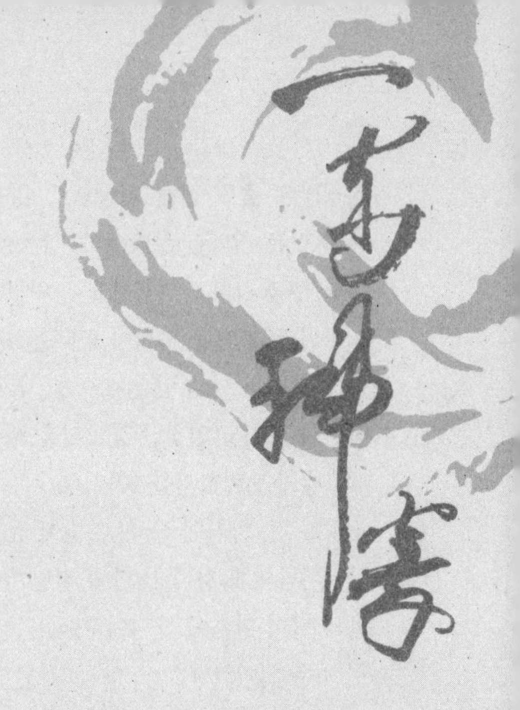

김이 피어오르는 찻잔을 사이에 두고 흰 수염을 기른 노승과 비단옷을 입은 중년의 남자가 마주앉아 있었다.

"금오 스님께서 여기까지 어인 일이십니까?"

"나무아미타불, 내 장 시주께 긴히 드릴 말씀이 있어 왔소이다."

"뭐든지 말씀해 보십시오. 부처님의 은덕으로 내 그토록 바라마지 않던 아들을 얻었으니, 혜원사에 큰 시주를 하도록 하겠습니다."

중년의 남자는 싱글벙글이었다.

그의 이름은 장도윤으로 산서성의 운성방(運城幇) 방주였다.

운성방은 중원 십대 상방으로 유명한 산서성의 진상(晉商)에 속해 있는 커다란 상방이다. 남들이 부러워할 만한 상방과 커다란 부를 지니고 있음에도 그의 고민은 늘 하나였다.

그의 뒤를 이을 자식이 없다는 것이었다.

아내인 손 씨 부인은 아이를 가지기 위해 매년 절을 다니며 불공을 드리고 엄청난 공양미를 시주했다.

그렇게 노력하기를 10년.

며칠 전, 마침내 손 씨 부인이 건강한 사내아이를 출산했다.

부처님의 덕인지 10년에 걸친 부부의 노력 때문인지, 장도윤의 나이 마흔에 드디어 자식을 보게 되었으니 더할 나위 없이 기쁜 일이었다.

금오는 웃음이 떠나지 않는 장도윤을 보면서 옅은 한숨을 쉬었다.

"나무아미타불, 장 시주께서 그간 해오신 것만으로도 충분하거늘 무엇을 더 바라고 왔겠소이까."

"그리 말씀하시면 제가 더 섭섭하지요. 제 마음 같아서야……."

"장 시주."

금오가 장도윤의 말을 끊었다. 10년을 알아왔지만 이런 경우는 없었다.

금오는 진지하게 말했다.

"소승이 자그마한 재주가 있어 다른 이의 사주를 볼 줄 안다오."

"알고 있습니다. 그렇다면 혹시……?"

장도윤이 반색하자 금오는 조심스럽게 고개를 끄덕였다.

"내 장 시주와 10년을 알았는데 어찌 이 같은 경사를 보고 그냥 지나칠 수 있겠소. 해서 이번에 태어난 아이의 사주를 잠시 보았다오."

말투가 불안했다.

"아이에게 좋지 않은 일이 생기겠습니까?"

"꼭…… 그렇지는 않다오."

애매한 대답이었다.

"그럼 집안에 우환이 생기겠습니까?"

"그러니까 그게……."

장도윤은 가슴을 쳤다.

"속 시원히 말씀을 해보십시오. 제가 스님의 말씀을 듣다가 답답해서 속병이 나면 그게 바로 우환이 아니겠습니까."

"나무아미타불. 나도 참으로 뭐라고 말해야 할지 모르겠소이다."

"혹여 가업이 풍비박산난다거나 아이가 요절한다고 해도 놀라지 않을 테니, 말씀을 해주십시오."

금오는 정곡이라도 찔린 듯 깜짝 놀란 표정이었다.

금오의 표정을 본 장도윤은 심장이 덜컥 내려앉았다.

"가업이 풍비박산나거나 아이가 요절하는 팔자랍니까?"

"험험, 아이의 명이 굵고 길 터이니 요절하진 않을 것이오."

"휴우, 다행이군요."

그러나 생각해 보니 다행이 아니다. 둘을 물었는데 하나만 아니라고 대답했으니.

장도윤은 너무 놀라 무례함도 잊고 탁자를 치며 일어섰다.

"그럼 집안이 망합니까!"

"신약사주에 갑목 정관의 사주가 첩신으로 작용하니 기신에 농토가 갈라지는 형국이 된다오."

금오는 말을 하면서도 장도윤에게 못내 미안하다는 표정이었다.

"그러니까 그게 무슨 말씀이신지요? 대사님! 저 이러다가 답답해 죽습니다!"

장도윤은 속이 탔다.

"험험, 그러니까 쉽게 말하자면 재물은 들어오나 밑 빠진 독에 물붓기가 된다는 뜻이라오. 독의 구멍이 들어오는 재물보다 더 크니 재물이 마르는 것은 당연지사가 되오."

"독의 구멍이라니요?"

"의도하지 않아도 재물이 헤프게 나가니 이것이 독의 구멍이요, 쓰는 만큼 돌아오는 것도 많으니 이것이 들어오는 재물이라오."

장도윤 같은 상인에게 그것은 청천벽력과도 같은 말이었다.

"그, 그러니까 아이가 집안을 말아먹을 팔자를 타고 났다는……, 그런 말씀이십니까?"

금오가 고개를 끄덕이며 불호를 외웠다.

"나무아미타불."

장도윤은 기운이 빠져 멍한 얼굴로 털썩 주저앉았다.

"하늘도 무심하시지, 어떻게 얻은 아들인데……. 그 아들이 집안을 말아먹을 팔자라니."

차라리 평범한 팔자라 하였다면 이렇게까지 실망하지는 않았을 터였다. 기운을 잃은 장도윤의 눈에 눈물이 들어찼다.

금오는 장도윤이 심병을 얻을까 급히 말했다.

"방법이 아주 없는 것은 아니요. 사실 그 이야기를 하기 위해서 내가 장 시주를 만나러 온 거라오."

"방법이요?"

다 죽어가던 장도윤의 눈에 생기가 맴돌았다.

"덕이 높은 고승에게 아이를 맡겨 검소한 생활을 몸에 익히도록 한다면, 독의 구멍을 어느 정도는 막을 수 있을 것이오."

"예?"

장도윤은 갑작스런 말에 당황하여 어쩔 줄 몰라 했다.

"대, 대사님. 제가 마흔이 넘어 얻은 금지옥엽 외동아들입니다. 중이 된다면 대가 끊깁니다."

"허허."

금오는 장도윤의 걱정을 날려 버리기라도 하듯 웃었다.

"설마하니 소승이 장 시주의 외동아들을 중이 되라 권하러 왔겠소이까? 걱정할 것 없소. 아이의 성정이 굳어지는 18세까지만 잘 가르친다면 그 후에는 문제가 없을 것이오."

장도윤의 표정이 조금이나마 환해졌다.

"그럼 중이 되지 않아도 되는군요!"

"그렇소이다. 허허. 중이 중 되기를 만류하니, 이것 참 역설적인 일이구려."

장도윤은 머쓱하게 머리를 긁었다.

"하하."

"마침 소승이 아이를 맡길 만한 곳을 알고 있으니 때가 되면 아이를 데리러 오겠소이다."

"감사합니다. 정말 감사합니다. 대사님이 아니셨다면……."

"제가 무얼 한 게 있겠소이까. 이것이 다 장 시주가 쌓은 공덕을 부처님께서 어여삐 여긴 것이지요."

장도윤이 공손하게 합장을 했다.

"나무아미타불."

금오도 환하게 웃으며 독경을 외기 시작했다.

딱딱딱딱.

목탁 소리와 함께 낭랑한 독경이 접객실 안을 울렸다.

"신심도풍(信心道風)이 도인천(度人天)이니, 덕혜만행(德慧萬行)이 개불연(皆佛緣)이니라. 믿음과 도가 바람이 되어 사람과 하늘을 넘나드니, 덕과 지혜와 만 가지 행동이 모두 부처님의 연이니라. 나무아미타불."

장도윤이 따라 합장하며 다시 불호를 외웠다.

"나무아미타불."

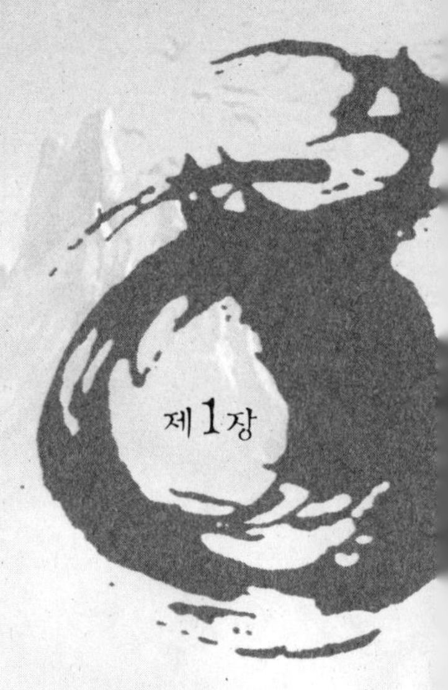

제1장

고난의 시작

"으아앙! 난 가기 싫어요!"

"건아!"

"엄마!"

눈물어린 이별이었다.

장건은 하인의 손에 잡혀 끌려가고 있었다.

귀하다는 비단 옷이 온통 뜯기고 찢어졌다. 어린 마음에 부모와 헤어지는 것이 싫어 마구 발버둥을 쳤으나 어른의 힘을 당해낼 수는 없었다.

"으아아앙!"

손 씨 부인은 장건에게 달려가려 했으나 장도윤이 막아섰다.

"참으시오, 부인. 이미 얘기했던 바가 아니오."

"싫습니다. 안 됩니다. 저 어린 것을 어찌 어미의 곁에서 떼어놓을 수 있단 말입니까!"

"이것이 다 우리 아이를 위해서요."

손 씨 부인은 눈물 가득한 눈으로 장도윤을 노려보았다.

"솔직히 말씀하시지요. 아이를 위해서가 아니라 집안을 위해서가 아닙니까!"

"집안을 위해서라고 해도 마찬가지요. 집안이 망하게 되면 건이라고 무사할 수 있을 것 같소?"

"다 필요 없습니다. 다 필요 없어요! 건이를 데려가지 말아요. 여보, 제발요!"

"어허. 이 사람이……."

가슴이 찢어지기는 장도윤도 마찬가지였다.

장건의 나이 이제 갓 8살.

눈에 넣어도 아프지 않을 어린 아들과 10년이나 생이별을 해야 하니 세상의 어떤 부모라도 힘들 것이 분명하건만, 장도윤은 애써 침착함을 유지했다.

"다른 사람도 아니고 소림의 굉목 선사께서 친히 건이를 돌보아 주시기로 하지 않았소."

손 씨 부인은 나이도 잊고 엉엉 울었다.

"저도 다 알아보았습니다. 굉목 선사는 덕이 높은 승려지만 성정이 괴팍해 다들 꺼린다고 합니다. 흑흑. 우리 불쌍한 건이……. 이제 어쩝니까.”

“허! 그런 말은 함부로 입에 내는 것이 아니오. 덕이 높으니 일반인들이 그분을 이해할 수 없는 것 아니겠소.”

“모릅니다. 소첩은 그런 건 모릅니다. 그냥 우리 건이를 제게서 빼앗지만 말아 주세요!”

“누가 건이를 빼앗아간단 말이오. 10년만 기다리면 되오. 더도 말고 덜도 말고 딱 10년이란 말이오.”

장도윤은 답답했다.

길게 한숨을 내쉰 그는 건이를 잡고 있는 하인을 보며 고개를 끄덕였다.

“어서 데려가게.”

“예.”

하인은 대기하고 있던 마차로 장건을 끌고 갔다.

“건아! 건아!”

“엄마! 엄마!”

장도윤과 손 씨 부인의 독자 장건은 그렇게 부모와 생이별을 했다.

이를 지켜보고 있던 주름진 금오의 눈에도 눈물이 축축하게 배어들었다.

“나무아미타불.”

*　　*　　*

장건은 자신이 버려진 고양이 같았다.

떠나오기 얼마 전부터 아버지는 잠시 떨어져 지내야 한다고 그 이유를 몇 번이나 설명했다.

팔자가 사나워 덕이 높은 고승의 곁에 있어야 가문이 망하지 않는다는 것이다. 가문이 망하면 어미도 죽고, 아비도 죽고, 심지어는 매일 맛난 간식을 챙겨주던 하녀 화란이도 죽는단다.

8살 어린아이에게는 청천벽력 같은 소리였다.

머리로는 이해했지만 심정적으로는 이해할 수 없었다.

그래서 마차를 타고 오는 내내 울고 불며 발버둥을 쳤다. 울고 또 울다 지쳐서 몇 번이고 쓰러져 잠이 들어도 쉬지 않고 반항을 했다.

하지만 아무것도 바뀌지 않았다. 아무도 장건에게 이제 그만 돌아가라고 하지 않았다. 마차가 소림사의 앞에서 멈추는 순간, 장건은 거짓말처럼 울음을 그쳤다.

더 이상의 반항은 무의미할 뿐이었다.

이제 현실을 받아들여야 했다.

눈앞에 있는 깡마른 노승과 앞으로 10년 동안은 함께 지내야 한다는 현실을.

장건은 채 눈물이 가시지 않은 똘망거리는 눈으로 노승을 빤히 쳐다보았다.

'무섭게 생겼다.'

8살 장건의 눈에는 남들이 이름만 들어도 고개부터 숙이고 본다는 소림의 굉목이 무시무시한 괴물처럼 보였다.

나이 예순이 다 된 굉목은 나이에 비해 젊어 보였다. 주름살도 그리 많지 않고 수염도 기르지 않았다. 하지만 그 때문인지 오히려 바늘로 찔러도 피 한 방울 나오지 않을 것 같은 강팍한 인상이었다.

굉목도 아무 말 없이 무표정하게 장건을 보고 있었다. 천진난만하게 바라보는 아이를 보면 귀여워라도 하든지, 건방지다고 하든지 뭐라고 말이라도 해야 할 텐데 아무런 말도 하지 않았다.

인사치레랍시고 이름조차도 묻지 않았다.

다행히도 장건은 나이에 비해 눈치가 빠른 편이었다.

영악하다고 해야 할까?

장도윤과 손 씨 부인이 그렇게 오냐오냐 하며 키웠음에도 상인의 핏줄을 이은 탓인지 분위기에 금방 적응했다.

'괜히 말을 걸면 화낼지도 모르겠다.'

장건은 굉목을 그만 보고 주위를 두리번거렸다.

'내가 뭔가 할 게 없을까?'

주변은 온통 산과 봉우리, 그리고 바로 머리 위에 떠 있는 듯한 구름뿐이었다. 숭산의 수많은 봉우리 중 하나인 이곳의 암자는 작고 단출했다.

방 한 칸에 부엌도 딸려 있지 않고 마당도 좁았다. 뒤편에 작은 텃밭이 있을 뿐이었다.

장건은 갑자기 마당 한 편으로 가더니 마당비를 들었다.

그리곤 낙엽과 풀이 가득 쌓인 마당을 쓸기 시작했다.

사악 사악.

무표정하던 굉목의 눈이 살짝 이채를 발했다.

그가 처음으로 입을 열었다.

"마당을 뭐하러 쓰느냐?"

이름을 물은 것도 아니고 다짜고짜 한 말이 왜 마당을 쓰느냐는 말이었다.

장건은 아무렇지 않게 대답했다.

"낙엽이 쌓여 있잖아요."

"어차피 또 쌓일 텐데?"

"그럼 또 쓸어야죠. 우리 집에서는 하인들이 다 했지만."

"이상한 놈이로구나. 어차피 쌓일 낙엽을 뭐하러 쓸어."

장건은 비질을 멈추고 굉목을 쳐다보았다.

굉목이 코웃음을 쳤다.

"흥. 그렇게 해서라도 내게 잘 보이고 싶다는 것이겠지?"

"……."

"내게 잘 보여서 무공이라도 한 자락 얻고 싶은 것이냐?"

"그건 아닌데요."

"누가 상인의 자식이 아니랄까봐. 관두어라. 아무리 그래도 난 네 녀석에게 소림의 무공을 가르칠 생각이 없다."

"저 무공 배우러 온 거 아닌데요."

"이놈 봐라?"

굉목의 눈썹이 꿈틀거렸다.

하지만 아무 말도 하지 않았다.

장건은 잠시 굉목을 보다가 다시 비질을 시작했다.

"무공을 배우고 싶다면 차라리 삭발하고 정식으로 입적하는 게 빠를 것이다."

굉목은 인상을 찡그렸다.

사람들과 부대끼는 게 싫어 제자도 받아들이지 않고 산속에서 홀로 지내는 굉목이었다. 귀찮다고, 가르쳐 줄 만한 무공실력이 안 된다고 제자도 받아들이지 않았다.

그것이 벌써 30년은 더 되었다. 굉목의 고집에 이젠 소림에서도 포기하고 마음대로 하라며 방치해 둔 상태다.

그런데 이제 와서 방장 사형이 왜 이런 아이를 10년이나 자신과 함께 살라고 했는지 이유를 알 수가 없었다.

"나이가 들면 외로움이 심한 법일세. 보살펴 줄 사람도 없고 적적할 터이니, 소동이라도 데려다 함께 살아보면 어떻겠나."

방장 사형이 한 말이라고는 고작 그것뿐이었다. 몇 번 거부도 해보았지만 방장의 말이니 결국은 따를 수밖에 없었다.

대충 알아보니 방장 사형이 말한 소동은 유명한 상인의 자식이었다. 하지만 정식으로 입문한 아이도 아니고 속가제자도 아니었다.

'하긴 속가제자를 뽑을 시기는 이미 지났지.'

소림의 속가제자가 되고 싶다는 자는 줄을 섰다. 정해진 시기에 받아들인다 해도 5년 이상은 기다려야 할 정도다.

광목으로서는 그저 막대한 기부금과 함께 청탁을 받아놓긴 했는데 속가로도 받아들일 수가 없으니, 에라 모르겠다 하고 자신에게 떠맡긴 게 아닌가 싶었다. 소림에서 제일 한가한, 실질적으로 아무것도 하지 않는 자신에게 귀찮은 일거리를 준 게 아닌가 추측할 따름이다.

"에잉……. 소림도 예전 같지 않구나. 밥값을 하라고 야박하게 등을 떠밀다니."

광목으로서는 이유도 모른 채 어거지로 맡은 아이가 그다지 좋게 보이지 않았다. 하루빨리 아이를 내려 보내고 혼자서 편히 살고 싶은 심정이었다.

"이상한 꼬마 놈아, 백날 마당을 쓸어봐라. 아까운 비만 닳지, 내 너를 어여삐 여길 것 같으냐?"

투덜거리듯 한 광목의 말에 장건은 누가 이상한 건지 모르겠다는 투로 광목을 보았다.

쓸라고 있는 비가 쓸어서 닳는다니 이상한 얘기다.
장건이 되물었다.
"쓸지도 않을 거면 왜 빗자루는 가져다 놓으셨나요?"
장건이 외려 탓하듯이 묻자 굉목의 눈썹이 치켜올라갔다.
'어쭈?'
장건도 지지 않고 굉목을 마주 보았다.
"오호라, 네 녀석이 지금 나에게 시비를 거는 것이렷다?"
장건은 말을 돌렸다.
"그럼 다른 일을 할게요."
"하지 마라."
"해야 돼요."
"거 답답한 꼬마 놈이로구나. 나한테 잘 보일 필요가 없다고 하지 않았더냐."
장건은 마당비를 원래 있던 곳에 가져다 놓고는 말했다.
"저도 하고 싶지 않아요. 하지만 전 10년 동안 이곳에 있어야 하고, 싫으나 좋으나 노사를 뵈어야 하니 잘 보여야 할 수밖에요."
말로만 하자면 굉목이 한수 접어야 할 지경이었다.
그러나 남들이 괴팍해서 싫어한다는 데에는 다 이유가 있는 것이다.
"너도 내가 싫고 나도 네가 싫으니 마침 잘 되었구나. 네 녀석은 무공을 배우러 오지 않았다고 하지만 네 녀석의 부모는 그렇게 생각하지 않을 것이다. 무공 몇 수 가르쳐 줄 테니 내 일이라도 집에 가 버리거라."

또박또박 말대답을 하던 장건이 갑자기 꿀 먹은 벙어리가 되었다. 장건의 눈시울이 붉어지며 닭똥 같은 눈물이 뚝뚝 흘러내렸다.

굉목은 잠시 당황했다.

사실 그라고 어린 장건이 좋아서 자신에게 왔을 리는 없다고 생각했다. 따지고 보자면 억지로 소림과 연을 맺으려는 부모의 욕심 탓이지, 아이의 탓은 아니지 않은가.

"험! 나는 고추달린 사내놈이 우는 건 더 싫다."

장건은 화려한 비단 소매로 눈물을 닦았다.

"저는……, 팔자가 사나워서 덕이 높은 스님과 함께 10년을 있어야 한댔어요. 안 그러면 다 죽는대요. 그래서 쫓겨나도 집으로 돌아갈 수가 없어요."

장건이 울먹이며 말했다.

굉목은 다시 당황했다.

"허!"

굉목은 갑자기 장건의 부모가 괘씸해졌다.

'어린 자식을 속여서라도 소림과 연을 맺고 싶은 것인가?'

이런 사실을 알고도 아이를 받아준 소림, 방장 사형은 더 괘씸했다.

'이왕 아이를 받아줄 거면 방장의 특권을 써서라도 속가로

받아줄 것이지. 왜 나한테 맡겼단 말인고.'

그렇대도 귀찮은 건 귀찮은 일이었다.

"에잉! 알았으니까 일단 방으로 들어가서 그 옷이나 좀 갈아입거라. 아까부터 눈에 거슬려서 참을 수가 없구나."

장건은 훌쩍거리며 자신의 옷을 살폈다. 집에서 나올 때 찢어졌던 옷이 아니라 새로 갈아입은 옷이었다.

나름대로 소림의 고승을 만나러 가기 위해 손 씨 부인이 준비한 예쁜 비단옷이다.

"제 옷이 어디가 어때서요?"

"앞으로 나와 있으려면 그런 옷은 입을 수 없다. 겉보기에만 화려한 사람은 속물밖에 안 된다."

"다른 옷도 다 이런데요? 일부러 엄마가 수수한 옷으로 골라준 거예요."

손 씨 부인이 챙겨준 보따리에는 비슷한 옷들만 들어 있었다. 만지면 손이 미끄러질 듯한 최상품의 비단옷가지였다.

일부러 수수한 옷을 골랐다지만 그렇대도 일반사람은 엄두도 못 낼 만큼 비싸고 화려하다.

굉목은 보따리 안을 살펴보더니 눈살을 찌푸렸다. 금실, 은실로 자수가 수놓아진 형형색색의 비단옷이 잔뜩 들어 있었다.

"이게 수수하다?"

"예."

"네 녀석의 사치에 내 눈이 멀고 오장육부가 뒤집어져 토악

질이 나려고 하는구나. 아무도 찾지 않는 산속에서 이런 화려한 옷이 왜 필요하단 말이냐."

장건은 굉목이 보따리를 던져 버릴까봐 겁이 났다.

"버리시면 안 돼요. 제 옷은 그게 전부예요."

하지만 굉목은 어이가 없다는 듯이 장건을 보고 말했다.

"이 아까운 걸 왜 버린단 말이냐? 나중에 네가 여기서 나가게 될 때 가져가거라. 치수가 안 맞을 테니 뜯어서 다시 해 입으면 되지 않겠느냐."

"그냥 다시 사면 되잖아요. 뭐하러 고쳐 입나요?"

"사치하는 놈 치고 잘되는 놈 못 봤다. 차라리 새로 살 돈을 아껴서 가난한 민초들이나 돕는 게 낫지 않겠느냐?"

"옷도 새로 사고 가난한 사람도 도우면 되죠."

장건은 당연하다는 듯 대답했다.

"이놈 보게?"

굉목은 심기가 매우 불편했다.

그러나 장건은 오히려 굉목을 이상하다는 눈빛으로 쳐다보았다. 그것만 봐도 정말로 귀하게 자란 집 자식이라는 걸 알 수 있었다.

딱 세상물정 모르는 부잣집 도련님이다.

"아무래도 안 되겠구나. 무공은 몰라도 네놈의 그 썩어빠진 정신만은 내 고쳐놓아야겠다. 도대체가 요즘같이 어려운 시절에 물건 귀한 줄 몰라. 쯧."

굉목이 앞장서서 방 안으로 들어갔다.

"따라오너라."

"힝."

장건은 울상을 지었다.

굉목은 검소와 절약이 몸에 밴 사람이었다. 오히려 도가 지나쳐서 다른 사람들이 불편해할 정도였다.

그 때문에 사람들과 쉽게 어울릴 수가 없었던 것이다. 굉목 역시 불편하다보니 사람들 틈에 어울려 사는 게 싫기는 마찬가지였다.

굉목으로서는 자신의 지나칠 만큼 검소한 평소 생활습관이나 행동 때문에 장건을 맡게 된 거라는 걸 알 수 없었다.

그에겐 이런 생활이 너무나 당연한 일이었다.

결국 장건은 부드러운 비단 옷 대신 먹물로 색을 입힌 회색의 꺼끌꺼끌한 무명 승복으로 갈아입어야 했다. 굉목이 입던 것을 어거지로 입어 제대로 몸에 맞지도 않았다.

"으으으."

장건은 온몸이 따끔거리고 간지러워 미칠 것 같았다. 움직일 때마다 옷이 피부를 자극했다.

매일 부드러운 옷을 입다가 갑자기 거친 옷을 입으니 적응이 안 된다.

그런 모습을 보며 굉목이 고개를 끄덕끄덕거렸다.

"이제야 좀 눈이 편하구나. 원래 20년을 입을 수 있는 옷인데 내가 10년을 입었으니, 네가 10년을 더 입으면 되겠구나."

물론 10년이나 같이 지내고 싶은 생각은 없었다.

"예에?"

장건은 울상을 지으며 굉목을 바라보았다.

아무리 어리더라도 무명옷이 얼마나 약한지는 잘 안다. 무명옷은 쉽게 헤지고 찢어져서 빨래도 조심스럽게 해야 한다.

장건의 집이야 워낙 부유하다보니 하인들도 깨끗한 새 옷을 입고 다녔지만 다른 집 하인을 보면 여기저기 기운 자국이 가득한 옷을 입었다.

그런데 10년을 입었다는 무명 가사에 기운 자국조차 하나 없다. 소매나 밑단이 조금 낡았을 뿐이다.

'어떻게 하면 이런 옷을 10년이나 멀쩡하게 입을 수 있지?'

장건은 새로운 세상에 온 기분이었다. 굉목의 인상을 보니 장난을 치는 것 같지도 않았던 것이다.

* * *

작은 밥상에 달랑 그릇 네 개가 놓여 있었다.

두 개의 그릇에는 밥이 있고 다른 하나에는 뭔지도 모를 푸성귀가 조리도 되지 않은 채 생으로 있었다. 남은 하나의 그릇에는 물이 담겨 있었다.

장건으로서는 매일 진수성찬만 대하다가 이런 밥상을 보니 비루해 보였다. 호기심이 많은 나이라 조금 신기해 보이기도 했다.

"이게 뭐예요?"

"밥이다."

"이건 밥이 아닌데요?"

장건이 밥그릇을 들어 보라는 듯 내밀었다. 그릇에는 익힌 쌀이 아니라 생쌀과 잡곡 몇 가지가 섞여 있었다. 그나마도 고작 한줌이나 될까 말까 한 양이었다.

굉목은 무뚝뚝하게 대답했다.

"원래 절간에서는 화기(火氣)를 쓰지 않는 법이다."

보통은 그렇게 얘기하면 대부분 '그렇군요' 하고 억지로라도 수긍하기 마련이다.

하지만 장건은 이상하다는 듯 물었다.

"근데 전에 엄마 따라 혜원사에 갔더니 집에서 먹는 것처럼 찐 밥을 주던데요?"

굉목의 눈가가 일그러졌다.

"화기가 닿은 음식을 먹으면 사람의 성정도 불같이 변하기 마련이다. 늘 경건한 마음으로 참선에 임해야 할 중이 버럭버럭 성질이나 내면 무슨 수행이 되겠느냐."

실제로 소림사를 비롯해 다른 절에서도 화기를 전혀 쓰지 않는 것은 아니었지만 굉목의 말 또한 틀리지는 않은 것이었다.

원론적인 이야기로 가자면 굉목의 말이 오히려 맞다고 맞장구를 쳐야 할 판이다. 그러나 그의 말은 오히려 장건의 호기심만 증폭시킬 뿐이었다.

장건은 똘망거리는 눈을 들어 굉목을 보았다.

"노사님은 매일 이런 밥을 드시는데 왜 이렇게 화를 잘 내세요?"

"뭐라? 내가 언제 네게 화를 냈느냐."

"이놈저놈하면서 욕하셨잖아요. 제가 미우니까 일부러 이런 먹지도 못할 걸 주시는 거죠?"

굉목은 말문이 막혔다. 몇십 년간 자신에게 이렇게 대놓고 대드는 이를 본 적이 없었다. 소림 방장과 배분이 같으니 대하기도 어렵지만 워낙 성격이 까탈스럽기 때문이다.

'이놈이 나를 놀리는 겐가?'

고의적으로 자신의 비위를 긁는 건가 싶었더니 눈망울이 너무도 천진하다. 장건의 입장에서는 정말로 궁금해 물은 것이다.

장건이 나이에 비해 눈치가 빠르다지만, 아직 타인의 기분을 배려하는 것과 자신의 호기심을 충족시키는 것의 우선순위를 구별하는 건 어렵다.

'나이에 비해 생각이 있다 싶었더니 아직은 어린아이라는 건가.'

굉목은 '끙' 소리를 내며 말했다.

"굳이 화기를 이용하지 않아도 충분히 먹을 수 있는데 뭐하러 불을 쓰겠느냐. 땔감 하나라도 아껴서 검소하게 살아야 하느니."

그것이 굉목의 솔직한 생각이었다.

장건은 처음 보는 류의 사람을 만나니 호기심이 무럭무럭 일어났다.

"땔감은 산에 널려 있잖아요. 귀찮으시면 제가 주워올게요. 사람이 어떻게 익히지도 않은 생쌀이랑 풀을 먹고 사나요."

그래도 들은 게 있어서 장건은 말을 덧붙였다.

"절에서는 산 것을 해치면 안 되니까 땅에 떨어진 것만 가져 올게요. 그럼 되죠?"

"이놈이?"

굉목은 생에 최대의 난적을 만난 기분이었다.

어른이 알아들을 수 있는 얘기를 해서는 통하지 않는 것이다.

굉목은 자기도 모르게 자신의 생각을 풀어놓았다.

"땅에 떨어져 있다 해서 그것이 버리는 것이더냐? 시간이 지나면 썩어서 거름이 되고 풀과 나무를 더 잘 자라게 하는 것이다."

"아!"

장건은 뭔가 깨달았다는 듯이 손뼉을 쳤다.

"그러니까 풀이랑 나무가 먹을 걸 제가 뺏으면 안 된다는 얘기죠?"

이상한 해석으로 수긍하는 장건이었다.

장건은 몇 번이나 접어올린 승복의 소매를 들어 보였다.

"그리고 풀숲을 자꾸 돌아다니면 옷이 상할 테니 10년을 입을 수도 없겠네요."

굉목은 떨떠름했다.

'어째 내가 저 꼬마 놈에게 당하는 기분이로구나.'

어쩐지 어린아이에게 지는 것 같아서 굉목은 근엄한 표정을 짓고 말했다.

"알아들었으면 먹어라. 앞으로는 이렇게 하루에 두 끼를 먹을 것이다."

"네?"

장건은 볼을 부풀리고 뿌루퉁한 얼굴을 했다.

"왜 그러느냐? 중원 천지에는 이나마도 먹지 못해 굶는 이들이 있다. 먹을 것이 있다는 것만으로도 감사해야 하느니라."

"그건 저도 알아요. 저희 집도 두 끼를 먹었어요. 아빠가……, 아니, 아버지께서 상인 중에서도 우리 진상은 검소와 절약이 미덕이니까 하루에 두 끼만 먹자 하셨거든요."

"훌륭하신 분이구나."

일반 민초나 절에서는 하루 두 끼를 먹는다. 그러나 사람이 두 끼로 버틸 수가 없으니 낮에는 간단히 허기를 면하는 정도로 먹는다.

그래서 낮에 새참처럼 먹는 것을 점심(點心)이라고 한다. 점심은 원래 끼니를 일컫는 말이 아니다.

하지만 부자들은 세 끼, 네 끼를 먹는 게 기본이다. 끼니를 많이 챙긴다는 것은 그만큼 부유하다는 증거였다.
집안이 상당한 부를 가졌음에도 하루 두 끼만 먹는다는 말에 굉목은 장건의 아비를 다시 보아야 할지도 모르겠다고 생각했다. 그것도 천하 십대 상단이라는 진상임에도 말이다.
그런 생각도 잠시.
"그래서 저희는 점심에 딤섬이랑 춘권 같은 걸 먹었어요. 저는 특히 딤섬에 상어지느러미가 들어간 걸 좋아했구요."
굉목의 얼굴이 슬슬 찡그려지기 시작했다.
평생 산에서 간소하게 살아온 그에게 오히려 장건은 다른 세상에서 살다온 사람이다. 사치스러운 얘기를 듣고 있자니 심기가 불편하고 솜털이 곤두서는 느낌이다.
"밥상 앞에서 긴말 하는 게 아니다. 먹기 싫다면 관두거라."
굉목은 콧김을 내뿜으며 그릇을 들었다. 젓가락으로 그릇 안의 날곡식을 조금씩 집어 입에 털어 넣었다.
꼬르륵.
장건의 배에서 신호가 울렸다.
아침부터 험한 산을 반나절도 넘게 올랐으니 배가 고플 만하다.
"먹을게요."
장건은 굉목이 하는 대로 따라 그릇을 들고 먹었다.
아작아작.
다행히도 물에 불려놓아 씹는 것은 문제가 없었다.

시장이 반찬이라고 배가 고프다 보니 나름대로 먹을 만했다. 평소 느껴보지 못한 신선한 맛들이 장건의 입 안을 굴러다녔다. 얼마 되지 않는 양이라 장건은 순식간에 밥을 먹어 치웠다. 억세고 날비린내가 나는 풀도 몇 개 집어 먹었다.

"냠."

집에서 먹는 것의 반의 반도 안 되는 양이라 뭔가 아쉬웠다.

"배가 고파요. 더 먹으면 안 돼요?"

젓가락을 쪽쪽 빨고 있는 장건을 보고 굉목이 말했다.

"배가 부르면 게을러지기 마련이다. 수행에 있어 게으름은 죄악이니라."

"예."

그러면서도 '달달한 당과라도 먹었으면 좋겠다' 고 중얼거리는 장건이었다.

그 말을 들은 척 만 척 굉목은 장건의 그릇을 보며 눈을 찌푸렸다.

"음식을 남기는 것도 죄악이다. 배가 고프다더니 다 거짓말이로구나."

"하지만……."

장건의 그릇에는 붙은 낟알이 몇 개 남아 있었다. 평소 그릇을 깨끗하게 비워본 적이 없어 생긴 버릇이었다. 집에 있을 때는 그럴 필요도 없이 많은 음식이 나왔었다.

"이렇게 하면 낟알 하나도 흘리지 않고 먹을 수 있고, 나중에 설거지를 할 필요도 없으며 물을 따로 마실 필요도 없으니 일석삼조다."

광목은 나물 한줄기를 남겨두었다가 밥그릇에 물을 따르더니 그것으로 밥그릇을 삭삭 닦아먹었다. 나중에는 밥그릇의 물을 다 마셨다.

장건은 쉽사리 광목을 따라할 수 없었다. 장건이 해온 식사 때의 예절이라거나 체면과는 거리가 멀었다. 심지어 어머니를 따라간 절에서조차 이렇게 단출하고 구차한 밥은 먹은 적이 없었다.

'꼭 거지같다.'

장건은 우울했다.

앞으로 이렇게 거지처럼 10년을 살아야 한다고 생각하니 까마득하기만 했다.

벌써부터 화려하게 조리된 기름진 고기가 그리워졌다.

"어허!"

광목의 질타에 장건은 찔끔했다.

울며 겨자 먹기로 장건은 광목을 따라 밥그릇을 깨끗이 비웠다. 그 중에서도 그릇을 씻은 물까지 마셔야 하는 건 정말 고역이었다.

장건은 '억억' 하고 몇 번 헛구역질을 했다.

광목은 별다른 말도 없이 장건이 그릇을 다 비울 때까지 기다렸다가 고개를 끄덕이며 합장을 했다.

장건도 구역질을 하며 굉목을 따라했다.

어쩔 수 없이 10년 동안 해야 하는 일이니 기를 쓰고 버틴 것이다.

'못 먹는 걸 먹는 것도 아니고 배가 좀 고픈 거만 참으면 되잖아.'

스스로 그렇게 위안을 삼는 장건이었다.

그러나 오후가 되자 장건은 그 말을 취소해야 했다.

불에 익히지 않는 생것을 먹는 건 쉬운 일이 아니었다. 곡식을 쪄서 말렸다가 가루로 만들어 물에 갠 벽곡단조차도 일반인이 함부로 먹으면 열 중에 다섯이 탈이 나기 마련인데, 어린 장건이 갑작스레 생식을 하고 버틸 수 있을 리 없었다.

오후부터 속이 부글부글 끓더니 이내 설사를 시작한 것이다. 장건은 밤부터 내리 쏟아내고는 한참이나 자리에서 일어나지 못했다.

그렇게 소림에서의 첫날이 지나갔다.

* * *

장건은 비몽사몽간에 퀭한 눈을 떴다.

얼마나 누워 있었는지 허리가 다 아팠다.

일어나려 했지만 온몸에 기운이 하나도 없고 팔다리가 후들거렸다. 뒷간을 수십 번 오가고 나니 탈진해 죽을 지경이었다.

밖에서 두런두런 들려오는 소리가 아니었다면 아마도 계속 죽은 듯 자고 있었을 것이다.

"방장께서 장건이란 아이에게 죽을 좀 가져다주시라 하였습니다."

"어허, 몇 번 말해야 알아듣겠냐. 어차피 익숙해지지 않으면 버틸 수가 없다. 내가 아이에게 매번 산해진미까지 해다 바치리?"

"사숙님, 산해진미까지는 아니더라도 이 죽만은 받아주십시오. 입적한 아이도 아닌데 처음부터 사숙님처럼 생식을 했다가는 몸이 상합니다."

"흥! 그러게 누가 입적도 하지 않은 아이를 내게 맡기라 했느냐?"

"그러지 마시고 아이를 생각해서라도……."

"아이가 잘못되면 그건 방장 사형의 탓이지, 내 탓은 아니다. 어서 돌아가거라. 아니면 아이를 데려가던가."

"사숙님!"

밖에서 굉목과 다른 누군가가 하는 이야기를 들은 장건은 겁이 덜컥 났다.

'역시 노사는 나를 미워하고 있었어.'

아차 했다가는 제명대로 못 살고 죽을지도 모른다는 생각이 들었다.

'정신만 똑바로 차리면 호랑이에게 물려가도 살아날 길이

있다고 했어.'

정신이 번쩍 들었다.

어떻게든 스스로 버텨나가야 한다고 단단히 마음을 먹었다.

평생도 아니고 10년이다. 10년만 버티면 다시 집으로 돌아가 맛있는 것도 실컷 먹고 편하게 엄마아빠와 살 수 있다.

장건은 고사리 같은 손을 꾹 쥐고 반드시 살아서 돌아갈 거라 몇 번이고 다짐했다. 장건에게 굉목은 단순한 중이 아니라 염라대왕처럼 느껴졌다.

덜컹.

방문 여는 소리가 들리자 장건은 급히 자는 척했다. 눈물이 나올 것 같아서 이를 악물었다. 무서워서 다리가 덜덜 떨렸다.

앉지 않고 서서 장건을 내려다보던 굉목은 '쯧' 하고 혀를 찼다.

마치 장건이 깨어 있다는 걸 아는 듯했다.

"세살 버릇 여든까지 간다. 어린놈이 벌써부터 허영과 낭비에 물들어 있으니 내 버릇을 단단히 고쳐줄 것이다. 싫다면 지금이라도 당장 짐을 싸서 나가거라."

굉목의 말이 꼭 염라대왕이 가시 박힌 몽둥이를 들고 윽박지르는 말 같아서 장건은 오금이 저려왔다.

'엄마…….'

장건은 애타게 속으로 엄마를 불렀다.

그렇게 또 며칠이 흘러갔다.

제 2 장

모자람이나 지나침이나
둘 다 못하다

장건이 마루에 앉아 파란 하늘을 보며 중얼거렸다.

"아, 배고파."

배에서는 연신 꼬르륵 소리가 났다.

이름부터 검소한 분위기가 물씬 풍기는 담백암(淡白庵)에서 보름 동안 장건이 제대로 끼니를 먹은 것은 겨우 열 끼나 될까 말까 했다.

그나마도 처음엔 먹을 때마다 설사를 해서 나중에는 굉목이 밥 먹자는 말만 해도 경기가 올 지경이었다.

볼이 통통해서 귀엽던 장건의 얼굴은 눈에 띄게 핼쑥해져 있었다. 그사이 피부도 푸석푸석해졌다.

며칠 전에는 도저히 참을 수가 없어서 주변 숲을 돌아다니며 산열매를 따먹었다. 배가 터지도록 먹은 것은 겨우 그때 한 번이었다.

당연히 돌아오자마자 굉목에게 크게 혼쭐이 났다.

"얘기도 하지 않고 어딜 함부로 돌아다니는 게냐!"

혼이 나면서도 장건은 조금 고마웠다.

'내가 산짐승에게 물리거나 독이 있는 열매를 먹었을까봐 걱정해 주시나 보다.'

장건의 착각이었다.

"쯧쯧쯧, 소매는 다 쓸리고 앞섶은 울긋불긋한 색이 다 물들었구나."

"에?"

"에, 는 무슨 놈의 에! 옷이 더러워지면 빨래를 해야 되니 옷이 쉬이 헤지고, 빨래를 하면 배가 고프니 밥을 많이 먹어야 되지 않느냐. 게다가 산을 마구 돌아다니다가 실수를 해서 옷이 찢어지면 어떻게 할 것이냐. 신발도 빨리 닳아 버릴 테니 또 새 신을 사야 하지 않느냐."

'그까짓 신발, 아빠한테 말해서 100켤레는 사줄게요!' 하고 외치고 싶었다.

하지만 집안 얘기만 하면 굉목의 기분이 확 나빠지는 걸 아는지라 장건은 그렇게 말하지 못하고 우물거렸다.

"배가 너무 고팠는걸요……."

"매일 끼니를 때우는데 왜 배가 고프냐. 빨빨거리고 돌아다니니 배가 고프지."

"너무 양이 적고……, 먹으면 자꾸 설사를 하잖아요."

"배가 고픈 것은 네가 쓸데없이 움직이기 때문이고, 설사를 하는 것은 아직 덜 배가 고팠다는 뜻이다."

둘 중에 어느 쪽이든 장건이 이해할 수 없는 말이었다.

굉목이 계속해서 쏘아붙였다.

"사람은 무엇을 먹어도 살 수 있다. 풀뿌리를 먹어도 살 수 있다고 생각하면 사는 것이고, 못 먹겠다 생각하면 못 먹는 것이다."

장건은 입을 삐죽 내밀었다.

"돌이나 나무를 먹고는 못 살잖아요."

"돌이나 나무를 먹고는 못 살지."

장건은 굉목을 빼꼼이 쳐다보았다. 무슨 일로 굉목이 맞장구를 쳐줄까, 싶었다.

아니나 다를까.

"세상의 반이 사람이 못 먹는 돌이고 나무다. 그러니까 먹는 것이 사실 얼마나 귀하겠느냐. 조금이나마 먹을 수 있는 것을 소중히 여기고 최소한으로 먹어 낭비를 줄여야 하느니라."

빈말로라도 그렇게 배가 고프면 당분간은 넌 세 끼를 먹어라, 라는 등의 말은 하지 않는 굉목이었다.

"하지만 그렇게 하기가 힘든데 어떡해요."

"처처불상 사사불공(處處佛像 事事佛供)이나 죄 받을 악업보다 복 받을 선업은 행하기가 어려운 것이다. 고난은 선업의 길이니, 고행(苦行)은 힘들어도 더 많은 공덕(功德)을 쌓게 되느니라."

장건은 여전히 입을 내민 채였다. 굉목의 말은 너무 어려워 제대로 귀에 들어오지 않았다. 머릿속으로는 다른 생각을 하고 있었다.

너무 배가 고프다보니 어떻게든 하지 않으면 굶어 죽을 것 같았다.

장건은 손을 꼭 쥐고 입을 앙 다물었다.

초췌한 얼굴에 눈빛이 반짝거리고 빛났다.

'맞아! 쓸데없이 움직이지만 않으면 배도 고프지 않잖아?'

방법이 생각났다.

장건은 방금 생각해낸 방법이 스스로 생각해도 대단한 방법이라고 생각했다.

그래서 그날부터는 계속 잠만 자기로 했다.

* * *

장건은 주린 배를 움켜쥐고 방 한구석에 누웠다.

사실 배가 너무 고파서 잠도 잘 오지 않았다. 우물로 가서 물로 배를 채우니 좀 나아졌다. 뒤척거릴 때마다 뱃속이 출렁거렸지만 그래도 참을 만했다.

그러나 막 잠이 들려는 찰나에 장건은 벼락을 맞았다.

"이노옴! 해가 중천인데 어디서 사지 멀쩡한 놈이 게으름을 피우는 게냐! 썩 일어나지 못할까!"

장건은 기겁해서 일어나 항변했다.

"쓸데없이 움직이지 말라면서요. 움직이면 배가 고프니까 자려는 거예요."

굉목은 눈에 불을 켰다.

"게으름과 쓸데없이 움직이지 않는 것과는 다르다. 먹고 자고 하는 놈은 사람이 아니라 쓸데없이 양식만 축내는 식충이다!"

누군가 다른 사람이 봤다면 '양식 같은 걸 먹이고서 그런 얘길 하던가!' 하고 소리를 질렀을지도 몰랐다.

안타깝게도 지금 장건의 주변에는 아무도 없었다. 설사 누군가 있다 해도 굉목에게 속 시원히 그런 말을 할 수 있는 간 큰 사람은 없을 것이었다.

"에잉!"

굉목이 마음에 안 든다는 듯이 문을 열고 나갔다.

장건은 이러지도 못하고 저러지도 못해 눈물이 났다.

"씨잉. 나더러 어쩌라구."

꼬르륵.

갑자기 배가 더 고파졌다.

*　　*　　*

잠을 안 자니 심심했다.

그렇다고 장건이 암자에서 할 일이 있는 것도 아니었다.

'마당이라도 쓸까?'

배가 고파서 그럴 힘이 없었다. 그리고 어차피 마당을 쓸어봐야 쓸데없는 짓 한다고 욕이나 먹을 게 뻔했다.

'욕먹으면 배부르다더니 다 거짓말이구나. 후아.'

마냥 있는 것도 하루 이틀이다. 며칠이 지나니 심심해서 미칠 것 같았다.

굉목은 딱히 장건에게 신경을 써주지 않았다. 책을 읽어주지도 않았고 책을 보라고 던져주지도 않았다.

'노사는 뭐하시지?'

아직 점심이 되지 않아, 장건은 방 안을 뒹굴거리다가 밖으로 나갔다.

굉목은 마루에 작은 탁자를 놓고 염주를 굴리며 앉아 있었다. 탁자 위에는 목탁과 경서가 놓여 있었다.

할 일이 없는 장건은 가만히 굉목을 지켜보았다.

굉목은 경서를 보면서 우물우물거렸다. 염주알도 굴리는 걸 보니 다른 스님들처럼 독경(讀經)이라도 하는 모양이었다.

그런데 소리를 내지 않고 입으로만 우물거리는 게 이상했다.

한참을 지켜보던 장건이 참지 못하고 물었다.

"뭐하세요?"

굉목이 귀찮다는 투로 대답했다.

"보면 모르느냐? 중이 매일 하는 일이 뭐가 있겠느냐."

"독경하시는 거예요?"

"그렇다."

장건은 고개를 갸웃거렸다.

"독경을 하면 목탁도 두드리고 소리도 내서 책도 읽고 그래야 되는 거 아닌가요? 스님들이 독경하는 소리 듣기 좋던데."

"누구 들으라고 하는 것도 아닌데 이 깊은 산중에서 소리를 안 내면 어떻고 목탁을 두드리지 않으면 어떠냐. 눈으로 읽고 마음으로 목탁을 치는 것이니라."

"남들은 그렇게 안 하잖아요."

"남들이 뭐가 중요하다고. 참선(參禪)은 남 듣기 좋으라고 하는 것이 아니니라."

"그래도요. 아무리 봐도 이상한데……."

굉목이 째릿한 눈으로 장건을 노려보았다.

보통 사람 같으면 이쯤에서 그만둘 것을 이 아이는 자꾸 캐물어 속에 있는 말을 하게 만든다.

"쓸데없이 소리 내어 독경을 하라고? 네가 듣기 좋으면 내가 더 빨리 깨달음을 얻어 해탈한다더냐? 소리 내고 목탁을 치면 배만 고프지, 더 많은 깨달음을 얻는다더냐?"

장건은 '역시 그렇지' 하고 생각했다. 노사는 밥을 많이 먹기 싫어서 독경을 소리 내어 하지 않는 것이었다.

'무지무지한 짠돌이다. 노사에게는 독경을 소리 내서 읽는 것도 쓸데없는 일이었구나.'

장건의 눈빛을 알아챘는지 굉목이 다시 인상을 쓰고 째려보았다.

"내가 왜 밥을 적게 먹어야 한다고 했지?"

찔끔한 장건이 얼른 대답했다.

"못 먹는 사람도 많으니까 조금이라도 아끼려구요."

"내가 덜 먹으면 굶주린 누군가가 더 먹을 수 있는 법이다. 네가 돼지처럼 먹어댄 산열매는 다람쥐와 산새들의 밥이다. 네가 그들의 밥을 먹어 버렸으니 다람쥐와 산새들은 며칠을 굶었을 게다."

장건은 이미 지난 얘기를 다시 꺼내서 되새기는 굉목이 무서웠다. 한번 잘못하면 평생을 마음에 둘 사람이었다.

그래도 투덜거리지 않을 수 없었다.

"나도 굶주렸는데……."

째릿!

"사람은 먹어야 산다. 살 수 있는 만큼만 먹으면 된다. 그리고 넌 이미 필요한 만큼 먹었다. 그 이상 먹는 것이 낭비라는 걸 왜 모르느냐!"

굉목은 목소리도 높이지 않고 낮은 소리로 호통을 쳤다.

장건은 그것도 배가 고플까봐 일부러 조그맣게 말하는 거라고 생각했다.

'어우, 배고파.'

괜히 말 시켜서 욕만 먹고 배만 더 고파졌다.

"네가 세상으로 나가더라도 마찬가지다. 재물이 있어도 검소한 생활을 하면 덕이 따르는 것이요, 방탕하게 낭비하면 간세가 붙기 마련이니라."

"예예."

장건은 건성으로 대답하고는 물끄러미 굉목의 독경을 지켜보기만 했다.

배고플까봐 독경도 소리 내어 하지 않는 노사가 왜 이리 말은 많이 할까, 궁금증이 들었지만 어쩐지 물어보면 안 될 것 같은 기분이 들었다.

조금 지켜보다 보니 햇살에 몸이 나른해졌다.

장건은 앉아서 꾸벅꾸벅 졸았다.

굉목의 호통이 이어졌다.

"이 식충이 같은 녀석! 일어나지 못할까!"

장건은 눈을 번쩍 떴다.

"도대체 몇 번을 말해야 알아들을 셈이냐. 잠도 피곤이 풀릴 만큼만 자면 된다. 그 이상은 쓸데없는 게으름이다. 게으름이나 피울 거면 썩 돌아가거라!"

딱히 할 일도 없는데 눈을 뜨고 있자니 고역이었다.

집에서는 금이야 옥이야 자랐는데 여기 와서는 매일 구박받고 욕만 먹는다.

억울하고 답답했다.

괜한 오기도 생겼다.

야단맞는 것도 이젠 지겹다.

'대체 노사에게는 쓸데 있는 일이 뭐야?'

불현듯 장건은 굉목을 그대로 따라해 볼까, 하는 생각이 들었다. 적어도 굉목이 하는 대로만 따라하면 혼은 안 날 거라는 생각이 들었다. 혼나더라도 할 말이 있을 것 같았다.

'두고 봐.'

노사가 얼마나 쓸데없이 움직이지 않기에 배가 고프지 않다고 하는지 똑똑히 지켜보고 따라할 것이다.

어린 마음에 독기가 잔뜩 품어졌다.

당장 다음날부터 장건은 계획을 실행하기로 했다.

*　*　*

굉목은 해가 채 뜨기도 전인 새벽에 일어났다.

뎅 뎅 뎅.

소림사에서 울리는 스물여덟 번의 타종소리가 아침을 깨운다.

장건도 눈을 떴다. 평소 같으면 굉목이 깨워야 일어났을 텐데 할 일이 있다 보니 저절로 눈이 떠졌다.

굉목은 가볍게 합장을 하더니 얇은 이불을 접어 방구석에 놓는 것으로 순식간에 잠자리를 정리해 버렸다.

장건이 눈 한 번 비비는 사이였다. 이불을 들어 한 번 터는가 싶었는데 어느새 착착 접혀 있는 것이다.

굉목이 옷을 정돈하고 밖으로 나간 사이, 장건이 몇 번이나 따라해 봤지만 굉목처럼 한 번 털어 두 번 이상을 접을 수는 없었다.

장건이 이불을 접으려면 바닥에 이불을 쭉 펴고 반으로 접었다가 다시 옆으로 가서 반으로 접고, 또 옆으로 가서 접어야 했다.

'이것도 쓸데없이 움직이지 않는 행동 중에 하나인가?'

장건이 쓸데없이 움직인다던 굉목의 말이 틀리지 않은 것 같다는 불안감이 피어올랐다.

'나중에 연습해야지.'

장건은 대충 이불을 접어놓고 굉목을 따라 나갔다.

굉목은 암자 뒤의 커다란 바위 위로 올라가 꼿꼿이 정좌를 하고 앉았다. 사람 키만 한 바위인데도 한 걸음에 너무나 쉽게 올라가 버린다. 평지를 걷는 것처럼 자연스러워서 장건은 감탄했다.

바위 위에서 한번 정좌를 하고 나면 보통 해가 뜰 때까지는 움직이지 않았다.

시간을 대충 따져보니 한 시진은 족히 되는 것 같았다.

'몰래 자는 거 아닐까?'

의심이 들었다.

'나더러는 자지 말라더니 노사는 앉아서 자는 거였어. 그렇다면 나도 노사처럼 앉아서 자면 안 혼나겠지.'

장건은 굉목의 옆에 있는 작은 바위로 올라갔다.

굉목은 다리를 요상하게 꼬아 앉았는데 일반적으로 보는 정좌는 아니었다. 양 발바닥을 허벅지 위로 올려놓아 보기만 해도 힘들 것 같았다. 나중에 알았지만 그건 가부좌라는 자세였다.

조금 끙끙대긴 했지만 아이라 뼈가 유연한 장건도 곧 굉목처럼 다리를 교차해서 가부좌를 틀 수 있었다.

'휴.'

가부좌를 틀고 굉목처럼 무릎 위에 손을 올렸다.

그렇게 가만히 자보려 했다.

여름인데도 아직 새벽이라 공기가 찼다. 바위에서 한기가 올라와 엉덩이도 시렸다.

앉은 지 얼마 되지 않아서 장건은 좀이 쑤셨다. 춥기도 춥고 다리도 저렸다.

'끙! 어떻게 이러고 잘 수 있을까?'

굉목을 힐끗 보니 허리가 꼿꼿하니 미동도 하지 않는다.

가만 보니 꼭 얼어 죽은 모양새였다.

'어?'

정말 죽었나 하고 놀라는데 굉목의 입에서 하얀 김 같은 것이 새어나온다. 하얀 김이 천천히 흘러나왔다가 다시 코로 들어갔다가 한다. 한 번도 아니고 몇 번을 그러는데 속도가 너무 느려서 보고 있자니 지루하다.

'뭘까?'

손으로 집어보고 싶지만 그랬다가는 굉목이 눈을 뜨고 호통을 칠 것만 같다.

장건은 입맛을 다시며 다시 눈을 감았다.

시간은 더디게 흘러갔다.

움직이지도 않고 차가운 바위에 앉아 있었더니 몸이 조금씩 추워졌다.

장건이 오기를 부리며 버텨 보았지만 곧 이빨까지 딱딱 부딪칠 만큼 몸에 한기가 올랐다.

달달달달.

가부좌에 정자세는커녕 장건은 어깨를 움츠리고 떨어댔다.

'몸이 떨리니까 더 배가 고픈 거 같아. 씨.'

꾸루룩.

생각을 하기가 무섭게 배에서 요동을 쳤다. 요즘은 그래도 불린 쌀이 먹을 만해져서 굉목 몰래 부엌에서 한 줌씩 훔쳐 먹곤 했지만, 아무래도 허기를 면하기는 힘들었다.

꾸루룩.

꾸루루룩.

꾸르르르르.

굉목의 눈썹이 꿈틀거렸다.

굉목은 눈도 뜨지 않고 말했다.

"지금 시위하는 게냐?"

장건이 달달 떨면서 반문했다.

"시위요?"

"대드냐는 말이다."

달달달.

꾸룩 꾸룩.

추워서 몸은 떨리고, 그 와중에도 배에서는 연신 아우성을 쳤다.

장건은 배를 움켜쥐고 물었다.

"제가 왜요?"

"아니면 왜 괜히 수행하는 사람 옆에 와서 창자 비트는 소리를 내가지고 방해하느냔 말이다."

"그거야 배가 고프니까 어쩔 수 없는 거잖아요. 제가 일부러 그러나요, 뭐."

"그게 다 네가 쓸데없이 행동하기 때문이다. 행동 하나하나를 주의 깊게 하고 필요한 만큼만 움직이면 배가 고플 수가 없느니라."

장건은 삐죽거리다가 물었다.

"그런데 노사님 입에서 나오는 그 하얀 건 뭐예요?"

굉목이 눈을 뜨더니 장건을 보았다.

"뭐가 보였느냐?"

"노사님 입에서 뭐가 나오더니 코로 쏙 들어갔어요."

"흠."

광목은 내공을 수련하던 중이었다.

그가 익힌 심법은 역근경(易筋經)이다. 소림에서도 몇에게만 전해지는 비전의 내공심법.

스스로는 무공이 높지 않다 생각하나 이미 눈에 보일 정도로 유형화된 기(氣)를 가지고 있으니 광목의 성취는 낮지 않은 셈이다.

'이 녀석은 내 제자도 아닌데 이런 걸 일일이 설명해 줘야 하나?'

내공 수련을 하는 것은 무림인들에게 당연한 일이고, 구결을 알려주지 않는 이상 수행 자체가 비밀도 아니다.

'이 꼬마는 호기심도 참 많구나. 하긴, 어렸을 때는 다 그런 법이지.'

광목은 귀찮음을 무릅쓰고 대답했다.

"네가 본 것은 기라는 것이다."

"기……요?"

"세상 만물의 근원이며 이치가 되는 것이다."

장건은 집을 찾아온 상인들 중에 몇이 곰방대를 물고 연기를 뿜어냈던 장면을 떠올렸다.

"연초 같은 건가요?"

"연초?"

"연기를 먹잖아요."

굉목은 하마터면 웃음을 터뜨릴 뻔했다. 유형화된 기를 연초연기라고 말하는 사람은 처음이었다.

굉목은 웃지 않으려 억지로 얼굴에 힘을 주고 대답했다.

"기는 천지만물 어디에나 존재하는 것이다. 이 기를 체내에 받아들임으로써 사람은 더욱 건강하고 활기차게 살 수 있다."

장건의 눈이 똘망해졌다. 어렵게 얘기했지만 연초나 기나 먹는다는 건 마찬가지인 모양이었다.

'왜 노사가 배가 고프지 않은지 알겠다. 나 몰래 기를 먹고 있었어.'

눈치가 빨라도 아이는 아이였다.

굉목이 말했다.

"기는 어디에나 있지만 사람은 공기 중으로 기를 받아들이는 것이 제일 편하다. 좀 더 익숙해지면 온몸으로 받아들일 수도 있게 되지. 이것이 몸에 쌓이면 흔히 말하는 무림인들의 내공이 되는 것이다."

무림인이나 내공 같은 얘기는 장건의 귀에 들어오지도 않았다. 뭔지도 몰랐고 관심도 없었다.

난 왜 배가 고픈데도 진작에 공기를 먹을 생각을 못했을까, 하고 바보 같은 자신을 자책할 뿐이었다.

"그렇군요."

장건은 별로 관심 없는 듯 고개를 돌렸다.

뜻밖인 것은 굉목이었다.

'이놈 봐라?'

장건이 더 깊게 물어보면 '넌 소림의 제자가 아니니 가르쳐 줄 수가 없다' 고 말하던가 아니면 건강을 위해서 도인술이라도 하나 일러줄 요량이었다.

그런데 장건이 관심 없다는 투로 나오니 먼저 그런 말을 하기도 애매했다.

정작 장건은…….

'나도 노사 몰래 기를 먹는 법을 익혀야겠어. 나중에 나도 보란 듯이 노사 앞에서 배 안 고프다고 당당하게 말할 거야.'

"엇험."

굉목이 헛기침을 하고는 말했다.

"내가 아침 수행을 할 때 옆에 있어도 좋지만 절대로 건드리거나 해서는 안 된다. 알겠느냐?"

"예."

굉목은 다시 눈을 감고 내공수련에 몰입했다.

장건은 사시나무처럼 몸을 떨면서도 굉목의 모습을 지켜보았다.

옆에서 지켜본다고 내공수련법을 알 수 있는 것도 아니라 굉목은 굳이 말리지 않았다.

'어떻게 해야 공기 중에 있는 기를 먹을 수 있는 걸까.'

장건은 추위를 참고서 지켜보았지만 별다른 성과는 없었다.

'씨이, 나도 꼭 기를 먹고 말 테야.'

며칠 동안 배가 고플 생각을 하니 자신감이 떨어졌지만 그래도 장건은 꿋꿋하게 한 시진 동안 굉목의 행동을 관찰했다.

굉목에게는 평범한 수련시간이었지만 장건에게는 생존이 달린 문제였다. 장건은 눈을 부릅뜨고 입술이 파래지는 것도 참았다.

보통 소림에 갓 입문한 어린 동자승들이 가부좌를 틀고 한 시진은커녕 이각도 채 못 버티는 걸 생각해 보면, 장건의 끈기는 보통이 아니었다.

굉목도 그것만큼은 인정했다.

* * *

아침 공양은 평소와 같은 시간에 같은 식단이었다. 굉목이 밥을 준비하는 사이 장건은 잠깐이라도 잠을 청하곤 했었지만 오늘은 달랐다.

장건은 굉목의 뒤를 졸졸 따라다니며 밥을 어떻게 준비하는지까지 확인했다.

굉목은 부엌으로 들어가 먼저 쌀을 물에 불려놓고, 문 옆에 놓인 소쿠리를 들어 휘적휘적 암자 근처의 텃밭으로 향했다.

'노사님은 어떻게 멀쩡하지? 다리도 안 아픈가봐.'

오래 다리를 꼬고 앉아 있었더니 다리가 저려 걷기가 쉽지 않았다. 자연히 장건의 시선은 굉목의 발걸음을 주시하게 되었다.

이제까지는 그리 신경 쓰지 않았던 굉목의 걸음이다.

'어?'

장건은 희한한 것을 본 기분이었다.

분명히 걷고 있는데 날아가는 것 같았다. 보통 사람처럼 터벅터벅 걷질 않고 천천히 걷는데 미끄러지듯이 움직이고 있었다.

'귀, 귀신이야!'

엄마가 해준 귀신 얘기가 생각났다. 굉목의 걸음은 장건이 생각하고 있던 귀신의 걸음과 비슷했다.

장건은 눈을 비비고 다시 보았다.

휘적휘적 걷고 있는데 어깨는 거의 움직이지 않고 팔도 흔들지 않았다. 심지어는 발도 높이 들지 않았다. 바닥에 발바닥이 스치듯 가볍게 걷는다.

그래서 미끄러지듯이 보이는 것 같았다.

'배가 고프지 않게 하기 위해서 최대한 덜 움직이는 거였구나.'

장건은 감탄했다.

'노사는 저렇게 걸으니까 힘을 많이 안 쓰는 거야.'

어느새 굉목은 텃밭에서 나물을 캐고 있었다. 나물을 캐는 것도 호미를 이용하는 게 아니라 그냥 한손으로 쓱 잡아 뽑았다. 뿌리에 묻은 흙을 툭툭 털고 소쿠리에 넣었다.

별로 어려워 보이지 않았지만, 해보니 결코 쉬운 일이 아니었다. 힘을 너무 많이 주면 줄기가 뜯어지고 힘을 안 주면 뽑히질 않았다.

"어허! 괜히 생채기를 내서 먹을 것도 못 먹게 만들 셈이냐!"

괜한 타박만 들었다.

굉목은 부엌으로 다시 들어가 불린 쌀을 그릇에 담고 상 위에 놓았다.

그러한 일련의 동작들에 전혀 군더더기가 없었다. 집에 있을 때 분주하게 움직이던 하인들과는 달랐다. 딱딱 해야 할 움직임만 하고 불필요한 동작은 전혀 하지 않았다.

꼭 계산을 해놓고 움직이는 것 같았다.

'대단하다.'

밥을 먹을 때는 유난히 천천히 씹었는데 이유는 알 수 없었지만 장건도 그렇게 따라했다.

간단히 아침 공양이 끝났다.

설거지를 따로 하지 않았으므로 치우는 것도 그릇과 상을 부엌에 가져다 놓기만 하면 되었다.

아침 공양이 끝나자 굉목은 방을 나왔다. 장건이 또 뒤를 졸졸 따랐다.

이 시간에 굉목이 무얼 하는지 장건도 알고 있었다.

마루에 작은 탁자를 놓고 경서를 읽는 것이다.

어제와 마찬가지로 소리는 내지 않고 입만 우물거렸다. 장건은 아무 책이나 앞에다 가져다 놓고 굉목과 똑같이 앉았다.

굉목은 독경을 하다가 장건을 곁눈질로 보았다.

'아니, 이놈이 대체 무슨 생각이지?'

아침부터 뒤를 졸졸 따라다니니 모른 척하고 있지만 사실은 자꾸 신경이 쓰였다.

눈이 마주치자 장건이 히, 하고 웃었다.

"어험."

굉목은 괜히 머쓱해져서 헛기침을 했다.

"글이나 알고 경서를 보는 게냐?"

장건이 들고 나온 책은 사십이장경으로 출가 후 중의 도리와 교훈을 담은 내용이었다. 크게 어렵진 않지만 8살 아이가 혼자 읽기에는 무리다.

"천자문은 다 뗐구요. 논어, 맹자는 공부하던 중이었어요. 그런데 이 경서는 어려워서 읽을 수가 없네요."

"사서삼경은 다 떼어야 이해할 수 있을 것이다."

"그렇군요."

대답은 그렇게 하면서도 장건은 가만히 있었다.

참다못한 굉목이 말했다.

"넌 불제자도 아니고 불가에 뜻을 두지도 않았으니 불경을 읽을 필요가 없다."

"예."

대답은 또박또박 잘하는데 굉목의 말을 별로 귀담아듣지 않는 모양새다. 어차피 장건은 굉목의 행동을 따라할 생각밖에 없었기 때문이다.

'하긴 따로 읽을 만한 것도 없겠지. 에잉, 귀찮지만 사서삼경이라도 구해다 놔야겠군.'

생각해 보니 그럴 필요가 없었다.

'아니지? 내가 왜 이 아이를 위해서 그런 일을 한단 말이냐. 어차피 제풀에 지쳐 곧 내려갈 텐데.'

굉목은 입을 다물었고 장건도 더 굉목을 귀찮게 굴지는 않았다.

고요한 산중의 적막한 독경 시간은 거의 점심때가 되어서야 끝났다.

* * *

독경이 끝나자 굉목은 탁자를 치우고 마당으로 내려갔다.

굉목은 장건이 눈에 보이지 않으면 굳이 찾으려고도 하지 않았고 신경도 쓰지 않았기에, 보통 이 시간이면 장건은 주린 배를 채우러 돌아다니곤 했었다.

때문에 굉목이 뭘 하는지 몰랐다.

지금은 굉목이 내외공의 수련을 겸하는 시간이었다. 굉목은 장건의 시선이 자신을 떠나지 않고 있는 게 부담스러웠지만 상관은 하지 않았다.

동작 자체에 의미가 있는 것도 아니고 내공을 운기하는 법을 알아야 가능한 수련이기 때문이었다.

"흠."

굉목은 역근경의 구결대로 내공을 운기하며 말을 탄 것처럼 양발을 벌리고 마보(馬步)의 자세를 취했다. 깊게 숨을 들이쉬었다가 천천히 내쉬며 한손은 위로 한손은 아래로 내렸다.

장건은 굉목에게서 조금 떨어져 똑같은 자세를 했다.

그제서야 굉목은 장건이 무슨 속셈으로 자신을 따라다니는지 알 수 있었다.

'요놈이 할 일이 없으니까 하루 종일 날 따라할 셈이로구나.'

살아야 한다는 생존본능 때문이라고는 꿈에도 생각하지 못했다.

'어디 한번 해볼 테면 해보아라.'

굉목은 마보의 상태에서 천천히 앞으로 걸음을 옮겼다. 왼발을 내딛으며 양팔을 원을 그린다. 손바닥으로 장을 때리듯 가슴께에서 왼손을 밀어내고 왼발을 완전히 딛는 순간 오른손을 허리춤에서부터 앞으로 내미는 간단한 동작이다.

양손은 원을 그리며 휘젓는데 파리가 날다 떨어질 정도로 느릿한 움직임이었다.

장건도 어설픈 자세로 똑같이 따라했다.

그러나 이내 땀을 삐질거리고 흘리며 숨을 몰아쉬어야 했다.

굉목의 움직임이 너무 느려서 도저히 따라할 수가 없는 것이다. 한걸음을 떼고 다시 땅에 붙이는데 일각도 더 걸리니 흉내를 내려 해도 낼 수가 없었다.

장건은 비틀거리다가 넘어지고는 다시 일어나 또 비틀대다가 넘어졌다.

“헉헉.”

굉목이 멈춰 서서 가만히 장건을 내려다보았다.

겉으로 내색은 안했지만 어쩐지 우스웠다.

장건이 헉헉대며 물었다.

“이건 왜 하시는 거예요?”

굉목이 하는 것은 역근경의 건신동공(健身動功)이다.

역근경은 수행자의 체질을 무공에 적합하게 만드는 효용을 가지고 있다.

때문에 건신동공을 통해 움직이며 수련하면 더 큰 효과를 볼 수 있다. 다만 역근경을 모르고서는 무작정 따라해 봐야 소용도 없을뿐더러, 역근경의 공부가 상당히 진척된 후에야 가능한 수련 방법이다.

더구나 굉목처럼 극도로 느린 동공은 빠르게 움직이는 것보다 훨씬 어렵다. 아무것도 모르는 아이가 따라할 수 있는 수련이 아니다.

그런 애기들을 모두 설명할 필요는 없다 생각한 굉목이 간단히 대답했다.

"사람이 움직이지 않으면 몸이 굳게 마련이다. 몸을 움직임으로써 기혈의 순환을 돕고 건강하게 만드는 것이다."

무슨 말이냐는 듯 장건이 올려다보았다.

"쓸데없이 움직여서 배가 고프면 안 된다면서요."

"몸을 건강하게 만드는 게 왜 쓸데없는 일이냐? 몸이 아프면 약도 먹어야 하고 밥도 더 많이 먹어야 하니, 평소에 운동을 해서 건강을 유지하면 그게 돈 버는 길이고 절약하는 방법이니라."

"노사님 말씀이 앞뒤가 안 맞잖아요!"

"뱁새가 황새를 따라가려면 가랑이가 찢어지는 법이다."

굉목은 고소하다는 생각이 들었다.

장건이 억울한 표정으로 다시 물었다.

"하려면 빨리빨리 하시지 왜 느릿하게 해요. 이런 운동이 어디 있어요!"

"이놈이? 내가 느리게 하든 빨리 하든 너와 무슨 상관이냐."

"따라할 수가 없잖아요!"

"누가 따라하라고 했더냐?"

"히잉……."

장건은 울상을 지었다가 할 말이 없는지 입술을 꼬옥 다물었다. 그래도 꿋꿋하게 따라하겠다는 의지를 내비친 것이다.

"허어, 요놈 봐라?"

굉목은 장건의 눈에 비친 의지를 읽었다.

'의지는 가상하구나. 그래도 소림의 무공을 알려줄 수는 없는 노릇.'

잠깐 생각하던 굉목이 말했다.

"내가 하는 것은 단순히 느릿하게 움직이는 것이 아니라 정신을 집중해 자신의 몸을 관조하는 행위다. 느릿하게 움직이면 느릿하게 움직일수록 자신의 몸 안이 더 잘 보이게 된다."

"몸 안을 봐요?"

"그렇다. 발을 내딛을 때 어느 근육이 움직이는지, 팔은 어떻게 움직이는지, 숨은 어떻게 쉬는지 보는 것이다. 익숙해지면 솜털 하나하나의 움직임까지 볼 수 있느니라."

"그걸 어떻게 봐요?"

장건은 물어보면서 팔을 움직여 보았다. 그러고 보니 움직이면 그냥 움직이는 줄 알았지 어떻게 움직이는지 생각해 본 적이 없었다.

"눈으로 보는 게 아니라 마음으로 보고 느끼는 것이다."

장건이 조그맣게 투덜거렸다.

"맨날 마음으로 다 하신대. 마음으로 다하면 눈은 뭐하러 있담."

"너처럼 도를 깨우치지 못한 중생은 마음으로 보지 못하니 눈으로나 보라고 달려 있는 것이니라."

장건이 볼을 부풀리고 뾰루퉁하게 입을 내밀었다. 그 모습이 마치 항복 선언을 하면서도 인정하지 못하겠다고 어리광을 부리는 것 같았다.

광목은 '네깟 녀석이 날 이길 것 같으냐?' 하고 고소하게 생각했다가 황급히 고개를 털었다.

'이런, 쯧쯧. 내가 수행이 덜 되었구나. 꼬마 놈을 이겼다고 좋아하다니.'

30년도 더 혼자서 살아온 광목이었다. 장건처럼 붙임성 있고 애교 있는 아이를 만나니 그러지 않으려고 해도 자꾸만 신선한 기분이 들었다.

투덜거리던 장건이 물었다.

"그런데 그걸 왜 봐야 하나요? 그러니까……, 자기 몸 안을요."

왠지 장건이 그렇게 물어볼 것 같다고 예측했던 광목이었다. 광목은 '흠' 하고 짐짓 근엄한 목소리로 대답해 주었다.

"사람의 몸은 복잡하게 이루어져 있다. 수백 개의 뼈와 수천 개의 핏줄, 근육 그리고 생명활동의 근원이 되는 기경팔맥이 이리저리 어우러져 있지."

"에에?"

장건은 징그러운 듯이 자신의 몸을 살폈다. 자기 몸 안에 그 많은 것들이 들어 있다고 생각하니 어쩐지 기분이 이상했다.

"하다못해 손을 내뻗는 동작 자체에도 수십 개의 근육이 필요하고 근육을 움직이기 위해 심장은 피를 공급해야 하며, 그 동작이 원활히 이루어지기 위해 기본적으로 경락의 기가 움직여야 하는 것이다."

"우와."

장건이 감탄성을 냈다.

"어쩐지……. 몸 안에서 그렇게 많은 것들이 움직이니 배가 고프군요."

굉목은 하마터면 피식하고 웃을 뻔했다. 그의 생에 몇 되지 않는 웃음이었다.

"험험."

웃음을 추스른 굉목이 계속해서 말했다.

"그러니까 생각해 보거라. 최소한의 힘으로 최대의 효과를 내기 위해서는 어떻게 해야겠느냐."

알아듣기 힘든 말들이 있었지만 장건은 머리 회전도 생각보다 빨랐다.

"쓸데없는 것은 움직이지 않아야 하겠네요."

"그렇지. 불필요하게 움직이는 것들을 배제하고 필요한 부분에만 더 많은 힘을 쏟는 것이다. 그렇게 하면 평소보다 적은 힘으로 많은 일을 할 수가 있다."

장건은 굉목이 발바닥으로 땅을 스치듯이 걷던 모습을 떠올렸다. 굳이 발을 높이 들지 않아도 걷는 건 마찬가지다.

'적은 힘으로 최대의 효과를.'

상인인 부친 장도윤이 늘 입에 달고 살던 말이었다.

"상인은 최소의 비용으로 최대의 이윤을 내야 한다. 그 것이 상인이다."

이상하게도 가슴이 뻥 뚫린 듯한 기분이었다.

무림인으로 따지자면 깨달음을 얻은 것이다.

굉목이 한 지금의 말이 장건에게는 평생의 지침과도 같은 말이 되었다.

장건은 옷을 툭툭 털고 다시 일어났다.

어떻게 해야 하는지 아무런 방법도 모르지만 어떻게든 해보겠다고 마음을 먹은 것이다.

굉목은 장건이 대견하기도 하면서 한편으로 귀찮기도 했다.

'꼬마 놈이 생각보다 끈질기구나. 이 정도면 울고불고 하면서 산을 내려갈 만도 한데.'

굉목은 자기도 모르게 이런 생각을 했다.

'꼬마 놈이 내려간다고 하면 몰래 권법이나 몇 수 가르쳐 줘서 보내야겠군.'

소림 비전의 무공을 전해 주었다가는 큰일이 날 테지만, 강호에도 흔히 알려진 육합권(六合拳) 정도면 상관없으리라 생각했다. 육합권이 아무리 강호에 널리 알려진 삼류무공이라 해도 굉목이 가르친다면 어지간한 수준은 뛰어넘을 것이다.

그러나 당분간은 그저 지켜보기만 할 생각이었다.

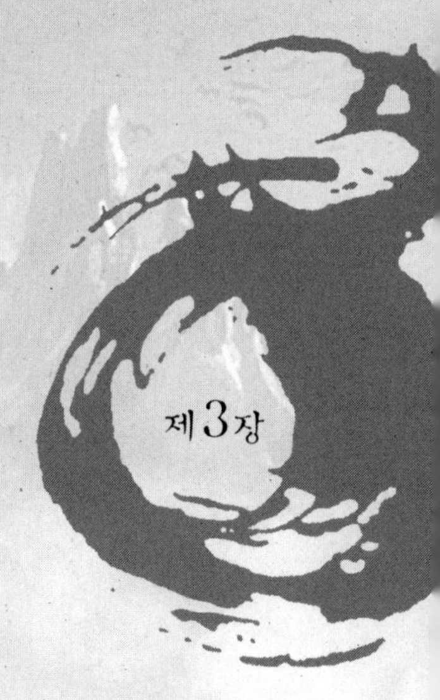

제 3 장

체질 변화

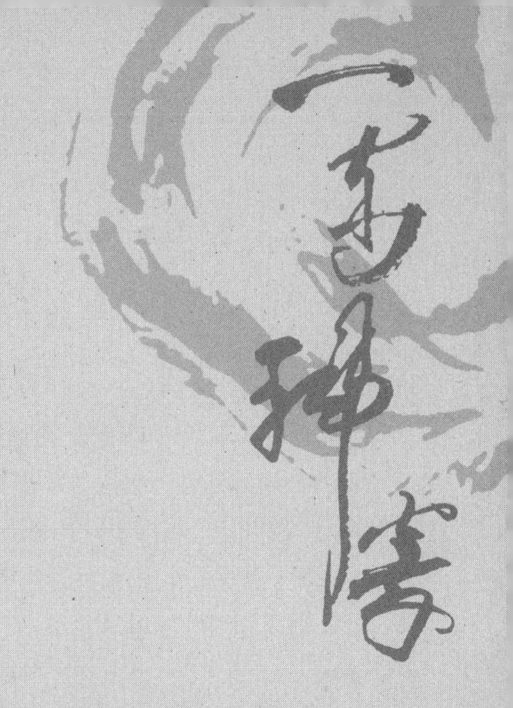

따뜻하던 여름이 가고 가을이 왔다.

장건은 아직도 배가 고팠다.

'반년이나 노사를 따라했는데.'

아이답지 않게 한숨을 쉬는 장건이었다.

그래도 전보다 많이 나아지고는 있었다. 전처럼 배가 고파 죽을 지경까지는 아니라는 게 그 증거였다. 간혹 굉목 몰래 숲으로 가 열매를 따먹는 일은 여전했지만.

장건은 모든 걸 배고픔과 연관지어 생각했다. 배고프지 않기 위해 최대한 쓸데없는 움직임을 하지 않으려 애썼다.

그러다보니 매순간 움직여야 할 때마다 고민을 했다.

앉았다 일어날 때도 '어떻게 해야 쓸데없이 힘을 빼지 않고 쉽게 일어날 수 있을까' 하고 생각했다. 걸음을 걸을 때도, 땅에 떨어진 뭔가를 주을 때도, 어떻게 하면 덜 움직일 수 있을까 고민했다.

심지어 눈을 깜박이는 것이 쓸데없는 동작이 아닌가 하고 지레 놀라기도 했다. 하루에 몇 번이나 눈을 깜박이는지 세어 보았다. 의외로 많이 눈을 깜박인다는 걸 알고 가능한 눈을 뜨고 있으려다가 눈이 충혈되어 눈물을 줄줄 흘렸을 정도였다.

사소한 행동에까지 생각이 미치니 관찰력이 생겼다. 작은 일도 쉽게 넘어가지 않고 다시 한 번 살피고 또 한 번 생각을 했다.

생존에 대한 본능이 장건을 조금씩 바꿔가고 있었다.

굉목은 장건이 언제 내려가나, 하고 이제나저제나 기다리고 있었지만 말이다.

* * *

소림사 본산.

젊은 승려가 곳간 앞에서 고개를 갸웃거리고 있었다.

"이상하네?"

곳간지기인 승려는 손에 든 장부와 곳간에 든 곡식 포대의 수를 몇 번이나 번갈아 보았다.

"장부에 적힌 출납하고 곡식의 양은 확실히 맞는데……, 작년보다 왜 이렇게 적게 남았지? 가을이라 다들 식욕이 돋아서 그런가?"

승려는 연신 고개를 저으면서 의문의 해답을 찾으려 머리를 싸맸다.

"작년엔 재작년보다 공양미를 더 받았는데 오히려 적게 남았으니 이유를 알 수가 없군."

곁에 있던 승려가 턱을 만지며 말했다.

"그러고 보니 지객당에서 올 여름에 참배객들의 왕래가 많이 늘었다고 했던 것 같네. 아마도 공양이 많아져서 그런 거겠지."

"그럼 시주도 더 많이 들어왔을 게 아닌가."

승려가 파르라니 깎은 머리를 긁적거렸다.

"그것이……, 이상하게도 시주는 더 적었다고 하더군."

"뭐, 할 수 없지. 명색이 절에서 시주를 강제할 수는 없는 일 아닌가."

"아무렴 소림이 이 정도로 궁색해지진 않겠지. 대신 내년 봄에 풀어야 하는 구휼미가 적어져서 그게 걱정일세."

"그러게 말일세. 굶주리는 이들을 생각하니 마음이 편치 않네."

소림사는 다른 사찰과 달리 일반 참배객들의 시주에 크게 의존하지 않는다. 대신 매년 속가제자들이 본산으로 적지 않은 재물을 보내온다.

소림의 속가제자는 중원 전역에 퍼져서 활동하고 있는데 그 중에는 요직에 있는 이들도 적지 않다. 때문에 그들이 희사(喜捨)하는 재물의 양은 상당했다.

현재 소림사의 주 수입은 바로 그것이다. 대신 매년 필요한 만큼 재물을 사용하고, 남는 재물은 모조리 구휼에 쓰인다.

들어온 재물을 모두 내보내니 얼핏 불안해 보이기도 하지만, 반대로 수천이 넘어 거의 만 단위를 바라보는 소림의 속가제자들이 한 번에 사라지기라도 하지 않는 이상 소림의 재정은 탄탄하기 그지없는 구조를 가지고 있는 것이다.

그런 일들을 잘 알고 있는 두 젊은 승려는 외려 구휼미 걱정을 하며 곳간의 문을 닫고 장부를 정리했다.

그때 또 다른 노승 한 명이 두터운 장부를 들고 급한 걸음으로 걸어 왔다. 경내에서 필요한 재화와 비용을 담당하는 화주승(化主僧)이다.

두 젊은 승려가 반장을 하며 화주승을 맞이했다.

화주승이 반장으로 답하며 물었다.

"공양미의 재고가 얼마나 되는가?"

젊은 승려가 장부를 펴 보였다.

"올해는 겨우 겨울을 날 정도입니다."

화주승이 탄식을 했다.

"허! 이거 참."

화주승이 정확한 양을 장부에 적는 동안, 옆에 있던 젊은 승려가 의아한 얼굴로 물었다.

"무슨 일이라도 난 것입니까? 가을 추수가 끝나면 곧 속가 제자 분들이 공양미를 보내오실 테니 공양 걱정은 하지 않으셔도 될 텐데요."

"그게 말일세. 제각각 사정이 생겨서 올해에는 작년의 반밖에 희사를 할 수가 없다고들 하네."

"예에?"

두 젊은 승려는 늘 평상심을 유지해야 하는 승려답지 않게 놀란 외침을 냈다.

화주승은 혀를 차면서 걱정스러운 얼굴로 말했다.

"곳간뿐 아니라 다른 곳에서도 평소보다 지출이 많은데 속가의 희사까지 반으로 줄어 근심이 상당하다네. 내년엔 다들 힘들겠어."

"그것 참 큰일이군요."

"할 수 없는 일이지. 어쨌든 출납을 정확히 기재하고 좀 더 관리에 유의하도록 하게나."

"알겠습니다."

"그럼 먼저 가겠네."

"아미타불."

화주승은 올 때처럼 가벼운 반장을 하고 바쁜 걸음으로 곳간을 떠나갔다.

"정말로 이상한 일일세. 들어오는 수입은 줄고 지출이 많아지다니."

"공양미야 그렇다 치더라도 다른 곳에서 특별히 그럴 일은 없지 않은가."

"그러니 이상한 일이라는 게 아닌가. 꼭……."

말을 흐리던 승려가 뒷말을 이었다.

"꼭 깨진 독에서 물이 새듯이 재화가 줄줄 새고 있다니 말일세."

두 젊은 승려들은 한참 동안이나 어두운 표정을 쉽게 지우지 못했다.

*　　*　　*

훌쩍 겨울이 되었다.

겨울은 장건에게 최악의 계절이었다.

굉목은 장건을 위해서 방에 불을 피우지도 않았고, 따뜻한 솜옷을 주지도 않았다. 심지어는 소림에서 올려 보낸 솜옷들도 다 내려 보냈다.

무공을 익힌 굉목이야 어지간한 추위에는 끄떡도 하지 않았지만, 8살의 어린아이가 깊은 산중의 혹한을 이겨낼 수 있을 리가 없었다.

잘 먹기라도 했다면 모를까, 잘 먹지도 못하고 계속 무리를 하니 당연한 일이었다.

결국 장건은 극심하게 기침을 하며 자리에 누웠다.

"콜록콜록!"

열이 펄펄 끓고 헛소리까지 해댔다.

"엄마……. 나 글공부 열심히 할게. 나 버리면 안 돼. 콜록!"

"허!"

굉목은 살짝 죄책감을 느꼈다.

생각보다 아이가 오래 버텼다. 방에 불을 때지 않으면 추워서라도 내려가겠다고 할 만한데 그런 말을 전혀 입 밖에 내지 않았다.

추워서 집에 가고 싶다는 한마디만 했어도 굉목은 한달음에 아이를 소림 본산에 데려다 두었을 것이다.

"지독한 놈."

무엇보다 엄마를 찾는 아이의 모습이 가슴 한편을 안쓰럽게 만들었다.

그러나 당장은 아이의 감기가 문제였다.

가만히 내버려뒀다가는 남의 집 귀한 아이를 죽게 만들 것이다. 방장 사형의 꾸중은 둘째치고라도 명색이 중인데 눈앞에서 사람이 죽는 꼴을 보고 가만히 있을 수도 없다.

"끙!"

어쩔 수 없이 굉목은 몇십 년 만에 처음으로 나무를 해와 방에 불을 지폈다.

오래 쓰지 않았던 아궁이라 검은 연기가 심하게 피어올랐다.

"숨쉬는 시간까지 아껴 수행을 해도 모자랄 판에 이게 무슨 짓이냐."

따지고 보면 이게 다 방장 사형의 탓이다.

사람들을 싫어하는 성격을 뻔히 알면서도 아이를 왜 맡겼느냐 말이다. 그것도 귀찮은 꼬마를.

"에잉."

연신 혀를 차면서도 굉목은 불 피우기를 멈추지 않았다.

방은 뜨끈뜨끈했지만 장건의 감기는 좀체 나아지지 않았다.

기침은 더 심해졌고 열은 더 올랐다.

기침에 피까지 섞여 나왔다.

이 정도 증상이면 이미 보통 감기라고는 할 수 없다.

"허어."

장건의 이마에 놓인 물수건을 갈던 굉목은 방 안을 서성거렸다. 평소 쓸데없이 움직이지 않는다던 자신의 지론까지 잊을 정도로 마음이 불안했다.

본산에 내려가 약이라도 얻어 와야 하나 싶었다. 그러나 그랬다가는 아이를 왜 제대로 돌보지 않았느냐고 추궁할 게 분명하다.

"음."

굉목은 팔짱을 끼고 서서 장건을 노려보았다.

"고얀 놈."

생각은 길었지만 행동은 빨랐다.

잠시 장건을 지켜보고 서 있던 굉목은 무슨 생각을 했는지 누워 있는 장건을 억지로 일으켜 앉게 했다.

"콜록콜록!"

장건은 정신없이 기침을 했다.

굉목이 장건의 웃옷을 벗겼다. 땀 냄새가 훅 하고 올랐다.

"정신 차리고 움직이지 말거라."

굉목은 장건의 뒤 허리 부근 명문혈에 손을 댔다.

급한 대로 자신의 내공을 불어넣으려는 것이다.

진원진기까지는 아니더라도 내공을 타인의 몸에 넣는 것은 상당한 내공의 소모를 가져온다. 이렇게 소모된 내공은 다시 회복되지 않으니 굉목은 몇 년 정도의 공부를 한 번에 날리는 셈이었다.

하지만 굉목은 내공의 손실에 연연하지는 않았다.

다만 이것이 아이의 삶에 영향을 줄까 그게 걱정스러웠다.

사실, 이것은 기연이라면 기연이지 악영향이라고는 할 수 없다. 생식을 하며 자연 속에서 살아온 굉목의 내공은 지극히 정순하다. 게다가 다른 내공도 아닌 역근경으로 쌓은 내공이다.

그의 역근경 10년 치 내공을 받은 것만으로도 일반인은 소림의 소환단을 먹은 것처럼 건강하게 살 수 있을 것이다.

한 가지 문제라면, 후에 장건이 다른 내공 심법을 익히기가 까다로워질 거라는 점이었다. 몸 안에 역근경의 기운이 남아 있게 되기 때문이다.

"네 녀석이 자초한 일이니 내 탓은 말거라."

"콜록!"

장건이 계속해서 기침을 해서 진기가 흐트러지자 굉목은 아예 수혈을 짚어 버렸다.

장건은 순식간에 잠에 빠졌다.

굉목이 한 손으로 장건을 지탱하고 한 손으로 장건의 몸에 내공을 불어넣었다.

어느 정도 되었다 싶자, 굉목은 장건을 눕혔다.

땀에 절은 가사를 벗기고 그 상태로 추궁과혈을 시작했다. 장건의 몸 안에 들어간 자신의 내공을 온몸으로 돌게 하기 위해서다.

장건은 내공심법을 배우지 않아 혈도가 완벽하게는 뚫리지 않은 상태였다. 운기법으로 일주천을 시킬 수 없으니 전신 혈도를 때려 강제로 타통시키는 것이다.

탁. 탁.

장건의 전신 혈도를 짚는 굉목의 손은 신중했다. 그가 손을 움직일 때마다 장건의 몸 안에 뭉쳐 있던 정순한 굉목의 내공이 사지로 퍼져나갔다.

장건의 몸이 들썩거렸다.

361군데의 주요 혈도를 타통할 때마다 역근경의 내공이 장건의 몸 구석구석에 스며들었다.

혈도가 타통되면서 수혈을 짚은 상태도 풀려갔다.

굉목은 잠시 호흡을 고르더니 장건의 백회혈을 두드렸다. 자칫 힘 조절에 실패하면 치명적인 부상을 입힐 수도 있는 곳.

굉목은 신중했다.

텅.

장건의 허리가 활처럼 휘며 몸이 퉁겼다.

그 순간 장건의 전신에서 거무스름한 진땀이 배어나왔다. 체내에 남아 있던 탁기가 흘러나온 것이다.

퀴퀴한 냄새가 방 안을 가득 메웠다.

"으음……."

짧은 신음을 내던 장건이 한번 부르르 어깨를 떨었다가, 이내 다시금 잠에 빠져들었다.

기침도 않고 평온한 얼굴이었다.

"후우."

굉목의 얼굴은 땀투성이였다.

거의 반시진이 넘도록 추궁과혈을 했다. 이제 장건은 적어도 몇십 년간 잔병치레를 않을 것이다. 큰 병에 걸리거나 다친다 해도 남들보다 훨씬 빨리 낫고, 보통 사람보다 튼튼한 몸을 가지게 될 것이다.

대신 굉목은 10년 치 공부가 허사가 됐다.

"어차피 무공에 뜻을 두지 않은 몸. 불쌍한 중생 하나 구했다고 생각하면 아깝지는 않다."

굉목은 다른 소림의 무승(武僧)들처럼 강호행을 하지 않는다. 앞으로도 할 생각이 없다. 몸의 건강과 깨달음을 위해 수련을 하고 있을 뿐이지, 달마십삼검이니 백보신권이니 하는 소림의 절세무공은 익힐 생각도 않았다.

"하필 이 귀찮은 꼬마 놈에게 내공을 전수하다니. 에잉!"

굉목은 가부좌를 틀고 운기를 했다.

말과는 달리 지친 심신을 달래고 나서 장건의 온몸을 정성스레 닦아주기까지 했다.

제대로 먹지 못해 뼈만 앙상한 장건의 팔다리를 닦다보니 갑자기 가슴이 울컥했다.

그동안 귀찮다고 마냥 내버려두었었는데, 생각보다 많이 야위었다. 처음 산을 올라왔을 때 통통하던 아이가 아니다.

코끝이 찡해지며 굉목의 이마에 수심이 어렸다.

"어린 것이 왜 이런 고생을……."

굉목은 입을 다물었다.

"허어, 번뇌를 잊고 수행에 정진하기 위해 사람들과의 정(情)을 멀리한 나이거늘, 새삼 이 무슨 연민의 감정이더냐."

나이가 들면 마음이 약해진다고 했던가.

왜 제자를 위해 스승이 목숨을 내놓기까지 하는지 알 것 같았다.

귀여운 아이였다. 다른 사람이 이 아이를 맡았다면 참 많이도 귀여워했을 것이다. 그러나 굉목 자신은 아니었다.

그는 애써 고개를 내저으며 상념을 떨치려 노력했다.

"내가 중생의 고통을 알아야 스스로 번뇌를 끊을 수 있나니, 이것이 부처님이 말씀하신 누진명(漏盡明)의 길이던가."

굉목은 불호를 외며 합장을 했다.

그로부터 정확히 3일 후 장건은 멀쩡한 모습으로 깨어났다.

정신이 혼미할 때엔 그렇게 엄마를 찾더니만 일어나서는 한 번도 엄마를 찾지 않는다. 무슨 일이 있었냐는 듯 조금의 티도 내지 않았다.

'정말로 독한 녀석이구나.'

굉목은 혀를 내둘렀다.

*　　*　　*

"이제부터 밥은 네가 준비해라."

굉목은 장건이 깨어나자마자 다짜고짜 그렇게 말했다.

너무 깊은 잠에 빠져 있던 터라 아직 정신이 들기도 전이었다. 장건은 눈을 비비며 멍하게 되물었다.

"예?"

"그럼 내가 노구를 이끌고 젊은 네 녀석의 밥을 매 끼니마다 해먹여야 하겠느냐? 하는 김에 네가 나무를 해와 방에 불도 때거라."

굉목은 더 말하고 싶지 않다는 듯 휑하니 방을 나가 버렸다.

멍한 얼굴로 있던 장건은 문득 방 안이 따뜻하다는 걸 알았다.

"어? 노사께서 불을 피우셨나?"

절간에서는 화기를 금한다며 밥도 날로 먹던 분이다. 춥다고 불을 피울 리가 없다.

"내가 감기 걸려서 불을 피워주신 걸까?"

평소 굉목의 행동을 보면 그랬을 리가 없을 것 같다.

하지만 굉목이 장건에게 밥을 하라고 한 건 계속 있어도 된다고 인정하는 투였다. 장건은 '헤헤' 하고 웃으며 코를 문질렀다.

"암튼 잘 잤다. 아웅."

평소보다 몸이 아주 개운했다. 꽤 오래 잔 것 같은데도 전혀 찌뿌드드한 느낌이 없었다.

기침도 나오지 않고 머리는 맑다. 언제 아팠냐는 듯 팔팔하다.

"아, 계속 이러고 있으면 안 되지. 게으름 피운다고 또 혼날라."

장건은 이부자리를 정리하고 밖으로 나갔다. 해가 거의 지고 있으니 저녁공양을 준비해야 할 시간이었다.

저녁준비라고 해도 별로 어렵지 않다. 매일 굉목이 하는 걸 봐온 데다 몇 개 준비할 것도 없다. 쌀을 불리는 시간이 있으니 미리 쌀을 담가 놓기만 하면 된다.

다른 건 몰라도 해야 할 일이 생긴 게 너무 기쁜 일이었다.

'시간도 빨리 가겠지.'

장건의 눈은 보통 사람보다도 더 맑고 정순하게 빛나고 있었다.

아직 자신의 몸에 변화가 생긴 것을 제대로 인지하지 못한 장건이었다.

* * *

장건이 뭔가 이상하다고 생각한 것은 바로 다음날 새벽이었다.

아픈 동안 내내 잠을 자 밤에 좀 뒤척였는데도 눈을 뜨니 몸이 가벼웠다.

'희한하네.'

자기 전 아궁이에 피웠던 불도 밤사이 꺼진 지 오래라 방 안에 한기가 감도는데도 그다지 춥다는 생각이 들지 않았다.

장건이 고개를 갸웃거리는 걸 본 굉목은 그 이유를 알고 있었다.

'탁기가 많이 쌓이지 않은 어린아이인지라 추궁과혈을 할 때 온몸 혈도가 대부분 뚫렸다. 말이 추궁과혈이지 벌모세수를 한 셈이 되었구나.'

기가 전신을 활발히 순행(順行)하고 거기에 굉목이 불어넣은 역근경의 내공이 남아 있으니, 적토마에 날개를 단 격이다.

남들은 억만금을 들여서라도 무림의 명숙을 데려다 벌모세수를 시킨다는데, 장건은 공짜로 기연을 얻은 셈이다.

'그러고 보니 지금이라도 무공을 가르친다면 제법 한가락 하는 무인이 될 수도 있을 텐데.'

굉목은 잠시 생각하다가 고개를 저었다. 무공을 가르치자면 속가로라도 입문시켜야 하고 특별한 경우니만큼 방장 사형의 허락을 받아야 한다. 그러자면 또 이유를 설명해야 하고…….

'결국 제 아비가 원한대로 되는 게 아닌가. 이 아이의 체질도 그리 무공에 적합한 체질은 아니고.'

남들에게 휘둘리는 게 싫은 굉목은 생각을 접었다.

그는 늘 하던 대로 이부자리를 정돈하고 새벽 수련을 위해 밖으로 나갔다. 그 뒤를 장건이 뒤따랐다.

굉목은 큰 바위에 가부좌를 틀고 앉았고 장건은 그 옆의 작은 바위로 올라가 앉았다.

굉목이 있는 큰 바위를 엄마바위, 자기가 올라가 있는 작은 바위를 애기바위라고 이름도 붙였다.

'아우, 엉덩이 시려워.'

바위의 표면이 살짝 얼어 있어 엉덩이가 얼얼했다. 전 같으면 참기 힘들었을 텐데 그래도 오늘은 왠지 참을 수 있을 것 같다.

엄마바위에 앉은 굉목이 운기행공을 시작하자, 장건도 따라 했다.

내공을 운기하는 방법은 모르지만(그런 게 있는지도 모르지만) 동작만큼은 몇 달이나 보아온 터다.

눈썰미도 있는 편인데다, 무엇보다 배곯기가 싫다는 일념하에 굉목을 관찰해 왔다. 굉목이 어떻게 기를 먹는지 방법을 대강 눈으로 익혔다.

'무릎에 올려둔 손은 손바닥을 하늘로 향하고 코로 천천히 숨을 들이쉰다. 그리고 입으로 숨을 내쉬는데 들이쉬는 것의 8할 정도만 시간을 두고 내뱉어야 해.'

세심한 동작 하나하나도 알고 있다.

장건은 필사적이었다. 배가 너무 고파서 어떻게든 빨리 굉목처럼 기라는 걸 먹고 싶다.

'들이마시고…… 내뱉고…… 들이마시고…….'

굉목은 한번 호흡을 할 때 무려 일각 이상이나 걸린다. 그것까지 따라할 수는 없으니 장건은 자신이 할 수 있는 한도에서만 숨을 쉬었다.

'어?'

그런데 평소와는 다른 느낌이다.

숨을 들이쉴 때 코부터 폐, 하복부까지 살짝 찌르르 하는 느낌이 있었다. 기분 나쁜 느낌은 아니었다.

숨을 천천히 내쉬고 나니 그 느낌이 가는 실처럼 남아서 아랫배에 똬리를 트는 듯한 기분이다.

'뭐지? 이게 기를 먹는 느낌인가?'

굉목의 추궁과혈로 장건의 몸이 기에 민감해졌다는 걸 모르는 탓이었다.

이유야 어쨌든 간에 몇 달 동안 노력한 성과가 있는 것 같아 장건은 기분이 좋아졌다.

'나도 이제 기를 먹을 수 있다!'

장건은 웃음이 나오는 걸 참았다.

숨을 들이마시고 내쉬고.

아주 희미한 느낌이었지만 그때마다 기분이 상쾌해졌다.

'먹자먹자. 배부르게 많이많이!'

맛난 당과를 앞에 둔 것처럼 장건은 한껏 숨을 들이켜고 내쉬었다. 그러나 조급한 마음에 급히 숨을 쉬자 오히려 느낌이 사라졌다.

'에에…….'

실망은 하지 않았다.

몇 번, 몇십 번의 실험 끝에 장건은 숨을 천천히 오래 쉴수록 오히려 기를 많이 먹을 수 있다는 걸 알았다.

너무 숨을 참아서 얼굴이 빨개질 때까지 들이쉬어도 안 되었다. 최대한까지 숨을 들이켜되 멈추면 안 된다는 것도 알았다. 숨을 너무 내뱉으면 실처럼 똬리를 튼 기가 함께 빨려나가니 적당히 내뱉어야 한다는 것도 알았다.

기를 먹는다는 건, 혀 안에서 당과를 굴리는 달콤한 맛은 아니었지만 몸 전체가 상쾌해지는 듯한 기분이 들었다. 입으로 먹는 게 아니라 몸으로 먹는 맛이다.

기분상일지도 모르지만 배고픔도 덜해지는 듯했다.

'신난다!'

장건은 한 시진이란 긴 시간이 어떻게 가는지도 모르게 기를 먹고 또 먹었다. 굉목이 일어섰을 때는 아쉬움을 느낄 정도였다.

비실대던 보통 때와 달리 장건은 생생한 모습으로 아침 공양을 준비하러 달려갔다.

굉목은 그런 장건의 뒷모습을 보며 '흠' 하고 생각에 잠겼다. 오늘따라 수련 도중에 야릇한 기척을 몇 번이나 느꼈다.

'설마하니 단전호흡법을 익힌 것은 아니겠지?'

누구에게 배운 적도 없는데 스스로 할 수 있을 리가 없다.

'역근경의 내공이 몸 안에 구석구석 퍼져 있으니 기에 민감해졌기 때문일지도 모르겠군.'

굉목은 아무래도 자신이 실수한 게 아닌가, 하고 잠깐 고민하며 암자로 향했다. 여느 때와 달리 몸이 무겁다는 게 느껴졌다.

'끄응, 내가 좀 무리한 겐가?'

10년 내공을 한 번에 소실한 데다, 추궁과혈을 할 때 꽤 많은 심력을 쏟았으니 굉목으로서도 무리를 한 셈이다.

'쯧쯧, 내가 어쩌다가 이런 꼴이 되었누.'

생각할수록 장건이 미워지는 굉목이다.

*　　*　　*

이상한 점은 새벽 수련시간 때만이 아니었다.

독경시간이 끝나고 굉목이 건신동공을 할 때 따라하는 것도 쉬워졌다. 쉬워진 정도가 아니라 색다른 감각이 느껴졌다.

마치 자기의 몸을 자기가 투시하고 있는 듯한 기분이 들만큼, 전신 근육이 움직이는 감각을 받아들일 수가 있었다.

'이게 몸을 들여다본다는 거구나. 우와아, 신기하다.'

평소에도 늘 그렇게 하려고 했지만 힘만 들지 보이는 건 아무것도 없었다.

한데 오늘만큼은 그렇지 않았다.

털끝 하나하나가 바람에 스치는 것까지도 어렴풋이 느낄 수 있었다. 느릿하게 걸음을 내딛고 양팔을 회전시켜 가슴 앞으로 모으는 동작이 한 번 끝날 때마다 감각이 일깨워졌다.

이것은 굉목조차도 생각하지 못한 일이었다.

기(氣)는 물리적으로 움직이는 것이 아니라 의념으로 행하는 것이다. 할 수 있다고 믿고, 기감(氣感)을 느낄 때 비로소 기를 움직일 수 있는 것이다.

장건은 굉목의 추궁과혈로 기경팔맥이 활성화되었고, 어설프지만 단전호흡을 통해 기감을 느낀 상태였다. 더구나 동공의 수련에 온 정신을 집중하고 있다.

때문에 몸 안에 남아 있던 굉목의 내공이 반응했다.

굉목이 익히는 역근경은 무공에 맞도록 근골을 개선시키는 공능을 지니고 있다.

소림의 무공은 강맹하고 무겁다.

따라서 역근경을 익힌 상태에서 소림의 무공을 배우면 몸이 더 단단해지고 근골이 튼튼해진다. 기세가 강렬해지고 진각의 힘이 거세어진다.

역근경이 소림의 무공에 적합한 신체로 바꾸어주는 것이다.

장건의 경우에는 무공을 배우지 않았다.

그러나 장건은 배고픔을 이겨내기 위해 쓸데없는 힘의 소비를 줄여야 한다는 걸 머릿속에 각인해 두고 있다. 그것을 마치 평생의 신념처럼 생각하고 있는 것이다.

그런 생각에 역근경의 내공이 반응하면서 장건의 체질을 조금씩 바꾸어 가고 있었다.

역근경을 익히고 있어야 제대로 효과를 볼 수 있는 건신동공의 수련이 장건에게 뜻하지 않은 공능을 선사하고 있는 것이다. 더불어 단전에 쌓아두기만 하는 내공이 건신동공을 통해 운기되는 효과도 있었다.

이는 굉목이나 장건이 상상도 못하는 방향으로 일이 흘러가게 만들었다.

*　　*　　*

날이 갈수록 장건은 건장해져 갔다.

맑은 눈에는 생기가 돌고 피부는 다시 매끄러워졌다. 바짝 야위었던 팔다리에도 조금씩 탄탄한 근육이 붙었다.

먹는 것에 비해 성장이 빨랐다.

그래서 장건은 더 배가 고파져 갔다. 어쨌거나 한창 성장할 나이였다.

어쩔 수 없이 굉목 몰래 산열매를 따먹고 칡뿌리를 캐먹었다.

심심할 때마다 산을 돌아다니며 먹을 수 있는 건 죄 먹었다. 가끔 독초를 먹을 때도 있었지만 며칠 배앓이를 하고 나면 무슨 일이 있었냐는 듯이 멀쩡해졌다.

뭐든지 먹어야 산다는 일념이 독초마저도 소화를 시키고 있었다. 심지어 장건은 자기가 독초를 먹은 것도 모르고 지나갈 때가 더 많았다.

그 외에도 허기를 면하는 방법은 또 있었다.

매일 새벽 기를 먹는 것이다. 그렇게 기를 먹고 굉목을 따라 건신동공을 하면 조금이나마 허기가 가셨다. 허기만 가시는 게 아니라 기분도 상쾌했다.

장건은 매일 새벽 기를 더 많이 먹기 위해 노력했다. 그것만으로는 허기를 면하는 데 부족하다 생각이 들자, 낮에도, 밤에도 기를 먹을 수 있는 방법이 없을까 고민했다.

그렇게 3년이 지났다.

*　　*　　*

소림사의 방장 굉운은 길게 한숨을 내쉬었다.

그의 앞에 있던 굉정은 굉운의 한숨을 보며 자신 역시 한숨을 내쉬었다.

"죄송합니다, 방장 사형."

"사제가 잘못한 것이 무에 있겠나. 상황이 이러한데 누구의 탓이라고 할 수 있겠는가."

"휴우. 어떻게 이런 일이 생길 수 있는지 모르겠군요."

소림의 재정을 맡고 있는 도감승(都監僧) 굉정은 못내 미안함을 감출 수가 없었다.

지난 몇 년간 소림의 재정은 심각할 정도로 악화되어 왔다.

작은 사찰이라면 승려 몇이 먹을 곡식과 채소쯤은 자급자족할 수 있다. 하지만 소림사는 거대한 사찰이며 동시에 무림문파다. 제아무리 절약한다 하더라도 수백 명의 인원이 먹고 입고 살아가는 데 필요한 재화를 자급자족할 순 없는 노릇이다.

더구나 아무리 필요 없는 씀씀이를 줄이고 허리띠를 졸라매도 기이할 정도로 계속해서 지출이 늘어났다. 수련 중에 부상을 입는 문도의 수가 잦아졌는가 하면, 오래된 건축물들이 무너져 보수해야 한다던가 하는 일들이 자꾸만 생겨났다.

엎친 데 덮친 격이라고 가장 큰 수입원이었던 속가제자들의 희사가 줄고 있는 것이 가장 치명적이었다. 표국을 운영하는 제자가 표물을 손상해 막대한 배상을 하게 되었다던가, 상계의 제자들이 연달아 큰 거래를 실패해 어렵게 되었다던가 하는 이유들이 있었다.

그런 사정들이 있는데 희사를 강요할 수도 없는 노릇이라 소림사로써는 답답할 뿐이었다.

한숨을 쉬던 굉운이 물었다.

"지금 상태가 계속된다면 어떻게 되겠는가."

굉정은 잠시 생각하더니 대답했다.

"그나마 사답(寺畓)에서 매해 풍작을 거두고 있어 그럭저럭 꾸려가고는 있습니다만, 희사는 그렇다치고 본산 경내의 지출이 지금처럼 지속된다면 장담을 할 수가 없습니다."

"나무아미타불……. 부처께서 소림에 내리신 시련이던가."

"면목이 없습니다. 명색이 도감인데 아무 말씀도 드릴 수가 없군요."

뚜렷한 해법이 보이지 않는 상황에서 방장 굉운이 할 수 있는 일은 많지 않았다.

장고 끝에 굉운이 결정했다.

"다음 기수의 속가제자를 좀 더 받아들여야 할 것 같네."

"하지만, 그렇게 되면 다른 문파의 반발이 만만치 않을 것입니다. 게다가 지금 받아들이는 수만으로도 벅찬 지경입니다."

굉운은 쓴 미소를 지었다.

"중으로서 할 말은 아니나, 중도 사람인 이상 먹고 살아야 하지 않겠는가. 지금으로써는 그게 최선이라고 생각하네. 그렇다고 소환단이나 대환단을 시중에 내다팔 수도 없는 노릇이 아닌가."

굉정이 고개를 푹 숙였다.

천하의 소림사가 재정이 파탄에 이를 줄이야 그 누가 알았겠는가. 그리고 그 때문에 위기감마저 느껴야 하다니.

굉운은 문득 방장실의 천장을 보며 한탄했다.

"어쩌다가 소림사가 이 지경에까지 이르렀는지 모르겠구나!"

제 4 장

소림의 쇠락은 우연?

"허허, 오랜만에 찾는 소림사라……."

늙수그레한 노승이 한낮에 소림사를 방문했다. 길고 흰 수염을 기른 그는 오래전 장건의 사주를 보았던 혜원사의 금오다.

"아미타불. 소림이 무림문파라 하나 본질은 사찰인 터. 이토록 많은 참배객이 찾으니 참으로 흐뭇하구나."

금오는 끊임없이 몰려드는 참배객들을 보며 미소를 지었다. 많은 사람들이 소림사의 산문을 드나들고 있었다. 그들은 자신들의 곁에 있는 고매한 노승을 보며 합장을 했고, 금오는 귀찮아하지도 않으며 일일이 합장하여 답했다.

"그 녀석은 잘 있는지 모르겠군."

금오는 한참이나 계단을 올라 겨우 소림사의 정문에 도착했다. 그곳에도 사람들은 바글거렸다. 바글거리는 사람들이 금오를 볼 때마다 합장을 한다.

"어서 오시지요. 무슨 일로 찾아오셨습니까?"

지객승이 반장하며 금오를 맞이했다. 금오는 선종(禪宗)을 나타내는 회색 승복을 입고 있어 소림사의 승려들과는 확실히 구별이 되었다.

소림사 특유의 승복이 아닌 회색 승복이라 외부 사찰에서 온 손님임을 쉽게 알 수 있었다.

금오는 깊고 그윽한 눈길로 대답했다.

"내 오랜 친우를 만나러 왔다네."

"친우분의 법명이 어찌되시는지요."

"굉운이라 한다네."

지객승의 눈이 휘둥그레졌다. 방장 굉운의 오랜 친우라면 보통 손님이 아니다.

"따라오십시오. 사람을 불러 따로 기별을 하는 동안 제가 모시겠습니다."

"나무아미타불. 고맙네."

세월은 지났으나 소림의 예와 불심은 변하지 않았다. 금오는 흡족한 웃음을 지으며 지객승의 뒤를 따랐다.

지객승을 뒤따라 가다가 금오는 문득 이상함을 느꼈다.

"음?"

일반 참배객들이 들어오지 못하는 소림의 안쪽 경내, 즉 소림에 상주하는 이들만 오갈 수 있는 청산(靑山) 내원에 들어서니 바깥과 분위기가 사뭇 달랐던 것이다.

수많은 참배객들이 오가는 바깥 백운(白雲) 외원에서 조용한 내원으로 들어왔기 때문에 느끼는 괴리감이 아니었다.

"허?"

금오는 내원에 서 있는 전탑(塼塔)들을 보고 깜짝 놀랐다. 벽돌로 만든 전탑의 일부가 무너진 채 방치되어 있었기 때문이다. 무너지고 칠이 벗겨진 전탑은 흉물스럽기 그지없었다.

"허어!"

소림사는 화려하지 않았지만 늘 단정하고 잘 정돈이 되어 있었다. 무림문파이기도 한 까닭에 기강을 위해서라도 경내를 깔끔하게 보존해야만 했다.

아니, 문파를 떠나서 부처를 모시는 사찰이고 중원에서도 손에 꼽는 거대한 사찰인데 이렇게 관리가 부실하다는 것은 믿을 수 없는 일이었다.

금오가 좋지 못한 얼굴로 안내하는 지객승에게 물었다.

"이보시게. 저 탑들을 왜 보수하지 않는가."

지객승은 대답보다 먼저 길게 한숨을 내쉬었다.

"후우. 보수하지 않은 것이 아니라 몇 번이나 보수를 한 것입니다."

"어떻게 저런 상태를 보수했다고 할 수 있는 겐가."

"휴우."

지객승은 대답도 하지 못하고 한숨만 내쉬었다. 승려가 사찰 안에서, 그것도 손님의 앞에서 한숨을 쉰다는 것도 금오에게는 받아들이기 힘든 일이었다.

"주변을 한 번 보십시오."

"흠."

금오는 굉운을 만나면 한마디 해주어야겠다고 생각하다가 주변의 전각들을 보고 다시 한 번 놀라고 말았다.

"이게 도대체……."

도대체가 성한 전각이 하나도 없었다.

어떤 것은 기와가 반이나 날아갔고, 어떤 것은 처마가 무너져 있었다. 색이 벗겨지고 한쪽 벽이 무너진 건 다반사였다.

소림사가 아니라 무슨 폐가들이 즐비한 동네에 온 듯하다.

"이게 무슨 변고란 말인가!"

금오는 당황해서 자기도 모르게 소리를 높였다.

그때 누군가의 비명소리까지 들려왔다.

"아악!"

금오가 급히 고개를 돌려보니 연무청(鍊武廳)에서 한 명의 무승이 다른 무승들에게 부축을 받으며 급히 나오고 있었다. 고통을 참느라 이마에 땀이 뻘뻘 흐르고 있다.

안내하던 지객승이 또다시 한숨을 쉬었다.

“휴우, 또……. 신경 쓰지 말고 가시지요.”
“신경을 쓰지 말라니?”
금오는 이런 일련의 일들이 당황스럽기만 할 뿐이다.

“아미타불.”
“나무아미타불.”
서로 불호를 외고서야 굉운은 인사말을 건넸다.
“어서 오게. 정말 오랜만일세. 잘 지냈는가?”
금오는 떨떠름한 얼굴로 굉운을 쳐다보았다.
강호에서 활불이라 불리는 굉운의 얼굴은 이상하게도 윤기가 없다. 어딘가 모르게 푸석푸석하고 눈가에는 거무스름한 기까지 서려 있다.
“굉운. 이게 대체 어떻게 된 일인가!”
굉운이 웃었다. 굉운을 잘 아는 금오는 그 웃음이 굉장히 힘이 없어 보였다.
“일단 앉게.”
“험…….”
금오는 앞에 놓인 차를 보고 다시 한 번 놀랐다. 굉운이 마시던 차라고는 믿기지 않을 만큼 형편없는 향이 풍기고 있었다.
승려들이 유일하게 욕심을 부리는 게 바로 차다. 특히나 굉운은 좋은 차만큼은 세상이 무너져도 양보하지 않곤 했다.

그런데 앞에 놓인 차는 어찌나 하품(下品)인지 끔찍할 정도였다. 예전의 굉운이라면 도저히 상상할 수도 없는 모습이었다.

"최근에 소림사가 많이 어려워졌다네. 친구에게 좋은 차를 대접해야 하지만, 좋은 차는 참배객들을 위해 쓰고 우린 하품의 차를 마시고 있다네. 이나마도 이제 거의 남지 않았다지."

굉운이 씁쓸하게 웃고 있었다. 평소 이런 얼굴을 하고 있던 친구가 아니었다.

금오는 눈으로 보면서도 믿기지가 않았다.

"소림의 속가제자들에게 문제가 생겼다고는 들었지만 설마 이 정도까지일 줄이야."

"오랜만에 찾아온 자네에게 좋은 차 한 잔 대접하지 못해 미안하구만."

"나야 괜찮네만. 그럼 밖의 전각들과 전탑들을 보수하지 않은 것도……?"

굉운이 고개를 갸웃했다.

"그게 참 이상한 일일세. 보수를 해도 해도 끝이 없이 무너지고 부서지니, 도저히 견뎌낼 재간이 없지 뭔가. 벌써 이달에만 세 번 넘게 보수한 전탑도 있다네."

"허어!"

"외원에는 일반 참배객들이 많이 방문하니 어쩔 수 없이 보수를 하고 있네만, 내원은 거의 포기한 지경이지. 벌써 3년째

라네.”

“허!”

감탄이 아닌 경악성을 내뱉던 금오의 머릿속에 갑자기 한 명의 이름이 스쳐간다.

‘설마?’

소림사가 재정적으로 어려워지기 시작한 것이 3년 전이라면, 자신이 장건을 데려온 해였다.

하지만 아무리 아이의 사주가 집안을 말아먹을 팔자라고 해도 그렇지, 이곳이 어디인가!

바로 천하제일 소림사가 아니던가!

제자로 들인 것도 아니고 잠시 맡아 기를 뿐인데 소림사가 망하고 있다는 것은 말이 되지 않는다.

더구나 중원 전역에 속가제자를 둔 소림사의 재정이 이 지경이 된다는 것 또한 말이 되지 않는다.

‘우연의 일치겠지.’

금오는 불호를 외며 애써 우연이라 생각해 본다.

“나무아미타불.”

굉운이 때마침 물었다.

“아, 그러고 보니 어인 일인가. 예전에 맡겨둔 아이 안부라도 물으러 온 겐가?”

“그렇긴 하네만…….”

“가만있자. 그 아이 이름이 뭐라고 했지? 장……건이었던가?"

"그렇다네."

"장건이란 아이는 내 사제가 맡아 키우고 있다네. 아이에게 산중 생활이 쉽지 않을 텐데, 아이의 부모에게 참으로 미안하구먼."

굉운이 눈을 감고 뭔가를 떠올리려는 듯 애를 쓴다.

"가만있자……. 그런데 그 아이를 왜 맡겼다고 했었지? 자네가 꼭 덕이 높고 검소한 이에게 맡겨야 한다고 해서 내 그에 적격인 사제에게 맡겼네만."

그 말에 금오는 심장이 펄떡 놀라 뛰는 것 같았다. 장건의 팔자와 소림사의 쇠락이 우연의 일치라고 생각하고 있으면서도 가슴 한편이 뜨끔거렸다.

"그게 말일세……."

굉운이 웃으며 말했다.

"소림사가 형편이 어려워질 줄 알고 처음부터 검소한 이에게 맡기라 했던 것이었나? 소림에 부담이 되지 않게? 아무렴, 소림이 아이 한 명을 감당하지 못하겠는가."

"그게……."

"하긴, 자네가 전부터 점쟁이보다도 더 신통력이 있었으니. 예끼, 이 사람아. 그럴 줄 알았으면 미리 대비라도 하게 내게도 귀띔을 해주지 그랬나."

"허허……."

금오는 오해하고 있는 굉운에게 차마 장건에 대해 얘기할 수가 없었다.

'우연일 게야. 암.'

그래도 여전히 마음이 불편하다.

금오가 진지한 얼굴로 굉운을 불렀다.

"여보게."

"왜 그러는 겐가? 자네 안색이 좋지 않아 보이네."

"내가 도울 일은 없겠는가? 중놈 입으로 돈 얘기를 하긴 그렇지만, 돈이 필요하다면 내 혜원사에 어떻게든 부탁해 봄세."

"말만으로도 고맙네. 하나 사답이 매해 풍년이라 먹고사는 건 걱정이 없다네."

그 말에 금오는 소름이 쭉 끼쳤다.

하는 일은 잘 되나, 나가는 곳이 더 많으니 밑 빠진 독에 물 붓기가 되는 바.

그것이 장건의 사주였다.

금오는 마음을 가라앉히기 위해 불호를 외었다.

"나무아미타불."

금오의 불호에 굉운이 미소를 지었다. 그러나 금오는 굉운의 웃는 얼굴을 똑바로 쳐다볼 수가 없었다.

금오는 결국 마음을 굳게 먹고 일어섰다. 아무리 우연이라 하더라도 찔리는 게 있으니 이대로 갈 수는 없다.

"아니, 벌써 가려는가?"

"아닐세. 이곳 법당으로 가네."

"법당은 왜?"

"내 할 수 있는 일이 뭐가 있겠나. 소림을 위해 일만 배 정진을 하려 하네."

"자네가 소림을 위해 그렇게까지……."

굉운이 감동하여 눈을 깜박이자 금오는 더욱 마음이 무거워졌다. 등허리에서는 이미 식은땀이 흐른다.

"하지만 자네 나이도 있는데 남의 절에 와서 무리하라 할 순 없지 않은가. 그것도 마음만 받음세."

"아닐세. 난 가야 하네!"

너무나 단호한 대답에 굉운이 어리둥절한 표정을 지었다.

금오는 한숨을 크게 쉬며 방장실을 나갔다. 문을 닫기 전 굉운을 보며 한마디를 남겼다.

"미안하네."

"자네가 왜 미안한가? 이보게!"

금오는 만류하는 굉운을 내버려둔 채 법당으로 향했다.

그리고는 그곳에서 일만 배를 올리기 시작했다.

일만 배를 올리는 금오의 표정은 뭐라 형용할 수 없는 죄책감과 의문으로 가득 차 있었다.

'아무리 팔자가 세더라도 설마……. 소림사를 말아먹진 않겠지. 암. 이것은 그저 우연일 뿐이니.'

그가 할 수 있는 것은 그저 일만 배를 올리며 그렇게 몇 번이고 되뇌는 것뿐이었다.

*　　*　　*

장건이 담백암에 온 지 5년만의 일이었다.

어느 날인가 아랫배가 묵직하다 싶더니 실타래처럼 무언가 뭉친 느낌이 들었다. 대변을 봐야 할 것 같은 느낌과는 달랐다.

건신동공을 하니 엉킨 실타래가 풀려 온몸을 돌아다니는 걸 느낄 수가 있었다. 갑자기 몸 안의 뼈와 근육이 움직이는 듯한 기분이 들었다.

한 걸음을 내딛고, 양손을 차례로 원을 그린 후 가슴 앞으로 모으는 동작을 하나의 주기로 하는데, 그 한 주기를 마칠 때마다 몸이 삐걱거렸다.

삐걱대는 느낌은 계속되었지만 그것 또한 그리 싫은 느낌은 아니었다. 오히려 몸이 가벼워졌다. 키도 훌쩍 커진 듯했고 어딘가 모르게 달라진 느낌이 들었다.

유난히 이상하다고 생각했던 그날, 그 후부터 장건은 전처럼 배가 고프지 않게 되었다. 배가 고프긴 해도 죽을 정도로 고통스럽진 않았다.

그리고 그때부터 장건은 새로운 감각을 얻게 되었다.

그것은 말로는 표현할 수 없는 미묘한 불쾌감 같은 것이었다.

*　　*　　*

"자네 또 왔는가?"

굉운은 자못 비장한 표정으로 선 금오를 보며 놀랐다.

"자네 이러다 몸 축나네. 나이를 생각해야지. 작년에도 일만 배를 마치고 한참을 앓았지 않은가."

그러나 금오는 퀭한 눈으로 물었다.

"올해도 사정이 나아지지 않았다면서?"

"그렇긴 하지만 그건 자네와는 상관이……."

"나무아미타불!"

금오는 대답도 하지 않고 굳센 어조로 불호를 외운 후, 그 길로 법당으로 직행했다.

그의 뒷모습을 보며 굉운은 '허!' 하고 탄성을 냈다. 굉운의 곁에 있던 도감 굉정이 굉운을 보며 말했다.

"좋은 친우를 두셨습니다. 저희도 쉬이 하지 못하는 일만 배를 매년 찾아와 대신 올려주시다니요."

"마음은 고맙지만 사람이 상할까 걱정이네. 저 친구는 무공도 익히지 않았는데……."

"하지만 덕분에 소림의 분위기가 달라진 것은 사실입니다.

금오 대사께서 오시는 날엔 젊은 승려들 몇몇이 자진해서 일천 배, 일만 배를 함께 올린다 합니다."

"나는 저 친구에게 큰 빚을 진 셈일세."

굉운은 코끝이 찡해졌다.

"살아 있는 활불이란, 내가 아니라 저 친구를 말하는 것이었어."

굉운이 굉정을 보며 다짐했다.

"우리도 열심히 하세. 내년에는 저 친구가 오지 않아도 되도록."

"물론입니다."

굉운과 굉정은 감동이 가득한 눈으로 금오의 뒷모습을 좇았다.

오늘따라 금오의 구부정한 뒷모습이 한없이 크게만 보였다.

* * *

장건이 소림사에 온 지도 벌써 7년이 지나 15세가 되었다.

요즈음 굉목은 자꾸만 기분이 이상했다.

잠자리가 뒤숭숭해 잠이 잘 오지 않았고, 방 안에 가만히 앉아 있으면 괜히 좌불안석이 되어 마음이 불안해졌다.

뭐라고 콕 집어 말할 수 없는 불편한 느낌에 묘한 기분이 들었다.

'이상한 일이로고. 대체 무슨 일인가.'

소림사의 재정이 좋지 않아 경내 분위기가 뒤숭숭해서 그런 건 결코 아니었다. 굉목은 소림사의 재정 따위에는 관심도 없었고, 영향을 받을 만큼 씀씀이가 있는 것도 아니었다. 더욱이 본산에서 멀리 떨어진 산속에서 은거하는 까닭에 그런 분위기를 느낄 새도 없었다.

그러니 굉목은 더더욱 이상하다는 생각이 들었다.

'매일 매일이 똑같은데 어째서 이리 불안한 기분이 드는지 모르겠군.'

아무리 눈을 씻고 살펴봐도 크게 달라지거나 변한 것이 없었다.

"노사님, 아침 공양입니다."

장건이 문을 열고 아침 공양을 준비해 왔다.

"크흠."

늘 그래왔듯이 굉목은 헛기침 한 번을 하는 것으로 알았다는 의미를 전달했다. 수고했다거나 하는 얘기는 이제껏 단 한 번도 한 적이 없었다.

굉목은 상에 놓인 젓가락을 집으려 하다가 문득 또다시 이상한 기분을 느꼈다.

'음?'

그 이상한 기분을 말로 표현하기가 어려웠다.

굉목은 끙끙거리며 자신의 기분을 표현할 수 있는 말을 찾아내려 애썼다.

머리에서 적당한 단어가 떠오르기까지 굉목은 상당한 심력을 소모해야 했다.

'답답……함?'

한참 만에 굉목이 떠올린 단어는 바로 그것이었다.

'답답하다. 그래! 답답해!'

어찌나 자신의 기분에 그 말이 딱 들어맞는지 스스로도 놀랄 지경이었다.

하지만 왜 답답한지 알 수가 없게 되자, 더 답답해졌다.

"노사님?"

굉목이 상념에서 벗어나니 장건이 멀뚱히 바라보고 있었다.

"무슨 생각하세요?"

"아니다."

굉목은 짧게 장건의 말을 일축하며 젓가락을 집었다.

아니, 젓가락을 집으려다가 멈췄다.

뭉글뭉글.

젓가락에서 피어오르는 불길한 느낌이 옅은 안개처럼 퍼져가고 있었다.

'도대체 이게…….'

답답함의 편린 한 조각을 찾고 나니 그 이유를 살피기가 한결 수월해졌다.

굉목은 곧 이유의 전체 윤곽을 발견할 수 있었다.

바로 상 위에 놓인 젓가락과 그릇의 배치였다. 굉목이 느낀 답답함의 원천은 바로 그것이었다.

보통 사람이라면 눈치채지 못할, 하지만 어느 정도 성취가 있는 무인이라면 어렵사리 느낄 만한 그런 이질감이 상 위에 자리하고 있었다.

"이게 뭐냐?"

자기도 모르게 생각이 말이 되어 먼저 튀어나와 버렸다.

장건은 무슨 영문인지 모르겠다는 얼굴로 대답했다.

"아침 공양인데요?"

굉목이 손을 휘저었다.

"됐으니까 조용히 해라. 네게 한 말이 아니다."

"여긴 저하고 노사님밖에 없는데요?"

"나한테 한 말이다."

"네?"

굉목은 귀찮다는 듯 인상을 찌푸렸다. 장건은 입을 삐죽 내밀고서는 가만히 기다렸다.

굉목은 천천히 상을 살폈다.

오늘 아침 공양은 어제와 별다른 게 없었다.

물에 불린 쌀이 담긴 작은 그릇 두 개, 젓가락 두 쌍, 그리고 다듬은 아욱(葵)이 넓적한 그릇에 놓여 있었다.

그러나 어제는 미처 보지 못했던 것들이 상 위에 가득했다.

질서, 혹은 굳이 표현한다면 소름이 끼칠 정도의 정돈이었다.

젓가락은 조금의 빗나감도 없이 일렬로 정렬되어 있었고, 그릇 역시 마찬가지였다. 심지어는 그릇 안에 든 물에 불린 쌀조차 어딘가 모르게 질서정연한 군영의 병졸들처럼 늘어서 있었다.

결정적으로 넓적한 그릇에 가지런히 담긴 아욱을 보는 순간, 굉목은 기가 차서 말이 안 나왔다.

'무슨 아욱을……, 튀어나온 이파리 하나까지 다듬어 놓았단 말인가!'

다듬은 건 다듬은 건데 죄다 같은 모양으로 다듬었다는 게 문제다. 누가 보면 네쌍둥이라고 할 것 같다.

너무 심하게 정돈이 되어 있는 상을 보니 식욕이 뚝 떨어질 지경이었다.

굉목은 어이없는 표정으로 아욱을 집어 보였다.

"이게 뭐냐?"

장건은 입을 꼭 다물고 굉목을 보기만 했다.

"이게 뭐냐니까!"

"……."

"왜 대답이 없어!"

그제야 장건이 웃으면서 말했다.

"아아, 저한테 말씀하시는 거였어요? 전 또 노사님이 혼잣말하시는 줄 알았죠."

멍청한 놈인지 아니면 영악한 놈인지 몰라도 굉목은 입씨름을 하고 싶은 생각은 없었다.

굉목은 최대한 진정된 목소리로 물었다.

"네게 물은 것이다. 이게 뭐냐?"

"그거 아욱이잖아요. 텃밭에 자라던 걸 뽑아온 건데요."

장건이 조심스럽게 굉목의 눈치를 살폈다.

"이것이 아욱인지를 물어본 게 아니다. 왜 아욱을 이따위로……, 아니, 이렇게 다듬었는지 물은 게다."

장건은 굉목이 혼내려는 게 아니라고 생각했는지 얼굴을 조금 폈다.

"그냥 그렇게 하는 게 맛있어 보이고 좋을 것 같아서요."

"정말이냐?"

"못 먹을 부분이랑 벌레 먹은 부분만 떼어냈어요. 먹을 수 있는 이파리까지 떼어낸 거 아녜요."

"허! 이것도 재주라면 재주로구나!"

감탄과는 달리 얼굴을 일그러뜨린 굉목이 이번엔 밥그릇을 가리켰다.

"그럼, 이건 또 뭐냐?"

"쌀이잖아요. 물에도 적당히 불렸는데요."

자꾸 추궁하는 굉목의 어투에 장건이 불만스러운 표정을 지었다.

"그럼 그냥 그릇에 담으면 되지, 왜 낟알을 일일이 줄을 세워놨어! 그렇게 할 일이 없었느냐?"

"요령만 알면 금세 할 수 있어요. 전 그렇게 하는 게 더 편한걸요."

"어쩐지 요즘에 소화가 안 된다 싶었다. 이렇게 딱딱 맞춰 놓으면 마음이 불편해서 어디 밥맛이나 나겠느냐?"

'애들 장난 하는 것도 아니고' 라는 말이 목까지 치솟았던 굉목이었다. 사실 생각해 보면 산중에서 별다른 할 일도 없으니 이런 장난을 하는 게 장건에게는 자그마한 즐거움이었을지도 모른다.

그러나 도리어 장건은 눈을 동그랗게 뜨고 굉목에게 되물었다.

"이렇게 딱딱 맞춰놓아야 자연스럽잖아요."

"뭐?"

굉목은 더 이상 말을 하기가 싫어졌다. 처음 봤을 때부터 이상한 말로 괴롭히던 장건이 떠올랐다.

"네 녀석은 자연스럽다는 말이 어떤 말인지나 아느냐?"

"알죠. 편한 거요."

굉목은 일렬로 놓인 젓가락 두 쌍과 출정준비를 마치고 전열을 재정비한 쌀이 담긴 그릇, 그리고 네쌍둥이 아욱을 차례로 가리키며 물었다.

"네놈 눈에는 이게 편하게 보이느냐?"

장건은 고개를 끄덕거렸다.

"허!"

굉목은 혀를 내둘렀다.

더 할 말이 없었다.

"먹자."

굉목은 묵묵히 젓가락을 들었다. 장건도 젓가락을 들고 기분 좋은 얼굴로 밥그릇을 들었다.

"나무아미타불. 부처님, 잘 먹겠습니다!"

굉목의 얼굴이 다시 한 번 일그러졌다.

* * *

굉목은 아침 공양 이후 눈에 보이는 모든 것들에 대해 의심을 하기 시작했다.

어쩌면 자신이 그처럼 불편하고 답답한 이유가 의외로 주변에 있을 것 같았기 때문이다.

그리고 그렇게 찾아 헤맨 지 얼마 되지 않아 바로 두 번째 원인을 밝혀냈다.

"음?"

두 개의 시렁을 얹어 만든 투박한 서가(書架)에 꽂아둔 경전과 서책들이 범인이었다.

하도 많이 손을 타서 너덜너덜한 데다, 모양과 크기가 조금씩 다름에도 불구하고 서책들은 마치 한 몸에서 태어난 양 똑

같은 모습으로 꽂혀 있었다.

"이놈이 언제 서책들을 야채 다듬듯이 다듬어 놨지?"

굉목도 워낙에 깔끔한 성격이라 정리정돈을 철저히 한다. 그러나 이건 철저히 정리정돈한 수준이 아니라, 그것을 넘어선 병적인 행태였다.

깔끔함이 지나치니 그게 오히려 보는 사람에게 거부감을 느끼게 하는 것이다. 아침 공양의 밥상처럼 말이다.

가만히 있는데도 괜히 불편하고 엉덩이 붙이고 있기가 찜찜했던 것이 전혀 근거 없는 일이 아니었다.

굉목은 진저리를 치며 방 안을 샅샅이 뒤졌다. 사실상 멀리 볼 것도 없었다.

방 안에 있는 모든 것이 다 그러했다.

이불도 네모반듯하게 접혀 있었다. 과장되게 말하면 접힌 이불의 끝에 손을 대면 베일 것 같았다.

굉목은 이불을 펼쳐 보았다. 어쩐지 그 안에도 무언가 숨겨둔 비밀이 있을 것 같은 생각에서였다.

아니나 다를까.

깨끗하긴 했지만 오래되어 여기저기 실밥이 튀어나온 이불이었다. 한데 언제 손을 봐놨는지 지금은 보풀 하나 찾아보기 힘들 정도로 말끔했다. 헤진 부분은 그대로 있는데 헤져서 튀어나온 실밥은 없었다. 그래서 더 괴기스러웠다.

"이……, 이!"

굉목은 어젯밤만 해도 자신이 아무것도 모른 채 이 이불을 덮고 잤다는 게 놀라웠다.

"이러니까 잠자리가 불편했지. 이놈이 나를 말려 죽이려고 작정을 했나!"

굉목은 대충 이불을 접어 구석에 놓아두고서는 또 뭔가 없나 도끼눈을 뜨고 사방을 두리번거렸다.

그때 장건이 방 안으로 들어왔다.

"노사님. 아침 독경 안 하세요?"

요즘 장건은 아침 독경 시간에 사서삼경을 읽는 데 재미가 들렸다.

굉목이 귀찮음을 무릅쓰고 본산에서 책을 구해다 준 까닭은, 그래도 상인의 자식이고 산중에서 10년을 같이 있었는데 기본적인 학문은 익혀야 나중에 장건의 아비 얼굴을 보더라도 미안하지 않을 것 같아서다.

물론 책만 내던져놓고 가르치지는 않았다. 그럼에도 장건은 용케도 독학으로 사서삼경을 거의 끝내가고 있었다.

"너 먼저 시작하거라."

"예. 그럼 저 혼자 읽고 있을게요."

장건은 퉁명스러운 굉목의 말을 듣고 그냥 밖으로 나가려 했다.

그러다가 갑자기 걸음을 멈춰 서서 고개를 갸웃거린다.

"어? 이상한데?"

장건은 나가려던 발을 돌려 다시 방 안으로 들어왔다.

"왜 그러느냐?"

"기분이 이상해서요."

"뭐?"

굉목은 코웃음을 쳤다. 기분이 이상한 것은 사실 자신이 아닌가.

장건은 안절부절못하며 불안함이 깃든 눈빛으로 방 안을 이리저리 살펴보았다.

그러다가 얼굴을 활짝 펴며 굉목이 다시 개어놓은 이불 쪽으로 갔다.

"아하. 어쩐지 불편해 죽겠더라. 이래야 자연스럽고 보기가 좋지."

장건은 보물이라도 찾은 것처럼 갠 이불을 착착 누르고 매만져서 반듯하게 아래 이불과 끄트머리를 맞췄다.

그 모습을 본 굉목은 머리가 멍해졌다.

장건은 헤헤 웃으면서 손까지 탁탁 털었다.

"그럼 저 먼저 나가서 책 읽고 있을게요."

"그, 그래라."

장건은 너무 순순히 대답하는 굉목을 이상하다는 눈빛으로 보더니 밖으로 나갔다.

굉목은 방문을 조심스럽게 닫고 나가는 장건의 뒷모습을 보며 중얼거렸다.

"네놈이 이상한 거냐, 아니면 내가 이상한 거냐?"

그런데 문득 방문을 닫는데 아무 소리가 나지 않았다는 걸 깨달았다.

"설마?"

굉목은 신법까지 사용하여 겨우 서너 걸음 거리의 방문에 다가갔다.

역시나.

조금씩 끽끽 소리가 나던 이음새를 조금의 빈틈도 없이 아귀를 맞춰 놓았다. 어찌나 세심하게 아귀를 딱 맞췄는지 소리가 나지 않는 것이다.

"허, 허허허!"

굉목은 그저 허탈하게 웃었다.

그러나 그것은 단지 전조일 뿐이었다.

여느 때처럼 타종이 울린 새벽, 굉목은 눈을 떴다.

눈을 뜨자마자 자리에 앉아 가볍게 합장을 했다.

'이 녀석은 아직 자나.'

자신이 일어나면 늘 따라 일어나던 아이인데 오늘따라 조용해 별 생각 없이 장건을 본 것이다.

장건도 막 눈을 떴는지 하품을 하고 있었다.

'여전히 부지런한 놈이군.'

7년이나 같이 지내는 동안 장건이 게으름을 피우는 걸 거의 본 적이 없다. 처음 산으로 왔을 때 몇 번 꾸짖었더니 그 후로 자신의 앞에서 게으름을 피우지 않았다.

'이만한 놈이면 세상으로 나가더라도 큰 인물이 될 수 있을 게다. 최근 괴이쩍은 행동을 보이긴 하지만…….'

그간 온갖 정이 다 들었는지 남은 3년이 길게 느껴지지 않았다. 오히려 아쉽다면 조금은 아쉽기도 하다.

그렇다 해도 내색은 하지 않았다. 장건에게 있어 굉목은 여전히 쌀쌀맞고 자신을 귀찮아하는 노승일 것이다.

처음 왔을 때를 제외하고는 7년간 그리 말도 나누지 않았다. 담백암은 여전히 조용하고 정숙함을 유지하고 있었다. 굉목도 그것 하나만큼은 나쁘지 않다고 생각했다.

'그럼 일어나볼까.'

그런데 순간.

굉목이 몸을 일으키기도 전에 장건은 벌써 서 있었다. 그리고는 주섬주섬 이불을 정리하는 게 아닌가!

'어라?'

굉목은 자신의 눈을 의심했다.

아무리 그가 스스로 고수가 아니라고 생각한다 하더라도, 소림에서나 그런 것이다. 강호에 나가면 작은 명성이나마 얻을 수 있는 그다.

그런 그가 아이가 일어서는 기척을 느끼지 못하다니?

굉목은 잠이 덜 깼나 싶어 눈을 비비고 장건을 다시 쳐다보았다.

장건은 얇은 이불을 이리저리 돌려보더니, 갑자기 이불을 휙 하고 털었다. 털고 다시 접는가 싶더니, 이불은 굉목이 늘 하는 것처럼 말끔하게 두 번 접혀 있었다.

"됐다!"

장건은 대단한 일이라도 한 것 마냥 기뻐했다.

'얼씨구?'

그 모습을 본 굉목은 당황했다. 장건이 이불을 잘 접어서 놀란 게 아니다. 겨우 이불을 접어놓고 좋다고 기뻐하는 장건이 우스워서도 아니다.

그가 이불을 접는 수법은 보통의 방법이 아니다.

빠른 손놀림으로 공중에서 두 번을 접는 것은 소림의 절기 용조수(龍爪手)의 수법을 이용한 것이다. 설사 용조수가 아니더라도 그에 버금가는 속도와 변화를 가진 금나수법을 이용해야 가능한 것이다.

7년 내내 장건이 자신의 일거수일투족을 따라한 건 알지만, 자신이 하는 것처럼 이불을 한 번에 털어 두 번을 접는 걸 연습한 것도 알지만, 그렇다고 해도 가능할 거라고는 생각한 적이 없다.

장건은 굉목이 자신을 지켜보는 것도 모르는 채 방 구석에 이불을 놓고 히히덕거렸다.

문득 고개를 돌리고 굉목을 본다.

"어? 노사님, 왜 아직 안 일어나셨어요?"

"이, 일어난다."

굉목은 그답지 않게 더듬거리며 일어섰다.

장건은 계속 '히히' 웃으며 방을 나섰다. 그 뒷모습을 보던 굉목은 다시 한 번 감탄성을 내뱉을 수밖에 없었다.

"허!"

물이 흐르듯 매끄러운 발걸음이었다.

어깨가 거의 움직이지 않고 발바닥은 땅을 스치듯 한다. 약간 어설프지만 전체적으로 군더더기를 찾아볼 수 없는 동작이다. 설사 10년은 보법을 수련한 무인에 버금갈 정도다.

"언제부터 저 녀석이 저리 되었지?"

아무리 생각해 봐도 어제까지는 이렇지 않았다.

장건이 자신의 발걸음을 따라하려 노력한 것도 안다. 그러나 자신의 걸음은 그냥 걷는 것이 아니라 불영신보(佛影神步)라는 보법이다.

동작만 안다고 해서 가능한 게 아니다. 그에 걸맞은 내공의 운용을 알아야 한다. 그래야 제대로 된 동작이 나온다. 내공을 운용할 줄 모르면 그런 동작이 나올 수 없다.

지금 보인 장건의 발놀림은 불영신보와 거의 흡사하다.

"이게 어찌된 일인고?"

어리둥절했다.

갑자기 하룻밤 새에 세상이 바뀌기라도 한 것 같다. 그간 내

내 뭔가 이상하다는 느낌만 살짝 받았지 설마 무공을 익혔으리라고는 생각하지 못했다.

그냥 넘어갈 수가 없는 노릇이었다.

분명 자신은 장건에게 무공을 전수한 바가 없다. 하지만 장건은 분명 무공을 익히고 있다.

자칫 다른 이가 알게 되면 소림의 무공을 훔쳐 배웠다고 할지 모른다. 그 여파는 굉목에게도 미칠 것이다.

굉목은 방 밖을 나가 장건을 불렀다.

"이리 잠깐 오너라."

막 애기바위로 가고 있던 장건이 걸음을 멈추고 돌아보았다.

"왜요?"

"오라면 올 것이지, 잔말이 많으냐."

굉목의 목소리는 근엄했다.

"칫."

장건이 입을 내밀며 다시 돌아왔다.

슥슥.

가볍게 발을 내딛는 것 같은데 동작 하나하나가 가벼이 여길 것이 아니다. 마치 기감을 끝까지 곤두세운 검객이 생사의 기로에서 보이는 듯한 동작이다. 그럼에도 장건은 편안한 표정이었다.

"허!"

장건의 걸음은 분명 자신의 걸음과 닮아 있다. 그러나 불영신보와 흡사하되 엄밀히는 불영신보가 아니다. 두 번을 보니 확실해졌다.

굉목은 놀란 가슴을 진정시키며 물었다.

"어찌된 일이냐."

"뭐가요? 제가 또 뭘 잘못한 게 있나요?"

장건은 천진난만한 표정으로 되물었다. 나이는 들었지만 여전히 8살 때 보던 그 표정이다.

"네 걸음 말이다."

"제 걸음요?"

장건은 자기 발을 보다가 '아하' 하고 웃었다.

"눈치채셨군요?"

"그럼 눈치채지 못할 것 같았느냐?"

"드디어 저도 노사님처럼 할 수 있게 됐어요. 헤헷."

굉목이 눈을 부라렸다. 장건이 아무렇지도 않게 '무공을 도둑질했다!' 고 말한 것이다.

물론 일반적인 관점으로 보자면 장건은 천재다. 보는 것만으로도 무공을 배울 수 있다면 어떤 문파에서라도 탐을 낼 만한 기재인 것이다.

그러나 굉목이 본 장건은 그럴 만한 체질을 타고나지 못했다. 이른바 무공을 가르치면 가르치는 대로 솜처럼 쑥쑥 흡수해 버리는 타고난 무골(武骨)이 아니다. 그냥 평범한 아이다.

설사 무골이라 하더라도 무공의 기본조차 알려준 적이 없으니, 무공을 한다는 건 말이 안 된다. 불영신보만 하더라도 내공을 운용하지 않으면 할 수 없는 보법인 것이다.

'이놈이 소림으로 오기 전에 이미 무공을 배웠던 겐가?'

무공을 배워놓고도 아닌 척 속였을까?

그랬다면 자신의 이목을 속일 수 없었을 터. 추궁과혈을 할 때에도 그런 느낌은 전혀 없었다.

굉목은 자신의 운기행공을 보고 '연초를 먹는 것 같다' 고 한 장건의 말을 기억해냈다. 아무리 생각해도 무공을 배운 아이가 할 말이 아니다.

"언제였느냐."

굉목의 목소리는 침중했다.

자신은 참회동에 들어가 20년 면벽을 한다 해도 상관없다. 하나, 잘못하면 장건은 소림의 무공을 훔쳐 배운 죄로 사지근맥을 절단해 평생 불구가 되어 살아야 할지도 모른다.

장건은 굉목의 마음을 아는지 모르는지 천진한 투로 웃으며 대답했다.

"어제까진 잘 안 됐는데 갑자기 오늘은 잘 되네요. 아까 보셨죠? 이불도 한 번에 접을 수 있게 됐어요."

신이 나서 종알대는 장건을 보니 굉목의 마음은 더욱 무겁다.

그러나 뒤이은 장건의 말에 굉목은 쿨럭하고 기침을 내뱉을 뻔했다.

"요즘은 저도 배가 별로 안 고파요. 엣헴."

짐짓 뒷짐까지 지며 장건은 자랑스럽게 말했다.

"뭐, 뭐라고?"

"노사님께서 말씀하셨잖아요. 배가 고프지 않으려면 쓸데없는 짓을 안 하면 된다고."

"그, 그랬지."

"그렇다고 아예 꼼짝 안 할 수도 없고요. 안 움직이려고 잠만 잤더니 노사님께서 절 혼내셨잖아요."

"그, 그랬던가?"

떨떠름한 굉목의 말투에 장건은 상처받았다는 투로 시무룩하게 말했다.

"제가 그동안 얼마나 많이 노력했는데요. 어떻게 하면 조금이라도 덜 움직여서 덜 배가 고플까, 최소한으로 힘을 써서 최대한으로 효과를 볼 수 있을까……, 하구요."

굉목은 정신이 없었다.

'이놈이 나를 속이려고 헛소리를 하는 건가?'

장건이 계속 말했다.

"그러다보니까 언제부턴가 되더라구요. 그래도 노사님처럼 된 건 오늘이 처음이지만요."

"나처럼 되다니? 그건 무슨 말이냐?"

"노사님은 배가 고프지 않게 하려고 최소한으로 움직이시잖아요. 걸으실 때도 쓸데없이 발을 높게 들지 않고 낮게요."

"허허허!"

굉목은 헛웃음이 나왔다.

"그러니까……, 네 녀석이 보기엔 내가 배가 덜 고프려고 최소한으로 움직이더라 이 말이냐?"

"아니셨어요?"

외려 장건이 눈을 동그랗게 뜨고 되묻는다.

"허허, 허허허!"

차마 그 앞에다 대고 그건 무공 보법이었다고 말할 수가 없었다.

뚝.

웃음을 그친 굉목이 손을 내밀었다.

"손을 줘 보거라."

장건은 오늘따라 굉목이 이상하다는 듯 고개를 갸우뚱거리며 손을 내밀었다. 굉목이 장건의 맥문을 잡았다.

꿈틀.

내공을 넣어 살펴보려 하니 반발이 있었다.

'이놈 보게? 내공을 쌓았어?'

적잖은 반발이다.

단전에서 느껴지는 것만으로는 적어도 20년 이상의 내공이다.

경악까지는 아니었지만 황당했다.

'도대체 언제……?'

호흡법을 가르쳐 준 적이 없고 딱히 몰래 수련할 만한 시간도 없었을 텐데, 언제 이만한 내공을 쌓았을까?

굉목이 아는 한 그런 시간이 있었다면 매일 새벽 자신이 운기행공을 할 때뿐이다. 다시 생각해 보니 확실히 장건의 호흡은 길고 가늘었다. 마치 자신처럼 단전호흡을 하듯이 말이다.

뭔가 이상한 느낌이 들었는지 장건이 손을 뺐다.

"아? 기분이 이상해요. 뭐하시는 거예요?"

굉목이 노려보자 장건이 우물거리고 말한다.

"기는 많이 먹어도 되잖아요. 사방지천에 널린 게 공긴데……. 그것까지 많이 먹었다고 죄를 지은 건 아니잖아요."

"공기를 먹어?"

굉목은 이제야 감을 잡을 수 있을 것 같았다.

아주 예전에 했던 말을 장건은 아직도 기억하고 있었다. 7년 내내 그 생각만 하며 살아온 모양이다.

"허어, 설마하니 아무것도 모른 채 내공을 쌓았다는 건가?"

장건의 내공은 정순했고 굉목의 내공과 어울려도 이질감이 느껴지지 않았다.

분명하다.

자신이 예전에 전수해 준 역근경의 내공 때문에 기감이 열려 스스로 내공을 쌓게 된 것이다.

"거 참……."

혼자 내공을 쌓는 것은 불가능한 일은 아니다. 기감을 느끼기만 하면 어설픈 호흡으로도 내공을 쌓을 수 있다. 일반적인 도인술이 그러하다.

게다가 이곳은 탁기가 없고 깨끗한 기가 많이 몰린 깊은 산중이다. 7년을 화기가 닿지 않은 음식으로 생식을 했으니 그 효과가 몇 배는 더 좋다.

20년 이상의 내공이 쌓인 것은 놀랍지만 내공이 생긴 것 자체는 놀랄 만한 일은 아니다.

문제는, 어떻게 그 내공을 운용해 불영신보를 흉내낼 수 있었느냐 하는 점이다. 운기를 할 줄 모르면 단전에 쌓인 내공은 그냥 아무것도 아닌 것이다.

굉목은 장건을 뚫어 버릴 것처럼 쏘아보았다.

분명히 뭔가 있는데 숨기는 것 같다.

"어떻게 한 거냐?"

"네?"

"내 걸음은 그냥 따라한다고 되는 것이 아니다. 어떻게 한 거냔 말이다."

"그냥 한 건데요?"

굉목은 무거운 표정으로 물었다.

"솔직히 말하지 않으면 나도 너를 도울 수 없다."

"예? 제가 뭘 잘못했나요?"

"네가 한 것은 소림의 불영신보라는 보법이다. 보법은 보는 것만으로 훔쳐 배울 수가 없는 것이다. 누가 가르쳐 줬느냐?"

"가르쳐 준 사람 없는데요."

"그럼, 어디서 비급을 보기라도 했느냐?"

장건이 고개를 도리도리 저었다.

"이건 중요한 문제다. 무림문파에서 비급은 목숨과도 같다. 소림의 무공이 외부로 누출된다면 소림은 모든 것을 걸고서라도 네 뒤를 쫓을 것이다. 까딱하면 너뿐 아니라 네 부모와 집안에도 큰 문제가 생기게 된다."

장건은 가슴이 내려앉는 것 같았다.

"저, 저는 아무것도 안 했어요!"

"그러니까 말을 해보란 말이다. 내 걸음을 따라 걸을 때 어떻게 걷느냐."

장건은 주저했다.

"저는 그냥 노사께서 걷는 모습을 생각하면서 그냥 걸을 뿐인데요."

"어허!"

굉목이 목청을 높였다.

"정말이에요."

"너는 내가 어떻게 걷는지 안단 말이냐?"

"노사님은 걸으실 때 어깨를 잘 안 움직이시구요. 발 앞꿈치로만 살짝 디디듯이 하면서 손은 허리께 두고, 눈은 멀리 보시잖아요."

"허!"

자신의 행동을 관찰하는 건 알았지만 이토록 세세하게 보았을 줄은 몰랐다.

굉목은 고갯짓으로 애기바위를 가리켰다.

"한 번 가보거라."

"네."

장건은 굉목이 안 믿을까봐 조심스럽게 걸음을 떼었다.

슥슥.

상체는 거의 미동도 없이 다리만 움직인다.

몇 번을 다시 보아도 불영신보를 닮았으면서 다른 걸음이다. 결정적으로 발끝의 방향이 다르다.

무공 보법이 다 그러하듯 불영신보에는 회피와 반격을 위한 걸음이 들어 있다. 보법을 밟으며 공방(攻防)을 겨루어야 하니, 발끝이 늘 정면을 향하는 게 아니라 수시로 팔방(八方)을 밟는다. 언제라도 상대가 예측하지 못한 방향으로 움직이기 위해서다.

그에 비해 장건의 걸음은 앞만을 향하고 있다.

공방을 위한 무공 보법이 아니라 마치…….

'마치 가야 할 곳까지 최소한의 움직임만으로 가장 빠르게 가기 위함인 듯 보이는구나.'

경공술에 가깝다고나 할까?

같은 보법을 밟으며 달리기 경주라도 한다면 단연코 장건의 걸음이 빠를 것이다.

'끙! 이 아이의 말이 정말 맞단 말인가? 누구에게 배운 게 아니라 저절로 그렇게 된 것인가?'

믿을 수 없지만 그런 것 같았다.

어느새 돌아온 장건이 물었다.

"이제 제 말을 믿으시겠어요?"

"음……."

신음을 내뱉은 굉목이 마지막으로 확인하듯 물었다.

"그럼 이불을 접은 것은 어떻게 한 것이냐?"

"그것도 마찬가진데요?"

장건이 손에 이불을 든 것처럼 손을 움직였다.

"어떻게 하면 힘을 덜 들이고 접을 수 있을까 하고 생각하면서 노사님처럼 하다 보면 그렇게 돼요. 만약 생각과 다르게 하려고 하면 왠지 몸이 불편해져요."

"몸이 불편해져?"

"네. 조금이라도 어긋나거나 쓸데없는 움직임을 하면 괜히 기분이 이상하고 께끄름하고 그래요."

장건의 손 움직임은 용조수를 닮았다.

그러나 또 용조수는 아니다.

굳이 비교해 보자면 굉목이 이불을 접을 때 사용하는 용조수의 수법보다 이불 접기에 최적화되어 있다.

이불 접기 대회라도 한다면 우승은 따 놓은 당상이다.

최소한의 팔 움직임으로 이불을 접는 방법을 30년은 연구한 듯하다.

"으음."

이 사실을 어떻게 받아들여야 할까?

굉목은 아무런 판단도 내릴 수 없었다.

천년 무림 역사상 수많은 기사(奇事)가 있었다지만, 눈앞에서 보는 이 아이의 행동 또한 만만치 않다.

"으으음."

굉목이 그대로 한참을 말없이 서 있자, 장건이 조심스럽게 물었다.

"저……, 오늘은 기 먹으러 안 가세요? 아침 공양 전에 갔다 오려면 시간이 모자라는데."

* * *

굉목은 며칠 동안 장건을 관찰했다.

이제는 반대가 된 것이다.

한 번 관심을 가지니, 그때부터 보이는 모든 것이 다 유달랐다.

장건의 움직임은 정말 최소로 국한되어 있었다.

쓸데없이 움직이지 말라고 가르친 건 자신이었지만, 일거수일투족까지 그리 해야 한다고 한 말은 아니었다.

뭐라고 해야 할까.

장건의 움직임을 보고 있자면 소름이 다 끼칠 정도다.

지나칠 정도로 움직임에 불필요한 동작이 없다. 만약 불필요한 움직임이 생기게 되면 그걸 스스로 어떻게 알았는지 '어?' 하고 멈춰 서서 몇 번을 움직여보고는, 만족할 만한 움직임을 찾는다.

보다보니 알게 된 것이지만, 자리에서 일어날 때도 그랬다. 누운 채로 허리와 등을 살짝 튕겨서 발끝으로만 벌떡 일어나는 것이다.

하체 단련을 10년 이상 하거나, 내공이 깊은 무인이 등이 땅에 닿을락 말락할 정도로 몸을 젖힌 철판교의 상태에서 무릎과 다리의 힘만으로 몸을 일으키는 것과 비슷하다.

그 동작이 워낙 번개 같고 군더더기가 없어 소리나 기척이 없었던 것이었다.

알고 하는지, 절로 몸이 그렇게 되었는지는 몰라도 장건은 힘 조절에 능해져 있었다.

걸음을 내딛을 때는 힘을 완전히 풀었다가 바닥에 내딛는 순간 앞꿈치에만 힘을 주어 탄력 있게 걸었다. 기본적으로 힘을 딱 필요한 만큼만, 써야 할 때만 쓰다 보니 걸을 때도 발자국소리가 희미하게 났다.

소리도 날 만큼만 나는 것이다.

아예 소리를 내지 않는 살수(殺手) 같은 발걸음은 상당한 심력의 소모와 근육의 긴장을 가져온다. 그렇게 소리를 내지 않고 오래 걸을 수는 없다.

장건의 말을 빌자면 '그렇게 하면 금방 배가 고플걸요' 라는 형식이다.

믿을 수 없는 일이지만, 걸음의 소리마저 조절할 수 있다는 것은 미세한 근육까지도 조정할 수 있다는 얘기다.

일상생활에서 장건의 모든 행동이 다 그러했다.

텃밭에서 나물을 캘 때에도 밥을 먹을 때에도 그랬다. 움직이는 동선이 명쾌할 정도로 간략하다.

단순한 보법이 아니라 신법에도 능통한 것처럼 보였다. 산을 다닐 때 튀어나온 덤불과 나뭇가지를 요리조리 잘도 피해 갔다. 그 동작이 신통방통할 정도로 아슬아슬했다. 아주 조금씩만 살짝 움직여 닿지 않고 피해 가는 것이다.

옷에 닿아 찢어지거나 헤질까봐 그런다는 걸 굉목은 알고 있었다. 자신도 그렇게 하기 때문이다.

분명히 어느 순간부터다.

장건이 몰래 숲을 다니는 건 알고 있었다. 아무리 조심한다 해도 몸에 흙이 묻고 옷에 조금씩 실밥이 뜯어져 있었기 때문이다. 그런데 어느 순간부터 그런 일이 거의 일어나지 않았다.

그때 눈치를 챘어야 했다.

'아마 소림의 이대제자 중에도 이만한 몸놀림을 가진 녀석

은 흔치 않을 거다.'

굉목은 그렇게 판단해 놓고도 스스로 놀랐다.

소림의 이대제자라면 두 단계 아랫배분이다. 방장인 굉운이 굉자배이니 바로 아랫배분인 원자배를 일대제자라 한다.

입문시기에 따라 다르지만 일대제자는 평균적으로 4, 50대의 나이고 이대제자는 20대 가량이다. 상당한 공부를 쌓아서 강호에 나가면 일류고수로 불릴 만하다.

그런 소림 이대제자의 몸놀림과 이제 갓 15세가 된 장건의 몸놀림에 별반 차이가 없다는 것이다.

'어쩐다?'

아무래도 이대로 지켜보기엔 늦은 것 같다.

'끄응. 정말로 골칫덩어리구나.'

굉목은 생각이 복잡해졌다.

'분명히 처음엔 저런 몸놀림을 가질 수 있을 만한 체질이 아니었는데 말이지.'

무공을 익히는 데 천재적인 재목이었다면 방장 사형이 자신에게 아이를 보내기 전에 냉큼 소림의 제자로 들였을 것이다.

"아이쿠야!"

굉목은 무릎을 쳤다.

불현듯 생각이 났다.

"역근경!"

아무리 생각해 봐도 이유가 있다면 역근경밖에는 없다.

오래전 자신이 장건의 몸 안에 넣은 역근경 내공 탓이다. 장건은 몸 안에 역근경의 내공이 남아 있는 상태로 매일 자신을 따라 건신동공을 했다.

천운으로 그리되었는지, 우연인지는 몰라도 건신동공을 꾸준히 해오면서 역근경의 내공이 장건의 체질을 기이하게 바꾼 것 같다.

정확히 어떤 상태인지는 몰라도 무공에 적합한 체질로 바뀐 것은 분명 아니었다.

지금으로써는 가장 짐작가는 데가 그것뿐이다.

'좋지 않구나.'

이제까지는 큰 문제가 없었다 해도 앞으로가 문제다.

이대로 내버려두면 장건의 몸에 무슨 이상이 생길지 몰랐다. 재수 없으면 주화입마를 당할 가능성도 높다.

'운기행공법을 제대로 가르쳐 줘야 하나?'

그러나 마음대로 소림의 무공을 전수해 줄 수도 없는 노릇.

방장의 허락을 맡아야 한다.

'이걸 어떻게 말해야 하는고.'

굉목은 머리가 지끈지끈했다.

* * *

굉목이 며칠을 끙끙대는 동안 장건은 신이 나서 돌아다녔다.

예전에는 배가 고플까봐 먹을 걸 찾아다닐 생각이 아니었으면 산을 다니지 않았다.

이젠 적은 양이지만 끼니만 잘 챙기면 전처럼 그리 배가 고프지 않다. 마음껏 돌아다녀도 상관없다.

장건은 고삐 풀린 망아지처럼 마음껏 뛰어다녔다.

배고픔을 참지 못해 물만 들이켜던 때가 오래전 같다.

'이게 다 기 덕분이야.'

장건은 아랫배를 토닥였다.

아랫배에 실타래처럼 똘똘 뭉쳐져 있는 기란 놈이 고맙기 그지없었다.

걸을 때면 실타래가 풀리면서 기가 뻗어 나와 다리로 향했고, 손을 움직이려 하면 기가 상체를 한 바퀴 뱅글 돌아 손끝까지 이어졌다. 그 흐름을 자연스럽게 따라 움직이면 조금도 힘이 들지 않았다.

억지로 하려는 것도 아닌데 절로 그렇게 된다.

오히려 그 흐름을 거스르려 하면 힘이 많이 든다. 불쾌감이 심하게 들고 왠지 마음이 불안불안해진다.

왜 그런지 이유를 알 수 없다는 게 문제였지만, 장건은 크게 걱정하지 않았다.

'배만 안 고프면 장땡이지.'

일단 배가 고프지 않은 것만으로도 장건은 행복했다.

그것이 역근경 때문이라는 건 추호도 생각하지 못했다.

오로지 '굶지 않기 위해 최소로 움직여야 한다!' 그 생각 하나로 건신동공을 행한 결과, 역근경은 그에 걸맞은 신체로 장건의 몸을 바꿔 버린 것이다.

그에 반하는 행동, 이를 테면 전혀 불필요한 행동을 할 경우에 불안감이 드는 것은 바로 그 때문이었다.

이미 장건의 신체는 완전히 변해 있었다.

*　　*　　*

소림사의 방장실에서는 때 아닌 웃음꽃이 활짝 피어 있었다.

"아미타불. 참으로 다행스런 일입니다."

도감 굉정이 반장을 하며 깊은 숨을 내쉬자, 방장 굉운이 고개를 끄덕였다.

"속가의 희사가 정상으로 돌아오는 것도 다행이지만, 속가 제자들이 그간 겪고 있던 고충이 잘 해결되어간다 하니 이 또한 기쁜 일이네 그려."

"속가에서 속속 희사가 올라오고 있습니다. 얼마 지나지 않아 재정이 돌아올 것 같습니다. 원상복구는 아니라도 당분간 걱정하지는 않아도 될 정도입니다."

늘어나는 지출과 줄어가는 재정 때문에 몇 년간 마음고생이

심했던 굉정은 눈가에 어스름히 눈물까지 글썽거렸다.

"잘 됐네. 잘 됐어."

굉운의 표정도 한결 가벼워져 있었다.

생각지도 못한 뜬금없는 사고로 많은 속가제자들이 고생한 것이 굉운은 못내 마음에 걸렸던 모양이다. 희한하다면 희한할 노릇인 것이, 약속이라도 한 것처럼 하나같이 비슷한 고생을 겪었던 것이다.

그런데 이번엔 또 반대로 거의 동시에 일이 잘 풀려가서 문제가 해결되어 가고 있단다. 정말 귀신이 곡할 노릇이다.

게다가 허리띠를 졸라맨 탓인지, 아니면 일이 잘 풀리려 하는 건지 본산의 지출이 눈에 띄게 감소하였다. 부상이라던가 보수 등으로 생각지도 못하게 연이어 생겨나던 지출이 최근엔 거의 일어나지 않았다.

"이것이 다 그 친구의 은덕일 테지. 부처님께서도 그 친구의 공덕을 외면하지 않으신 게야. 아미타불."

"아미타불."

굉운과 굉정은 엄숙한 표정으로 불호를 외며 고개를 숙였다. 두 사람의 눈에는 매년 노구를 이끌고 일만 배를 올리던 활불 같은 금오의 모습이 떠오르고 있었다.

한참 만에 고개를 든 굉정이 말했다.

"이제 올해를 지내는 데에는 별 문제가 없을 것 같으니, 원주들과 이야기를 해볼 때가 아닌가 합니다."

"무슨 이야기 말인가?"

"최근 몇 년간의 일로 소림의 재정 기반이 극히 취약하다는 것이 밝혀졌습니다. 사답으로는 전체 인원이 먹고살 만큼 되지 못하니, 속가에서 문제가 생기면 본산까지 위기가 닥칩니다."

"이번처럼 속가제자들의 대다수가 한꺼번에 문제가 생기는 일은 드물다네. 소림의 창건 이래 최초의 일이지."

"하나 유비무환이니 또다시 같은 일이 생길 것에 미리 대비하지 않으면 안 됩니다."

굉정은 쉽게 말을 꺼내기 힘든 듯, 눈을 잠시 감았다 뜨며 말했다.

"구휼이나 만발공양(萬鉢供養)으로 나가는 양을 줄이고 사재(寺財)를 늘려두어야 이 같은 일을 방비할 수 있습니다."

굉운은 고개를 가로저었다.

"사제의 마음은 내 모르는 바가 아니네만, 그것은 불가하네. 시주나 희사가 적어도 우리는 굶지 않지만, 당장 구휼과 만발공양을 하지 않으면 굶어죽는 이들이 있네. 그런 이들을 어찌 나 몰라라 할 수 있단 말인가."

굉정은 한숨을 쉬었다.

"그리 말씀하실 줄 알았습니다."

굉운은 부드러운 미소를 머금었다.

"우리는 무림문파이기 이전에 승려이니 가난해도 부끄러울

것이 없네."

"방장 사형의 말씀이 옳습니다. 못난 사제의 어리석음을 부끄러이 생각하지 말아 주십시오."

"물론일세. 소림을 생각하는 마음은 사제나 나나 똑같으니 어찌 탓할 수 있단 말인가."

굉운과 굉정은 함께 웃으며 불호를 읊조렸다.

실로 몇 년 만에 찾아온 웃음이었다.

*　　*　　*

소림의 굉운에게서 서한을 받은 금오는 눈물을 글썽거렸다.

덕분에 소림의 재정이 나아지고 있으니 더 이상 일만 배를 올리지 않아도 된다는 내용이 적혀 있었다.

"나무아미타불."

몇 년간 소림사를 찾아가 일만 배를 올린 탓에 금오는 피골이 상접해져 있었다. 적잖은 나이에 무리를 했으니 당연한 일이었다.

그러나 마음만은 개운했다.

우연이든 아니든 이젠 더 이상 죄책감을 가질 필요가 없었던 것이다.

더불어 십 년 이상 꾸준히 혜원사를 찾아와 공양을 드리는 장 씨 부부에게도 면목을 세울 수 있게 되었다.

아직은 3년이란 시간이 남았지만, 이제껏 해온 대로 한다면 큰 불상사는 벌어지지 않으리라.

"천기를 누설한 대가이니 내 뉘를 탓할꼬."

정말로 천기를 누설했기에 벌을 받은 것인지는 알 수 없지만 그날 밤, 금오는 홀가분한 마음으로 몇 년 만에 편히 잠자리에 들 수 있었다.

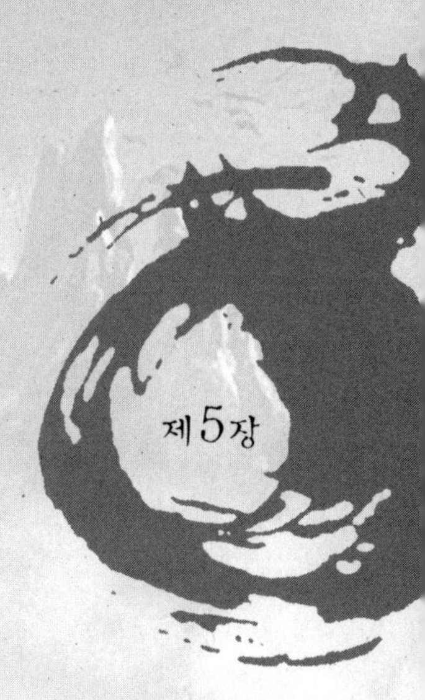

제5장

홍오를 만나다

장건은 평소보다도 더 멀리까지 산행을 갔다.

길을 가다가 열매가 보이면 따먹고, 심심하면 볕이 드는 곳에 앉아 기를 먹기도 했다.

"역시 어디서 기를 먹던 간에 새벽보다는 못하구나."

장건은 입맛을 쩝 다시며 팔베개를 하고 누웠다. 기분 좋은 바람이 코끝을 스치고 지나갔다.

"그런데 노사님은 왜 그러시지?"

가뜩이나 말이 없던 사람인데 요즘 들어 부쩍 말수가 더 줄었고, 혼자서 머리를 싸매며 생각하는 시간이 늘었다. 그러다가 문득 장건을 째려보는데 그 눈빛이 껄끄럽기 그지없었다.

게다가 늘 하던 건신동공도 하지 않았으므로 아예 장건은 산으로 도망치듯 나와 버린 것이다.

"차라리 속 시원히 말을 해주시지. 말을 안 하시니 내가 귀신도 아닌데 노사님의 속마음을 알 수가 있어야지."

장건 때문에 굉목이 심적으로 얼마나 고통 받는지 모르기에 하는 소리였다. 정작 장건은 비급이고 뭐고 본 적도 없으니 굉목처럼 걱정하지도 않았다.

따뜻한 햇볕을 쬐고 있으니 슬슬 눈이 감겨왔다.

"아, 이러다가 잠들겠다."

장건은 졸음을 쫓으려고 고개를 흔들며 일어났다. 하도 굉목에게 구박을 받다보니 아예 낮잠을 자면 안 된다는 사고가 뇌리에 박혀 있었다.

그런데 장건이 일어나보니 앞에 웬 노인이 한 명 서 있는 게 보였다. 나이가 얼마나 들었는지 눈썹은 마치 수염처럼 길게 자라 홀쭉한 뺨까지 내려와 있었고, 눈가에 처진 주름살 때문에 눈을 감았는지 떴는지 알 수가 없었다.

'어? 언제?'

인기척을 조금도 못 느꼈기에 장건은 조금 놀랐다.

노인을 가만히 보니 삭발을 하고 계인을 찍었는데 누런색 승복에 붉은 가사를 걸치고 있었다.

'소림사에 계신 스님이신가보다.'

장건은 일단 합장을 하며 고개를 숙였다.

"안녕하세요."

노승은 대답을 않고 가만히 장건을 보았다.

노승의 법명은 홍오.

소림사의 방장인 굉운보다 한 단계나 더 윗배분의 어른이다. 그런 홍오가 장건을 만나게 된 것은 단순히 우연이 아니었다.

이미 홍오는 장건을 몇 번이나 보았었다. 언제인가부터 정체도 모르는 아이가 품에 맞지도 않는 헐렁한 승복을 입고 산을 돌아다니는 게 그의 눈에 띄었던 것이다.

'대체 어디서 온 놈이길래 종잡을 수 없이 쏘다니는고?'

처음에는 그 정도만 생각했었다.

그러나 가만히 보니 아이의 움직임이 보통 날랜 게 아니다. 움직임 자체는 제대로 무공을 배운 듯한데, 미묘하게도 어딘가 어색한 데가 있었다.

아이를 본 것이 한두 번이 아니므로 정식으로 입적한 제자가 아니라는 건 알았다. 그렇다고 속가제자라고 보기에도 이상한 것이 속가제자들은 소림 본산에서 수련을 하지, 함부로 산을 쏘다니지는 않으니 말이다.

그러다가 오늘 우연히 아이를 보게 되었는데, 이번만큼은 홍오도 그냥 넘어갈 수 없었다.

과일을 따먹는데 손놀림은 용조수의 수법이요, 걸음걸이는

영락없는 불영신보가 아닌가!

둘 다 소림의 정식 제자가 아니면 배울 수 없는 무공이니 홍오는 아이의 정체가 궁금해서 참을 수가 없었다.

원체 궁금함을 참지 못하는 홍오였다. 그래서 결국은 아이에게 직접 물으려 나타난 것이다.

한데 가까이서 보니 참으로 가관이다.

가만히 서 있는 아이의 자세에서 잘 벼려진 칼날 같은 무인의 모습이 엿보인다. 그런데 묘하게도 기세를 내뿜지는 않고 안으로 싹 갈무리한 듯 겉모습이 고요하기만 하다.

'희한한 녀석일세! 도대체 무공을 어떻게 배웠을꼬?'

홍오쯤 되면 어느 정도는 한 눈에 그 사람의 경지를 알아볼 수 있는데, 이 아이는 어딘가 기이한 구석이 있어 정확히 단언할 수가 없었다.

'소림에 파묻혀 살았더니 보는 눈도 녹이 슬었나. 흐음.'

소림에서 손꼽는 고수인 홍오의 안목으로도 확실히 판단할 수 없는 아이.

홍오는 아이의 정체가 궁금하기 짝이 없었다.

장건의 입장에서는 고매해 보이는 노승이 갑자기 나타난 것으로밖에는 보이지 않았다.

홍오가 가만히 장건을 보더니 다짜고짜 묻는다.

"대체 넌 뉘 밑에서 배우는 아이냐?"

홍오의 목소리는 부드러운 편이 아니었으나, 매일 카랑카랑한 굉목의 목소리만 듣던 터라 장건은 오히려 한결 마음이 편해졌다.

"전 굉목 노사님과 함께 살고 있는 장건이라고 합니다."

"으잉? 굉목과 살고 있다고?"

홍오는 정말로 놀랐다. 아이의 입에서 굉목이란 이름이 나올 줄은 생각도 못했다.

"굉목 노사님을 아세요?"

홍오가 흥, 하고 콧방귀를 뀌었다.

"흥. 잘 알지. 잘 알고말고. 사실은 너도 몇 번이나 보았다. 굉목과 살고 있었다는 건 금시초문이었지만."

"예? 제가 여기에 7년이나 있었는데 대사님을 뵌 적은 없었던 것 같은데요."

"넌 못 봤겠지만 나는 보고 있었지. 며칠 전에도 이 앞 너머에서 산열매를 따먹고 있지 않았느냐?"

장건의 눈이 휘둥그레졌다.

"그, 그걸 어떻게 아세요?"

"다 아는 방법이 있지."

홍오가 신기하다는 듯 물었다.

"그건 그렇고, 굉목 녀석의 성격이 보통 깐깐한 게 아닌데 어떻게 7년이나 함께 있었을꼬?"

원래 그 말을 물으려는 게 아니었는데 굉목과 7년이나 살았다니 궁금증이 도졌다.

"우와, 스님께서도 아시는군요. 굉목 노사님이 얼마나 깐깐하신지 처음엔 엄청 구박받았다니까요. 요즘에도 계속 구박받지만요."

그 말에 인상이 좋지 않던 홍오가 얼굴을 풀고 크게 웃는다.

"껄껄. 맞아 맞아. 굉목이 그런 놈이지."

장건은 이상한 생각이 들었다.

'그게 그렇게 웃긴 얘긴가?'

홍오가 고개를 끄덕끄덕거렸다.

"고생이 많았겠어."

"고생은요, 뭐. 그런데 대사님은 누구세요?"

"나? 내 법명은 홍오라고 한단다. 그런데 넌 굉목의 제자더냐?"

장건이 눈을 동그랗게 뜨고 고개를 저었다.

"아니에요. 전 그냥 같이 살기만 하고 제자는 아닌데요?"

"같이 살기만 하고 제자는 아니다라? 흠……."

홍오는 장건을 위아래로 보더니 물었다.

"정말로 굉목 녀석의 제자가 아니라고?"

"예."

"그럼 속가제자인고?"

"아니요. 속가제자도 아니에요."

홍오가 고개를 갸웃거렸다.

“거 이상한 일이로세. 방금 전까지 넌 불영신보의 보법을 밟지 않았느냐?”

장건이 생각해 보니 굉목도 장건이 걷는 모습을 보며 불영신보라고 했었다.

“굉목 노사님도 그렇게 말씀하시긴 했는데……. 전 불영신보가 뭔지 몰라요.”

“어허. 그럼 조금 전에 열매를 따먹던 수법은 무엇이고?”

장건은 머리를 긁으며 대답했다.

“그냥 따먹은 건데요. 제가 잘못한 거면 죄송해요. 배가 고파서 열매라도 따먹어야 했거든요.”

“일수(一手)에 나뭇가지를 상하지 않고 서너 개의 열매를 땄는데 그것이 그냥 한 것이라?”

끄덕끄덕.

홍오는 ‘허!’ 하고 감탄성을 터뜨렸다.

“그것은 소림의 용조수라는 수법이다. 그리고 불영신보와 용조수는 굉목이 자랑하는 쌍절(雙絕)이지. 뭐, 그 녀석은 무공에 관심이 없다고 몇 개 배우지도 않았으니 쌍절이라고 해봐야 그게 거의 전부지만.”

“헤에? 그런가요? 하지만 전 굉목 노사님께 무공을 배운 적이 없는걸요.”

“손을 내어봐라.”

“네?”

장건이 미적거리자 홍오가 번개처럼 장건의 손목을 잡아챘다. 홍오가 정순한 내기를 장건의 몸 안으로 밀어 넣자 반발력이 느껴진다.

"기분이 이상해요."

장건이 손을 뗐다.

예전에 굉목이 그러했던 것처럼 홍오 역시 비슷한 표정을 짓고 있었다.

장건의 나이에 비해 내공이 상당했기 때문이다.

홍오는 차분히 장건을 관찰했다.

똘망거리는 장건의 눈망울을 보니 거짓말이라는 생각은 들지 않는다.

"흐음. 제자는 아닌데 무공을 익혔다……."

무공을 훔쳐 배웠든 굉목이 가르쳤든, 어느 쪽이든 문제가 될 만한 일이었다.

생각에 잠긴 홍오를 보며 장건이 조심스럽게 물었다.

"저어, 홍오 대사님?"

"응? 왜?"

"그게요. 저……, 굉목 노사님께서도 절 보고 이상하다고 하셨거든요. 큰일이 날 수도 있다고요. 정말 제가 뭔가 잘못한 건가요?"

"큰일이라면 큰일이고, 아니라면 또 아니지."

사실은 큰일이다.

"그럼 전 어떡해야 하나요? 이제 3년만 더 있으면 되는데."

살짝 안절부절못하는 장건의 모습에 홍오는 안쓰러움보다도 궁금증이 더 치밀었다.

"3년이라니? 3년 후에 무슨 일이라도 생기느냐? 무슨 사연이라도 있다면 말해 보거라. 혹여 내가 도움이 될 수도 있지 않겠느냐?"

"그러니까요, 전 팔자가 좋지 않아서 10년 동안 가족과 떨어져 살아야 했거든요."

장건은 팔자가 사나워 8살 때 집을 나와서 이제껏 굉목과 함께 살게 된 일들을 얘기했다. 사실 더 얘기하려고 해도 할 게 없었다. 굉목이 하는 행동을 그대로 따라한 얘기뿐이다.

7년간 매일이 거의 똑같은 일상이었다. 아무리 끄집어내려 애를 써 봐도 얘깃거리라고는 계절마다 바뀌는 채소 정도였다.

"굉목을 따라했다고? 7년 동안? 허어, 굉목의 얼굴이 아주 볼만했겠어."

"굉목 노사님은 제가 뭘 하든 별로 신경 쓰지 않으셨어요."

"굉목이라면 그러고도 남을 놈이지. 허허허!"

홍오는 껄껄대고 크게 웃었다. 그러나 속으로는 크게 놀란 상태였다.

'따라하기만 했는데 이만한 성취를 얻었어? 이거 제대로 난 놈이구나!'

홍오는 은근히 장건이 탐이 났다. 오랜만에 가슴이 뛴다.

타고난 무골로 보이지도 않는데 혼자서 이만한 성취를 얻다니. 이것은 아무나 할 수 있는 일은 아닌 것이다.

당장 간단한 무공 몇 수만 가르쳐 강호에 내놓아도 신성(新星) 소리를 들을 만한 아이다.

'백에 하나가 아니라 만에 하나 날 만한 녀석이로구나.'

홍오는 속으로 생각하는 것과 달리 말했다.

"그런 팔자 때문이라면 역시 굉목에게 맡긴 게 탁월한 선택이었네. 방장의 혜안이 아주 뛰어났구먼."

"예?"

"굉목 이놈이 어찌나 근검해야 한다고 청승을 떠는지 주변 사람들이 다 혀를 내둘렀지. 어린 너야 고생이 많았겠지만, 그런 연유가 있었다면 굉목만 한 녀석이 없지, 암. 아주 고약한 놈이긴 하지만."

그 말은 장건에게 별로 위안이 되지 않았다.

장건은 울상을 지었다.

"하지만 큰일이 날지도 모른다면서요. 그러면 이제까지 버틴 게 다 무슨 소용이에요."

"허허허."

"어쨌든 전 어쩌면 좋나요. 겨우 3년 남았는데……. 후우."

"굉목 같은 고약스런 놈과 7년이나 같이 살았는데 그것보다 큰일이 어디 있겠누. 이제 와서 큰일이 생긴다니, 그건 말도 안 되는 일이지. 걱정하지 말거라."

장건이 걱정하는 얼굴을 하고 있었으므로 홍오는 일단 장건을 안심시켰다.

"걱정하지 말라니까? 내가 도와주마."

장건은 울상을 지은 채 홍오를 보았다. 굉목에게 이놈저놈 하는 걸 보니 보통 스님은 아닌 것 같다.

"하지만 걱정이 되는 걸요."

"걱정 말고 마음을 편히 가지거라. 근심은 마음을 병들게 하고 시름은 몸을 아프게 하는 법, 부처께서 네가 그간 쌓은 공덕을 내치지 않을 거다."

"전 공덕을 쌓은 적이 없는걸요."

"굉목 그놈과 함께 산 것만으로도 절로 무량한 공덕이 쌓였을걸?"

장건은 홍오의 말을 농담으로 받아들여야 할지 진담으로 받아들여야 할지 몰라 잠시 망설였다.

"껄껄."

홍오는 웃으면서도 속으로 이 기회를 어떻게 이용해야 할지 생각에 생각을 거듭했다.

"자, 그럼 난 볼일이 있어서 얼른 가봐야겠다. 그럼 또 보자꾸나. 아미타불."

"살펴 가세요. 아미타불."

장건도 홍오를 따라 불호를 외우며 고개를 숙였다.

"아참. 굉목에게는 나를 만났다고 말거라. 오늘 우리가 만난 것은 둘만의 비밀이다."

"예? 하지만 전 노사님께 거짓말을 할 수는 없는걸요."

"거짓말을 하라는 게 아니고 날 만난 걸 말하지 않으면 되는 일이잖느냐. 나중에 굉목 녀석을 놀래켜 주려고 그런 거란다."

장건은 잠시 생각하다가 고개를 끄덕였다.

"알겠습니다. 대사님 말씀대로 할게요."

"허허허."

장건이 고개를 드니 어느 샌가 홍오는 휘적휘적 반대편으로 걸어가고 있었다. 한데 그 걷는 동작이 예사롭지가 않았다. 그저 평범하게 천천히 걸음을 내딛을 뿐인데 마치 달리는 것처럼 순식간에 모습이 작아져갔다.

"와아."

장건은 방금까지 우울했던 것도 잊고 홍오의 뒷모습을 하염없이 바라보았다.

보통 사람이 홍오의 모습을 보았다면 '대단하다!' 혹은 '엄청난 경공술이다!' 하고 탄성을 외쳤겠지만, 장건은 달랐다.

"저렇게 걸으면 먼 데도 진짜 빨리 갈 수 있겠다. 별 힘도 들이지 않고."

장건은 입맛을 쩝 하고 다셨다.

"아쉽다. 좀 더 자세히 볼걸."

장건의 머릿속은 오로지 그런 생각만이 가득할 뿐이었다. 어떻게 하면 홍오처럼 걸을 수 있을지, 거기서 더 힘을 덜 들이고 할 수 있는 방법은 없는지.

홍오조차 이런 일은 예상하기도 어려운 것이었다.

*　　*　　*

"방장 사질!"

홍오는 거의 문을 박차다시피 방장실로 뛰어들었다.

굉운과 함께 있던 도감 굉정은 깜짝 놀라 내공을 급히 끌어올렸으나 굉운은 이미 알고 있었다는 듯 '허허' 웃으며 홍오를 맞았다.

굉정이 한숨을 내쉬었다.

"아미타불. 홍오 사숙, 깜짝 놀랐지 않습니까."

홍오는 얼마나 빨리 본산까지 내려왔는지 수염이 다 헝클어져 있었다.

"험험."

홍오가 수염을 가다듬으며 반장했다.

"내가 경망스럽게 굴었구먼. 하도 마음이 앞서다 보니 경황이 없어 그랬네."

굉운이 반장하며 물었다.

"나무아미타불. 사숙께서 어인 일이십니까. 그것도 이리 급하게요."

홍오는 애써 들뜬 마음을 가라앉혔다.

"굉목이 제자를 들였다는 거 알고 있었나?"

굉운은 빙그레 미소를 지었다.

"제자를 들인 게 아니라 사정이 있는 아이를 잠시 맡고 있습니다."

"아아, 그래? 무공을 하던데?"

굉정이 놀라 되물었다.

"무공을 해요?"

하지만 굉운은 담담하게 말했다.

"소림에 7년이나 있었으니 무공 한 자락 할 줄 모르면 그것이 이상한 일이지요."

홍오가 코웃음을 쳤다.

"방장 사질이 굉목 놈과 짜고 제자를 받고서 아닌 척하는 건 아니고?"

"제가 어찌 사숙을 속일 수 있겠습니까."

"그 아이, 용조수와 불영신보를 할 줄 알던데?"

"예?"

단순히 무공이 아니라 용조수와 불영신보라면 얘기가 달라진다. 그 둘은 외부로 누출되어서는 안 되는 소림의 절기다.

"안됐구먼. 제자도 아닌데 소림의 절기를 훔쳐 배웠으니 단근절맥에 처해야 할 텐데……. 아이만 불쌍하게 되었어. 쯧쯧."

굉정이 굉운에게 놀란 어조 그대로 말했다.

"방장 사형. 이것은 보통 일이 아닙니다. 제자도 아니고 잠시 맡은 아이에게 소림의 절기를 가르치다니요."

"광목 사제는 그럴 만한 사람이 아니네. 그건 자네도 잘 알고 있을 터인데."

그러자 홍오가 언성을 높였다.

"그럼 내가 거짓말을 하고 있다는 겐가!"

"그럴 리가 있겠습니까. 다만 사정이 있지 않나 싶을 뿐입니다."

"내 두 눈으로 똑똑히 보았네. 긴 말 할 것 없이 당장 광목을 데려다 꿇어앉히고 물어보게. 정말인지 아닌지."

"흠……."

잠시 생각에 잠겼던 광운이 홍오를 보며 물었다.

"사숙께서 뭔가 하고 싶은 말이 있으신 게로군요."

"방장 사질은 눈치도 빠르군. 광목 놈이 잘못했다고 죄 없는 아이까지 단근절맥하는 건 너무 심한 처사지 않은가. 게다가 아이의 무공이 상당한 수준에 올라 있으니, 그런 아이를 내친다면 소림으로써도 좋은 일이 아니지."

"말씀해 보시지요."

"내 근래에 작은 심득 하나를 얻었는데……."

홍오는 갑자기 당당하게 말했다.

"녹옥불장(綠玉佛杖)이 필요하네."

광정이 당황하여 끼어들었다.

"홍오 사숙. 도대체 무슨 일에 쓰시려고 녹옥불장이 필요하단 말씀이십니까? 녹옥불장은 함부로 내놓을 수 있는 물건이 아닙니다."

녹옥불장은 소림 장문인의 신물이며, 소림의 보물이다. 아이가 무공을 훔쳐 배웠다는 얘기에서 난데없이 녹옥불장이 필요하다 말하니 굉정은 혼란스러웠다.

그러나 이미 홍오의 말뜻을 알아들은 굉운은 고개를 가로저었다.

"불가합니다."

홍오의 눈썹이 꿈틀거렸다.

"소림의 미래가 달린 일이 될지도 모르네. 내 조그만 심득 따위, 별로 필요하지 않다 이건가?"

"사숙께서는 진실로 제가 고인께서 남기신 유언을 뒤엎길 바라십니까?"

홍오는 흔들림 없는 태도로 대답했다.

"그렇다네."

"그렇다면 여전히 제 생각은 같습니다. 불가합니다."

"끄응."

홍오가 인상을 쓰자 굉운이 말했다.

"하지만, 하루 두 시진까지는 제가 어떻게 해볼 수 있겠습니다. 그 정도면 사조의 유명을 어겼다고는 할 수 없으니까요."

"하루 두 시진으로는 그 아이를 가르칠 수 없네."

"그것만으로도 충분히 존장의 위엄을 거스른 셈입니다. 그 이상은 용납할 수 없습니다. 위계와 존엄은 지켜져야 한다는 것이 제 생각입니다."

표정은 담담히 웃고 있으나 뜻은 확고했다.

두 사람의 이야기를 가만히 듣고 있던 굉정은 왜 홍오가 녹옥불장이 필요하다 했는지 알 수 있었다.

당대의 장문인은 녹옥불장의 권위로 필요하다 판단되면, 어떠한 원칙과 철칙이라도 예외로 할 수 있다.

홍오는 녹옥불장의 장문령으로 자신에게 내려진 금제(禁制)를 풀어주길 원하고 있었던 것이다.

홍오의 금제, 그것은 더 이상 제자를 들일 수 없다는 홍오의 사부 문각의 유언이다.

홍오의 성격 탓이었다.

좋게 말하면 자유롭고, 나쁘게 말하면 철이 없었다.

소림 최고의 기재라는 소리를 들었던 어렸을 때부터 워낙에 장난기가 많고 남을 골탕 먹이는 걸 좋아했다. 대오각성한 선인들이 세속에 얽매이지 않고 행동하는 것과는 달리 홍오는 본성이 그러했다.

홍오 역시 그의 스승 문각에게 무던히도 꾸지람을 들었는데 나이가 들어도 버릇이 고쳐지질 않았다.

강호에 나가서는 남들이 상상도 못할 분탕질을 치고 돌아다니는 바람에 사람들은 홍오를 괴승(怪僧)이라 부르기까지 했다.

피해를 입은 문파들은 분하였으나 천하제일 소림의 제자에게 함부로 손을 쓸 수도 없어 전전긍긍할 뿐이었다.

결국 홍오의 사부인 문각이 열반에 들기 직전, 홍오가 소림의 산문 밖을 벗어나지 못하며 동시에 제자를 받지 못하도록 유언을 남기고서야 홍오의 기행이 그쳤으니, 소림으로써는 큰 수치를 껴안게 된 셈이었다.

해서 홍오에게 남은 것은 젊었을 적 들인 제자, 굉목 달랑 한 명뿐이었다. 하지만 그나마 굉목조차도 무림과 연을 끊겠다며 산으로 들어가 버린 상태였다.

그에겐 결국 자신의 무학을 전수할 기회가 사라진 것이다.

홍오가 약간의 노기를 섞어 말했다.

"결단코 녹옥불장을 내주지 않겠다는 겐가?"

홍오는 잠시 말없이 굉운을 쳐다보았다. 그러나 굉운은 흔들림 없는 눈빛으로 홍오의 시선을 받았다.

아무리 홍오라 하더라도 그 자체로 소림이나 마찬가지인 방장의 뜻을 어길 수는 없다.

"알았네."

"하루 두 시진은 지켜주셔야 합니다."

"알았다니까! 에잉! 늙은이를 이모저모로 고생시키다니. 정말 못된 방장이구만."

"그래서 다들 덕을 쌓는 일이 어렵다고들 하지 않습니까."

"덕을 쌓는 것보다 사질에게서 녹옥불장을 꺼내게 만드는 일이 더 어렵네!"

홍오는 나이에 걸맞지 않게 투덜거리면서 싫은 기색을 내비쳤다.

"굉목 놈에게나 잘 말해 주시게. 내 나중에 다시 오지."

"방법은 제가 찾아보도록 하지요. 아참."

굉운이 나가려 일어선 홍오에게 말했다.

"검성 어르신이 오랜만에 사숙을 뵙겠다고 오신다더군요. 곧 도착하실 것 같습니다."

"검성 녀석이? 에잉, 귀찮게."

홍오는 얼굴을 찌푸리더니 말도 없이 방장실을 나갔다.

굉정은 얼떨떨할 뿐이다.

굉정이 연유를 몰라 굉운에게 물었다.

"방장 사형. 아무리 사숙이라 하셔도 이건……."

굉정이 답답해하는 모습을 즐기기라도 하듯 굉운이 미소 지으며 말했다.

"아미타불. 조금 더 지켜보세나. 정말로 필요하다면 나도 녹옥불장을 아낌없이 내어 놓을 테니 말일세."

"후우. 방장 사형의 깊은 뜻을 제가 어찌 다 헤아리겠습니까. 저는 그냥 하던 일에나 충실하겠습니다."

약간은 불만어린 굉정의 말투에도 굉운은 조용히 웃음을 지을 뿐이었다.

*　　*　　*

홍오를 만난 이후에도 장건에게 별다른 일은 없었다.

대신 장건의 움직임은 날이 갈수록 좋아지고 있었다. 다듬어진다는 게 정확한 표현이다.

머릿속으로 홍오의 모습을 생각하면서 조금씩 따라해 본다. 그러다가 불편한 느낌이 든다 싶으면 동작을 바꿔 보면서 걸음을 완성해 갔다.

장건이 단전에 품은 실타래는 허술한 동작을 용납하지 않았다. 조금이라도 의미가 없는 동작을 할 때엔 가차 없이 장건에게 불쾌감을 선사했다.

계속해서 홍오의 걸음에 대해 장고(長考)를 거듭하다 보니 그만큼 얻는 게 있었다.

눈에 띌 만큼 부쩍부쩍 신법이 표홀해졌다.

굉목이 워낙 말이 없었고 장건도 굳이 홍오에 대한 얘기를 꺼내지 않았으므로, 굉목은 장건의 신법이 왜 점점 더 좋아지는지 이유를 알 수가 없었다.

덕분에 장건은 매일이 신나는 하루였지만, 굉목은 주름살이 깊어만 갔다. 검소한 생활과 꾸준한 수행 덕에 실제 나이보다 20살은 더 젊어보였던 굉목의 얼굴이 제 나이를 되찾아갈 정도였다.

마침내 굉목은 결단을 내렸다.

결정적으로 굉목이 결심을 하게 만든 것은 새벽의 운기 때 보인 장건의 모습 때문이었다.

쌀쌀한 바람이 부는 새벽인데도 장건은 조금도 추워하지 않았다. 처음 만났을 때 준 얇은 승복(僧服) 그대로였다.

"헤헤."

장건은 애기바위에 올라앉으며 웃었다.

"뭐가 좋아서 웃는 게냐?"

"노사는 좋지 않으세요?"

"그러니까 왜 좋으냐고 묻지 않느냐."

장건은 질문이 이상하다는 듯 고개를 갸웃거리며 굉목을 본다.

8살 때부터 보아온 장건의 버릇이다. 저런 표정을 하면 꼭 이상한 반문, 혹은 굉목을 당황스럽게 만드는 말을 한다.

"새벽에는 기를 많이 먹을 수 있잖아요. 희한하게 하루 종일 기를 먹어도 새벽에 먹는 양에는 못 미치더라구요. 반의 반도 안 되는 거 같아요."

굉목은 장건이 허투루 말을 하지 않는다는 걸 안다. 장건의 말을 듣는 순간 정신이 번쩍 들었다.

새벽 산중의 기가 더 풍부한 것은 사실이나 지금 중요한 건 그게 아니었다.

"하루 종일 기를 먹는다고?"

요즘 들어 장건이 종종 산을 쏘다니는 것은 알고 있었다.

'열매를 따먹거나 놀러 다니는 줄 알았는데, 그게 기를 먹으러 다니는 거였나?'

굉목의 머리가 복잡해졌다.

장건이 고개를 끄덕끄덕했다.

"가부좌를 하면 더 많은 기를 먹을 수 있긴 하지만, 꼭 그렇게 안 해도 기를 먹을 수 있더라구요. 이불을 갤 때도, 나물을 캘 때도……."

굉목의 이마에 만년빙하에 금이 가듯 깊은 주름살이 만들어졌다.

"그냥 평소에도 늘 이 호흡을 한단 말이냐?"

"노사님은 안 그러세요?"

굉목은 하마터면 '평상시에 단전호흡을 하는 사람이 어디 있느냐!' 고 소리를 지를 뻔했다.

"허어!"

장건은 굉목의 표정이 좋지 않은 걸 보고 머쓱하게 머리를 긁적거렸다.

"전 그냥 굳이 공기 중에 있는 기를 새벽에만 먹을 필요가 있나 해서, 하다 보니 그렇게 되길래……. 공기는 낮에도 있고 밤에도 있으니까 먹는 거야 아무 때나 상관없잖아요."

굉목은 입을 다물 수가 없었다.

대자연의 기를 받아들이는 축기법에는 몇 가지 방식이 있다.

서서 하는 입공(立功), 앉아서 하는 좌공(座功), 누워서 하는 와공(臥功), 그리고 건신동공처럼 움직이며 하는 동공(動功).

그러나 어떤 자세로 하던 축기는 온 신경을 모아 집중해야 한다. 숨으로 받아들이는 기의 양이 워낙 적기 때문에 집중을 하지 못하면 축기에 실패하게 된다. 그래서 기가 풍부하고 조용한 새벽에 주로 단전호흡을 한다.

당연히 장건이 말한 것처럼 일상생활을 하며 축기하는 것은 불가능한 것이다. 적어도 굉목이 알기로는 그러하다.

'이 녀석 내공이 기이할 만큼 많이 쌓였다 했는데, 정말로 그게 가능했단 말인가!'

그러나 그 과정에 사마외도의 길에 빠질 수도 있는 노릇.

굉목이 소리를 높였다.

"이놈아! 기라는 건 아주 섬세하게 다루어야 하느니라. 마구잡이로 처먹는다고 무공이 높아지는 게 아니란 말이다."

장건은 눈만 꿈벅거렸다.

"전 무공 안 배웠는데요?"

굉목의 얼굴이 일그러졌다.

"……다시 말해 주마. 축기를 시도 때도 없이 한다고 해서 크게 효과가 있는 건 아니라고 하면 알아듣겠느냐?"

"에이, 그건 저도 안다니까요. 낮에 먹는 기는 정말 얼마 안 되더라구요. 뭐, 그래도 어차피 그냥 숨쉴 때 같이 먹는 건데요. 딱히 힘 드는 것도 아니고."

히죽 웃기까지 한다.

굉목은 가슴을 쳤다.

'그러니까 그게 아니라고!'

이럴 줄 알았으면 무공에 대해 전반적인 기초라도 알려줄 걸 그랬다.

이 상태로 내버려두면 애 하나 잡는 건 시간문제다. 제 마음대로 내공을 쌓고 어설프게 운용을 했다가 동네 친구처럼 주화입마를 만나게 되리라.

내공이 많이 쌓이면 쌓일수록 그 여파도 커지기 마련이니, 굉목은 아찔하기까지 하다.

'허어, 어쩌다 이놈이 이렇게 되었을꼬.'

괜히 마음이 급해졌다.

그 마음을 아는지 모르는지 장건은 가부좌를 틀고 눈을 감았다. 이미 축기에 들어갔으니 건드리거나 말을 걸 수도 없는 노릇이다.

'내 평안하던 말년에 이 무슨 고초란 말이냐.'

굉목은 가만히 장건을 지켜보았다.

그리고 뜻하지 않은 사실에 다시 한 번 신음을 삼켜야 했다.

'이, 이건 또……!'

장건의 들숨이 상상을 초월할 정도로 길었다. 숨을 쉬지 않는 듯했다.

반각……. 일각…….

거의 차 한 잔을 마실 시간이 훨씬 지나서야 장건은 숨을 내뱉었다.

60년을 해온 굉목과 다를 바 없는 시간이다.

단순히 시간문제가 아니다. 그 긴 시간 동안 장건은 한 번도 숨을 끊지 않았던 것이다. 그것은 이미 조식법을 거의 자력으로 터득했다는 말이나 다름없다. 그래서 놀란 것이다.

조식법은 인위적으로 호흡을 조절하는 방법을 말하고, 토납법은 토고납신(吐古納新)이라 하여 나쁜 기운을 내뱉고 좋은 기운을 담는 것을 말한다. 즉, 토납법을 가장 효율적으로 행하기 위해 조식법을 사용한다.

조식법은 세장심균(細長深均)의 네 가지를 기본으로 한다. 호흡을 가늘고 길게, 또한 깊이 마시며 끊이지 않도록 하는 것이 요체다.

한데 장건은 그 네 가지를 모두 하고 있는 것이다. 이는 단순히 보고 따라한다고 배울 수 있는 성질이 아니었다.

장건의 경우엔 내공이 쌓인 것으로 보아 토납법을 익히고 있는데다가 조식법까지 하고 있으니, 단전호흡을 완벽히 익힌 것이다.

'이런 말도 안 되는 일이 있나!'

순간 굉목은 자신이 가르쳐 놓고 잊어버렸나, 하는 생각까지 들었다.

'내가 노망이라도 들었었나?'

만약 굉목이 장건에게 어떻게 단전호흡을 하는 방법을 알았느냐고 물었다면 장건은 필시 이렇게 대답했을 것이다.

"그냥 그렇게 하니 기를 더 많이 먹을 수 있던데요?"

조금이라도 더 많이, 효과적으로 기를 먹을 생각을 하다 보니 절로 그렇게 되어 버렸다. 숨을 길고 가늘게 하는 것이, 끊는 것보다 쉬지 않고 깊게 하는 것이 낫다는 걸 연구 끝에 알아낸 것이다.

별로 할 일도 없는 산중에서 장건이 할 일이라고는 그것밖에 없다. 생각하고 연구하다 보면 시간도 빨리 가고, 성과도 눈에 보이니 신이 나서 더 파고들었다.

'안 되겠다.'

이제 장건은 자신이 덮으려 해도 덮을 수 없는 지경에 이르렀다. 하루라도 빨리 조치를 취하는 것이 아이를 위해서도, 자신을 위해서도 좋은 일이었다.

굉목은 결단을 내렸다.

'당장 방장 사형에게 모든 것을 털어놓아야겠구나.'

그러나 굉목은 그보다 먼저 방장의 호출을 받고 말았다.

장건과 함께 내려오라는 호출이었다. 간혹 본산에 내려가면 아이와 함께 오지 그랬냐고 지나가는 말처럼 넌지시 말한 적은 있지만, 직접적인 호출을 한 적은 없었기에 굉목은 가슴이 뜨끔했다.

'혹시……, 장건 이 녀석의 일을 안 겐가?'

무슨 이유인지 몰랐기에 굉목은 전전긍긍하며 밤을 꼬박 새워야 했다.

*　*　*

홍오는 자신의 암자에서 손님 둘과 담소를 나누고 있었다.

홍오와 나이가 비슷해 보이는, 하지만 키가 작고 왜소한 홍오와 달리 체격이 좋은 노인과 젊은 청년 한 명이다.

홍오가 찻잔을 두고 곱게 우린 맑은 차를 따랐다.

청년이 감사하다는 눈짓으로 찻잔을 집어 들었다.

"향이 좋군요."

홍오는 주름살을 웃는 모양으로 만들었다. 홍오의 웃는 얼굴을 본 노인이 혀를 찼다.

"쯧쯧. 손을 떼거라. 넌 아직 먹을 때가 안 되었다."

"예?"

청년이 의문이 담긴 눈길로 노인을 보았으나, 노인의 말을 따르며 순순히 찻잔을 놓았다.

홍오가 탄식처럼 말했다.

"어허, 소림의 존장이 주는 차를 마다하다니. 아무렴 내가 못 먹을 걸 주었을까?"

"다른 사람도 아니고 괴승이 주는 차는 함부로 마시면 안 되지. 자네 취미가 독초로 차 끓여 마시기였지 않나. 어디 보자."

노인이 찻잔을 들어 홀짝 마셨다. 맛을 음미하는 듯 입 안에서 찻물을 굴렸다.

"어떤가? 내 이 입금화(立金花) 차 맛이."

"기가 막히는군. 소림에서도 이런 독초가 나나?"

그제야 청년은 자신이 마시려던 차가 독초로 만든 것이라는 걸 알고 놀란 가슴을 다스렸다. 설사 독을 마셨다 해도 크게 걱정되지는 않았을 테지만, 소림의 고승이 독차(毒茶)를 내놓았다는 게 당황스러웠다.

"이 근방에서 날 리가 있나. 내 은밀히 텃밭에서 키우고 있는 게지. 이것 말고도 좋은 찻잎이 많으니 내 하나씩 맛보여 줌세."

"찻잎이 아니라 독초라고 해야겠지. 쯧. 이거 은근히 독성이 강하군."

"이 입금화란 녀석은 아주 묘한 녀석이라네. 뿌리는 약재로 쓰는데 잎은 독성이 강해서 잘못 먹으면 큰일이 나지."

"그런 걸 남의 귀한 제자에게 먹이려 했는가?"

"이런 것도 먹어보고 해야 나중에 강호에 나가서 엉터리 독에 안 당하지."

노인이 잔잔하게 웃었다.

"하긴, 자네와 강호행을 하던 때엔 다른 건 몰라도 독의 공부만큼은 많이 늘었지. 당가(唐家)의 그 친구가 밑천이 떨어졌다고 아주 치를 떨었잖나."

"그 엉터리 당가 놈의 독공보다야 내 독공이 한 수 위지."

"젊었을 때야 우리 중에서 자네를 앞지를 수 있는 이가 없었지. 하지만 지금은 당가의 그 친구도 독선(毒仙)이 되었다네."

가만히 듣고 있던 청년이 자못 놀란 표정을 지었다. 독선이라면 현 무림 최강으로 꼽는 우내십존(宇內十尊) 중의 한 명이다. 그 사천당문의 독선이 젊었을 적엔 홍오보다 독공에서 한 수 아래였다니!

노인이 제자인 청년을 보며 말했다.

"놀랐느냐? 그리 놀랄 것 없다. 나도 홍오에게 매화검으로 패한 적이 있으니."

청년의 눈이 더 크게 떠졌다.

한 번도 패한 적이 없다고 알려졌던 자신의 사부가 패한 적이 있다?

그것도 소림의 승려에게, 소림의 무공이 아닌 화산의 절기 매화검으로?

"이 친구는 천재였지. 화산의 제자보다 더 매화검을 잘 펼쳤고, 무당의 제자보다 부드럽게 태극권을 소화해냈지. 심지어는 쾌검으로 알려진 청성일검보다 더 빠른 쾌검을 구사했으니까."

그리 화를 낼 얘기도 아닌데 홍오가 벌컥 화를 냈다.

"이놈아! 왜 옛날 얘기를 자꾸 꺼내고 그래!"

"껄껄. 갈 날이 되니 자꾸 옛날 생각이 떠오르지 뭔가?"

홍오가 코웃음을 쳤다.

"아예 동네방네 다 떠들고 다니시지? 화산오검이 핏덩이일 때도 데려와 남의 속을 긁더니, 이젠 옛날 얘기까지 꺼내서 번뇌를 일으키는구만. 내가 해탈을 못하면 자네가 책임질 게야? 아미타불."

"이 정도야 자네에게 당한 걸 생각하면 약과 아닌가."

노인은 뭐가 그리 좋은지 계속 웃었고, 홍오의 얼굴은 덜 익은 감을 씹은 것처럼 떨떠름해졌다.

"사내가 소심하긴, 이것도 다 내 업보인 게지. 에잉."

노인이 은근히 말을 던졌다.

"그럼 졌다고 승복을 하던가. 이승에서의 내기를 저승까지 가지고 갈 셈인가?"

"지긴 뭘 져! 이제 보니 그 말을 하러 여기까지 왔구만!"

"쯧, 사람하고는."

노인이 웃음을 천천히 지우면서 진지한 어조로 말했다.

"그러지 말고 방장에게 부탁을 해보게. 소림을 위해서라도, 중원 무림을 위해서라도 자네의 무학(武學)이 이대로 대가 끊긴다는 건 너무 아깝지 않은가."

"무학이 사부의 유명(遺命)을 이기는 거 봤나? 남의 사문 일에 신경 쓰지 말게."

"헐. 그럼 내기에 졌다고 인정을 하던지."

"아, 내기에 져야 인정을 하지!"

"자넨 나처럼 제자를 들일 수 있는 상황도 아니지 않나. 그럼 내기가 끝난 것이지. 이제 그만 포기하게. 우린 살날도 얼마 남지 않았다네. 설마 그때까지 기다리라는 건 아니겠지?"

홍오와 노인은 젊었을 때 무공에 관한 생각이 서로 달라, 자주 부딪치곤 했었다. 그러다가 둘은 한 가지의 내기를 하게 되었다. 어느 쪽이 맞는가를 결정하기 위해 서로 제자를 키워 확인해 보기로 한 것이다.

그러나 홍오는 사부의 유언에 의해 더 이상 제자를 받지 못하는 처지가 되었고, 그나마 한 명 있는 제자 굉목은 무공을 배우지 않겠다며 산으로 들어가 버렸다.

그렇게 내기를 계속할 수 없는 상황이 왔음에도 홍오는 아직까지 내기에 지지 않았다며 승복하지 않고 있었다.

"에잉!"

홍오는 인상을 찡그리며 노인의 제자를 보았다. 한눈에 보기에도 자질이 뛰어나 보이는 청년이다. 두 눈 부릅뜨고 전 중원을 돌아다녀도 이만한 무골을 가진 이는 흔치 않을 것이다.

'내 굉목 녀석만 외골수처럼 굴지 않았어도…….'

하지만 기회가 없는 것은 아니다. 그에겐 장건이라는 비장의 한 수가 있었다.

"몇 년만 기다려 봐."

"몇 년?"

노인이 눈이 이채를 발했다.

"쓸 만한 아이라도 찾았는가? 소림에서 자네의 진전을 잇게 해준다던가?"

"아 글쎄, 몇 년만 기다려 보라니까?"

그렇게 말을 하면서도 홍오의 입가에는 웃음이 담겨 있다.

"허허. 도대체 어떤 아이인지 궁금하구먼. 내 죽기 전에는 볼 수 있겠지?"

"내기에 지고 싶으면 일찍 죽던지."

"자네와의 내기에 이기고 싶어서라도 우화등선은 당분간 못 할 듯싶으이."

"흘흘. 5년 안에는 승부가 날 테니 죽고 싶어도 죽지 말게나."

홍오가 계속 흘흘 하고 웃음소리를 내자, 노인의 눈이 살짝 찡그려졌다. 젊었을 때부터 홍오가 저런 웃음을 지을 때마다 얼마나 곤란한 일을 당했던가.

'흠…….'

노인의 마음을 아는지 모르는지 홍오는 마냥 즐거운 표정을 짓고 있을 뿐이었다.

* * *

"오늘은 본산에 내려갈 것이다."

"예?"

아침 공양이 끝나기 무섭게 굉목이 한 말에, 장건은 눈을 동그랗게 떴다.

"방장과 장로들을 만나 뵈어야 할지 모르니 최대한 공손하고 예의바르게 굴어야 한다."

실로 오랜만의 나들이였다. 이 조그만 암자에서 지낸 지가 무려 7년이다.

홍오를 보기 전까지 그동안 본 사람이라고는 석 달에 한 번 생필품을 가져오는 스님 한 명이 전부였다.

그나마도 아주 잠깐 마주쳐 합장을 하고 마는 정도였다.

굉목이 워낙 깐깐하고 검소하게 사는 바람에 생필품이라고 해봐야 몇 되지 않았다. 반찬을 따로 하지 않으니 소금 약간 외에는 양념도 필요 없고, 기름이 아깝다고 밤에 등잔불을 잘 켜지도 않으니 기름도 필요가 없었다. 잡곡 한 가마니가 생필품의 전부라 해도 과언이 아니었다.

장건이 처음 보았을 때부터 옷 한 벌로 20년을 입는다 했으니 말 다한 것이다.

"채비하거라."

채비라고 해봐야 별다른 게 있을 리 없었다.

굉목은 책 몇 권을 바랑에 넣어 장건에게 맡겼다. 내려가는 김에 다른 경서를 가져올 셈인 듯했다.

한데 바랑을 짊어지는 장건의 표정은 떨떠름했다.

"표정이 왜 그러느냐? 외출하는 게 싫은 게냐?"

"꼭 그런 건 아닌데요……."

"말끝을 흐리지 말고 또박또박 말하거라."

"산을 내려가면 배가 고플 텐데……."

굉목은 그럴 줄 알았다는 듯이 '끙' 소리를 냈다. 간혹 본산에 내려갈 때 장건도 함께 가자고 했지만, 배가 고파서 움직이기 싫다고 도리질을 쳤었다. 하지만 오늘은 꼭 함께 가야 한다.

"공양간에 가서 월병이라도 좀 얻어주마. 얼마 전에 중추절이 지났으니 얼마간 남아 있을 게다."

"월병!"

장건의 눈이 반짝거렸다.

팥과 계란 노른자로 속을 채운 월병을 생각하니 벌써부터 군침이 돌았다.

"어서 가요."

장건은 언제 그랬냐는 얼굴로 희희낙락했다.

굉목이 앞서 가고 장건이 약간 뒤쪽에서 따라 걸었다.

장건은 감회가 새로웠다.

'7년 전에는 올라오는데 반나절이나 걸렸지. 힘들어 죽는 줄 알았어. 아, 그때는 참 어렸었는데.'

지금은 별 힘도 들이지 않고 산길을 내려갈 수 있다. 아마

오르막길이라 하더라도 마찬가지일거다.

휙 휙.

몸을 살짝살짝 움직여서 튀어나온 나뭇가지를 피하는 건 일도 아니다. 장건은 그저 흐름을 따라 움직일 뿐이다.

홍오를 만나 그의 움직임을 본 후에 장건의 발은 더 빨라졌다. 아직 홍오에 비할 바는 아니지만 반 경공술이나 다름없는 걸음을 걸을 수 있었다.

'참 신기하단 말야. 다음에 홍오 대사님을 보면 한 번 더 보여 달라고 해야지. 이번에야말로 자세히 볼 테야.'

장건은 흐뭇한 미소를 머금었다.

그동안의 고생을 모두 보상받은 느낌이었다.

'이제 3년 남았다. 3년만 더 있으면 집으로 돌아갈 수 있어.'

그동안 왜 집으로 도망갈 생각을 한 번도 안 했는지 모르겠다. 부모가 10년은 버티라고 수백 번을 말해 왔기에 그것이 각인되어 아예 돌아갈 수 없다고 생각했던 탓일까?

스스로도 감탄할 일이다.

한편, 따라오는 장건을 힐끔 뒤돌아본 굉목은 한숨을 내쉬었다.

'역시나.'

아니나 다를까.

장건은 쉽지 않은 산길을 앞마당 거닐듯 편하게 내려오고 있다. 게다가 어딘가 묘한 발놀림.

'응?'

불영신보가 아니라 다른 익숙한 느낌이 든다.

굉목은 그 느낌을 되살리기 위해 한참을 끙끙대다가 기억해냈다.

'대나한선보(大羅漢禪步)!'

굉목은 기가 찼다. 장건이 어떻게 경공법인 대나한선보를 익히고 있단 말인가.

'불영신보에……, 내가 한 번도 보여주지 않은 대나한선보까지……. 설상가상이라더니.'

장건이 홍오를 만난 것을 모르는 굉목은 속이 터질 지경이었다.

'에잉, 나도 모르겠다. 처음부터 이 녀석을 나한테 맡긴 방장 사형의 탓이지. 암, 그렇고말고. 절대로 나나 이 녀석의 잘못이 아니야.'

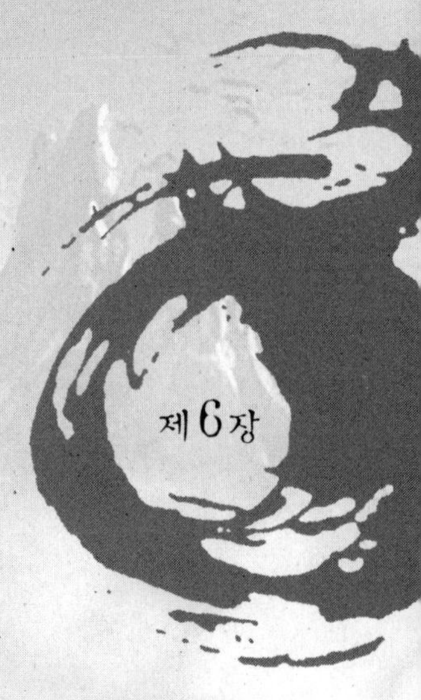

제 6 장

공양간에서

"와아!"

장건은 소림사의 본산 경내를 보고 탄성을 냈다.

소림사의 본산은 여러 개의 전각과 탑들이 자연과 어우러져 웅장한 자태를 뽐내고 있었다.

특히나 소림사의 서쪽에 족히 이백 개는 되어 보이는 탑들이 몰려 있는 모습은 장관이었다.

"저긴 왜 이리 탑이 많은가요?"

"거긴 탑림(塔林)이다. 조사들의 사리를 넣어둔 곳이지."

"오옹. 그러니까 소림사의 공동 무덤이군요."

"어쨌거나 경내로 들어가면 가능한 조용히 해야 한다. 소리나게 걸어서도 안 되고 부산을 떨어서도 안 된다."

"예. 걱정 마세요."

"그건 걱정 축에도 못 끼느니라. 에잉."

"네?"

굉목은 장건의 말을 들은 척 만 척 바삐 걸음을 옮겼다.

"그럼 혹시……."

장건은 겁이 더럭 났다. 갑자기 소림사로 데려온 이유를 알 것 같았다.

장건에게 무공이 어쩌고 하더니 그 얘기를 하러 내려온 것이다.

주춤.

장건이 걸음을 멈추자, 앞서가던 굉목이 뒤를 돌아보며 인상을 찌푸렸다.

장건의 겁에 질린 얼굴을 보면 무슨 생각을 하는지 모르려야 모를 수가 없다. 그 모습이 천진난만했기 때문인지, 아니면 정말 정이 들었기 때문인지 굉목은 가슴 한편이 아련했다.

'7년을 살아오면서 몇 마디 나눠오지도 않았거늘, 으음.'

굉목은 그런 마음을 내색하지 않고 장건을 향해 엄한 목소리로 말을 했다.

"걱정하지 마라. 죄가 있으면 모를까, 죄가 없는 사람이 두려워할 필요는 없다."

그래도 장건의 얼굴은 풀리지 않는다.

굉목이 잠시 생각하다가 한마디를 더 했다.

"내가 보기엔 넌 아무 잘못도 없다."

그제서야 장건의 얼굴이 조금 펴졌다. 한데 조금 이상한 얼굴이다.

마치 '노사께서 그런 말씀을 다 하시다니!' 하고 쳐다보는 듯한 표정이었다. 아니, 실제로도 그렇게 생각하고 있었다.

굉목은 괜히 머쓱해져서 고개를 돌렸다.

"가자."

*　　*　　*

석조로 만든 거대한 일주문은 소림 경내로 향하는 첫 관문이다. 네 개의 기둥을 한 줄로 늘어세우고, 위에 지붕을 얹은 일주문의 현판에는 숭산소림(崇山少林)이란 멋진 필체의 글이 쓰여 있었다.

일주문 아래로 많은 손님들이 오가고, 동자승과 지객승이 그들을 맞느라 정신이 없다.

장건과 굉목이 일주문의 아래에 서자 지객승이 굉목을 알아보고 반장을 했다.

"아미타불, 기별도 없이 어쩐 일이신지요?"

"내게 소림이 기별을 해야 오갈 수 있는 곳이더냐?"

굉목의 퉁명스런 말투에 지객승의 얼굴이 떨떠름해졌다.

평소에는 특별한 일이 있어도 고개를 안 내밀다가 아무 일도 없는 때에 갑자기 찾아왔으니, 혹시나 무슨 일이 있나 해서 물은 것이다.

그런데 그걸 쏘아붙이듯 되돌려 묻다니, 역시 굉목이다.

'다른 분들이 굉목 스님을 어려워하는 이유가 있구나.'

지객승이 무슨 말을 해야 하나 끙끙거리고 있을 때 다행히도 굉목이 먼저 용건을 말했다.

"방장사형을 뵈러 왔으니 미리 얘기를 넣어 두거라. 어디 잠깐 들렀다가 갈 테니."

"알겠습니다."

지객승은 별다른 내색 없이 동자승을 불러 방장실로 보냈다. 동자승이 종종 걸음으로 바삐 걸어갔다.

장건이 물었다.

"어딜 들르는데요?"

굉목이 장건의 팔을 잡아끌며 대답했다.

"공양간."

장건의 얼굴에 환한 웃음이 돌았다.

"월병!"

*　　　*　　　*

조용하고 엄숙한 소림사의 경내에서 가장 활기찬 곳을 꼽으라면 연무장, 혹은 연무청이다. 그리고 바로 다음으로 꼽는 곳이 공양간이다.

사찰의 음식이라는 게 반점이나 객점처럼 요란하지 않다 하더라도 요리는 요리다. 고기를 쓰지 않는다 하더라도 다른 재료로 고기의 맛을 내고 영양을 생각해 여러 방법으로 조리한다.

그러다보니 칼질하는 소리며 볶고 지지는 소리에, 고함처럼 오가는 말소리가 다른 곳보다 배는 시끄럽다.

굉목처럼 조용하고 한적한 생활에 익숙해진 중은 쉽게 적응하기 어려운 곳이다.

그래서인지 굉목은 보통 때보다 배는 더 딱딱한 얼굴이었다.

그답지 않게 활짝 열린 문 사이로 뿌연 김과 연기가 흘러나오는 공양간 밖에서 안쪽을 지켜보며 잠시 머뭇거렸다.

안쪽에서는 국을 끓이는 갱두승(羹頭僧)과 반찬을 만드는 채공승(菜供僧)들이 부산하게 움직이고 있다. 그리고 건장한 몸의 노승이 공양간을 휘젓고 다니며 소리치고 있었다.

"아따, 이놈아! 누가 표고버섯을 그따위로 썰라고 했어! 얼씨구? 산마는 반 시진은 족히 물에 담가야 아린 맛이 빠진다니까! 혓바닥이 다 얼얼하잖느냐!"

쉬지 않고 고함소리가 들려온다.

"에이, 이런 멍청한 녀석들. 몇 년을 가르쳐도 매일 이 모양이야.”

공양간의 노승은 욕지기를 내뱉다가 문득 인기척을 느끼고는 공양간 밖을 쳐다보았다. 그가 굉목을 발견하고는 눈을 휘둥그레 떴다.

성큼, 노승이 한걸음에 공양간 밖으로 나왔다.

“어라? 이게 누구신가. 굉목 사형?”

그가 너털웃음을 터뜨리며 굉목에게 다가왔다.

“이거 내일은 해가 서쪽에서 뜨겠구려. 사형이 나를 다 찾아오다니.”

나이답지 않게 청년처럼 탄탄한 체구의 노승이었다. 얼굴도 절의 초입에 있는 사천문의 목조 사천왕처럼 험상궂은 얼굴이다.

“오랜만이군. 굉료 사제. 아직도 공양간에서 일을 맡고 있나?”

“뭐, 움직이지 않으면 좀이 쑤셔서 말이오. 다른 녀석들이 일하는 꼴을 보면 답답하기도 하고.”

굉료는 굉목과는 정반대의 성격이었다. 겉보기도 그렇고 말투도 그렇다.

그가 장건을 보더니 놀라는 척 묻는다.

“아니? 사형이 제자를 들이셨소?”

굉목이 또다시 인상을 찡그린다.

“머리를 보면 모르느냐? 제자가 아니고, 잠시 돌보고 있는 아이다.”

굉료가 험악한 얼굴에 한껏 미소를 지으며 장건을 보고 말했다.

“반갑구나. 나는 굉료라고 한다.”

“나무아미타불, 안녕하세요. 장건입니다.”

장건은 합장을 하며 공손히 머리를 숙였다. 굉료가 껄껄대고 웃었다.

“이 아이가 나보다도 더 중 같구만.”

“쓸데없는 소리 말고 월병이나 하나 쥐어줘라.”

“엥? 사형이 군것질을 다 하오?”

굉목이 성질을 낼까 하다가 ‘끙’ 소리를 내며 말했다.

“나 말고 이 아이에게 말이다.”

“호오.”

굉료는 턱에 손을 올리고 굉목을 슬쩍 훑어보았다.

“입적한 지 50년도 더 됐지만, 사형이 다른 사람에게 관심을 가지는 걸 열반에 들기도 전에 보게 되다니……. 혹시 대오각성(大悟覺醒)이라도 하신 게요?”

굉목은 재차 ‘끙’ 하고 신음소리를 냈다.

“흰소리하는 건 여전하구나.”

굉목이 장건을 보고 말했다.

“월병을 먹으면서 잠깐 기다리고 있거라.”

“예.”

굉목은 방장과 얘기를 한 후에 장건을 데려오는 게 낫다고 생각했는지, 장건을 공양간에 두고 먼저 떠났다.

굉료는 화도 내지 않고 웃었다.

"하여튼 사형은 여전하다니까."

굉료가 곧 공양간 안의 중을 불러 월병을 가져오게 시켰다. 그리고는 월병 하나를 장건의 손에 쥐어주었다.

"더 주고 싶은데 이것밖에 남지 않았다는구나. 몇 년 전 부터 검소하게 중추절을 지내고 있단다."

"아니에요. 감사합니다."

월병을 손에 쥔 장건은 눈물이 다 날 것 같았다.

반을 쪼개니 노란 속이 먹음직스럽게 드러난다. 가을에 고구마일 리는 없고 아마 으깬 호박인 것 같다. 삶은 계란 노른자가 들어간 것도 맛있지만, 장건은 호박으로 속을 한 것을 더 좋아했다.

달큰한 냄새에 절로 침이 고인다.

장건은 떨리는 마음으로 한 입 베어 물었다. 입 안 가득 호박향이 퍼지고 달달한 맛에 몸이 짜릿했다.

7년 전이니, 어렸을 적 일이라 지금은 잘 생각나지 않지만 월병은 장건의 집에선 그리 귀한 먹을거리가 아니었다. 월병은 그냥 맛있는 먹을 것들 중의 하나일 뿐이었다.

그런데 지금은 그 월병 하나에 세상을 다 얻은 듯 마음이 풍족한 느낌이 들었다.

'7년 동안 노사에게 배운 게 월병 맛 하나라고 해도 억울하지 않을 것 같아.'

정말로 행복했다.

굉료가 장건이 월병 먹는 걸 보며 감탄을 다 했다.

"녀석 참……, 맛있게도 먹는구나."

"네. 너무너무 맛있어요."

굉료가 은근슬쩍 물었다.

"그런데, 굉목 사형과는 어떤 사이냐?"

"7년 동안 노사님께 신세를 졌어요."

"허어!"

굉료의 눈이 휘둥그레졌다. 장건이 일전에 만났던 홍오라는 노승과 비슷한 반응이었다.

"그것 참 대단하구나. 힘들었을 텐데."

"예. 다른 건 모르겠는데 배가 너무 고파서 힘들었어요."

"쯧, 하여튼 야박한 사람이라니까."

장건은 월병을 아끼고 아껴먹다가 결국 다 먹어 버리자 손가락까지 핥아먹었다. 그래도 아쉬운 눈빛이 가득했다.

"모자라면 이따가 돌아갈 때 내가 몰래 먹을 것 좀 챙겨주마."

"말씀은 감사합니다만, 괜찮아요."

"아니, 왜?"

"노사께서 안 죽을 만큼만 먹으면 된다고 하셨거든요. 그 이상 먹으면 혼나요."

굉목이 평소 어떻게 끼니를 때우는지 잘 알고 있는 굉료였다. 소림의 다른 제자들조차 굉목이 먹는 것처럼 먹고는 버티기가 힘들었다.

"이것 참. 사형보다 네가 더 고생이 많겠구나. 한창 클 땐 돌멩이를 먹어도 소화시킨다고 하는 말이 괜히 있는 것이 아닌데……."

장건은 굉료가 인상만 험악하지 마음씨는 좋은 사람이라는 걸 알았다.

"아, 그런데 너는 왜 굉목 사형 같은 사람하고 7년을……."

그때 공양간 안에서 연기가 뭉클뭉클 흘러나왔다. 탄 냄새가 코를 찌른다.

'으앗!' '아이쿠' '큰일 났네' 따위의 말들이 공양간 안에서 튀어나오고 있다.

굉료가 기겁을 하며 소리를 질렀다.

"아니, 저 망할 놈들이 뭘 태워먹은 거야?"

굉료는 장건을 보고 말했다.

"곧 공양시간이라 바빠서 더 얘기하고 싶어도 못하겠구나. 곧 사형이 온다 했으니 멀리 가지 말고 거기 앉아서 잠깐만 기다리고 있거라."

"예."

굉료가 훌쩍 공양간 안으로 뛰어들었다.

"야이, 빌어먹을 놈들아!"

"죄, 죄송합니다."

"잘못했습니다."

"공양시간이 얼마 안 남았는데 재료를 다 태워먹었잖아! 에잇, 칼 이리 내. 넌 어서 재료부터 다시 씻고!"

공양간 안이 순식간에 난리가 났다. 수천 명이나 되는 절의 식구들을 먹여 살리는 만큼 손길이 바쁠 수밖에 없다.

'어쩐지 오랜만에 사람 사는 세상에 온 것 같아.'

장건은 공양간 문 옆에 쪼그리고 앉아 흐뭇하게 그 모습을 지켜보았다.

어차피 굉목이 돌아올 때까지는 할 일도 없었다.

'기나 먹고 있을까?'

장건은 호흡을 조절하며 기를 먹기 시작했다. 어차피 낮에 먹을 수 있는 기는 극히 미량이라 굳이 가부좌를 틀지 않아도 상관이 없었다. 그렇게 익숙해지다 보니 누가 방해를 하거나 말을 해야 될 때가 아니면 아무 때나 기를 먹을 수 있었다.

'쳇. 말을 할 때도 기를 먹을 수 있으면 좋은데.'

아무래도 기를 먹는 행위가 전적으로 호흡에 의존하다 보니 아무리 노력을 해봐도 말을 하면서는 먹을 수가 없었다.

장건은 그게 제일 아쉬웠다. 그것만 아니라면 하루 내내 기를 먹으면서 살 수 있을 텐데.

따다다닥.

장건이 기를 먹으며 소리가 들려오는 공양간 안을 보았다.

굉료가 채공승들의 옆에 서서 함께 야채를 다듬기 시작한다. 칼이 도마를 치는 소리가 경쾌하다.

사각사각.

자르고 썰고 채를 치는 동작이 일사불란하게 이루어지고 있었다.

굉료의 우렁찬 목소리가 다시 한 번 공양간을 뒤흔들었다. 이번에는 국을 끓이는 갱두승을 향해서다.

"이놈들이? 아직도 정신을 못 차리고 느릿느릿하네? 그럴 거면 무공은 뭐하러 배웠어! 국 끓이고 야채 썰고 채소 다듬는데 쓰라고 배운 거 아냐!"

"예, 옛!"

"남들 무공 수련할 때 밥해야 되는 놈들이 무공 수련은 이럴 때 아니면 언제 할래?"

"예!"

소림의 중답게 다들 무공 한 자락씩은 배우고 있었다.

요리를 하는 데 무공을 발휘하기 시작하자 눈이 바빠질 정도로 현란해진다.

타다다다닥.

채소를 칼로 치는 손길이 두 배는 더 빨라졌다.

"그래도 느려! 더 빨리!"

굉료의 목소리도 덩달아 높아져 간다.

“어허, 토란 껍질을 까랬더니 먹어야 할 속까지 다 쳐 버리면 뭘 먹으라는 게냐!”

굉료와 채공승들의 모습을 가만히 지켜보고 있으니 절로 웃음이 난다.

그러다가 문득 장건은 이상한 느낌이 들었다.

‘어?’

현란하게 칼질을 하는 채공승들의 모습은 보기는 좋았지만 어딘가 어색함이 느껴졌다.

‘왜 이러지?’

어쩐지 마음이 불안해지기 시작했다. 괜히 안절부절못하고 손발을 꼼지락거렸다.

몇 번을 눈을 비비고 보아도 마찬가지였다. 사람에 따라 다르긴 하지만 누구라 할 것도 없이 어색한 부분들이 보였다.

잠시 지켜보던 장건은 이상한 느낌의 이유를 알아챘다.

‘아하.’

장건의 입장에서 보자면 그들은 ‘쓸데없는 동작’을 하고 있었던 것이다.

‘굳이 저렇게 안 해도 될 텐데.’

장건은 이제껏 배가 고프지 않기 위해 뭐든지 최소의 동작으로 해왔다. 그랬기에 채공승들의 움직임에서 보이는 일종의 과도함, 혹은 부조리함이 장건의 몸을 달아오르게 만든 것이다.

장건은 그 중에서 칼로 채를 써는 채공승의 동작을 따라해 보았다.

위에서 아래로 칼을 내리치는 동작이었다. 팔꿈치를 들어서 어깨에 힘을 주고 누르듯 해야 한다.

채공승들은 칼을 다루는 무공을 익혀서 하체가 안정돼 있고 허리힘을 이용할 줄 알았다. 보통 사람보다 움직임의 폭은 적지만 더 큰 힘을 낸다.

그러나 장건에게는 그것도 과도해 보였다.

장건은 몇 번 연습해 보더니 이내 손목만 가볍게 움직여 같은 동작을 할 수 있게 되었다.

'이렇게 하면 되겠다.'

마음이 정해지자 실타래가 풀려나와 장건의 손을 인도한다. 단전에서부터 풀려나온 실타래의 끝이 하중을 지지하는 다리를 거쳐 허리를 둥글게 감고 어깨로 올라간다. 곧 실타래의 끝이 팔 전체를 감싸듯 했다.

장건은 금세 칼로 채를 써는 동작을 익혔다. 누가 보자면 손목만 까딱거려서 장난이라도 치는 것 같다. 무는커녕 두부조차 자를 수 있을지 의문스러운 행동이다.

하지만 장건의 육체는 7년간 거의 하루도 빼지 않고 행해온 건신동공을 통해 단련되어 있다.

건신동공을 하며 자신의 몸과 몸 안의 움직임을 느껴 보통 사람은 할 수 없는 세밀한 부분까지 조절할 수 있게 되었다.

'몸 안을 관조하라' 고 말했던 굉목이 알면 기가 찰 노릇이다. 본래 건신동공이란 아주 천천히 몸을 움직이며 기를 주천시키는 내공 수련이다.

그런 의미에서 몸 안을 관조한다고 말한 것을 장건은 있는 그대로 '보는 것' 으로 받아들였다. 정말로 몸 안에서 움직이는 장기나 근육들을 느낄 수가 있게 된 것이다.

때문에 지금 장건의 몸통 자체는 움직이지 않고 있어도 그 안의 근육 수백 개가 미세하게 움직여 내공과 함께 다리에서부터 전달된 힘을 칼끝에 보태고 있었다. 다른 사람이 몸 전체를 움직여야 낼 수 있는 힘을 손목만 움직여 낼 수 있는 것이다.

장건은 헤헤 웃으며 다시 채공승들을 관찰했다.

대부분이 불필요하게 움직여서 눈에 거슬렸지만, 단 한 사람, 굉료는 달랐다.

굉료를 볼 때만 편안함이 느껴진다. 간혹 불편한 느낌이 없는 건 아니었지만 그래도 다른 사람들에 비하면 없는 거나 다름없었다.

가만히 지켜보고 있다 보니 장건은 슬슬 심심해졌다.

공양간은 여전히 바빴다.

'바쁘신 것 같은데 내가 뭐라도 도울 게 없을까?'

굉목이 하도 다그쳐서인지 이제 가만히 있으려면 몸이 근질근질했다. 움직이면 배가 고플 테니 가만히 있는 게 상책이었지만, 그것은 장건의 몸에 밴 생활이 아니다.

게으름은 죄악이다!

배가 고플지언정 할 일은 해야 한다. 게으름을 피웠다가는 치도곤을 당한다.

그래서 할 일은 하되, 쓸데없이 움직이지 않으며 최소의 힘으로 최대의 힘을 낸다. 이것이 장건이 이제껏 굉목과 함께 살아오며 지킨 원칙이었다.

공양간 안 채공승들이 바쁜 모습을 보니 장건은 자기도 모르게 조바심이 났다.

'다른 사람들은 다 바쁘게 일을 하고 있는데 나만 놀고 있구나. 월병도 얻어먹었는데…….'

아무래도 뭔가 해야 할 것 같다.

때마침 공양간 안에서 장건보다 나이가 어려 보이는 동자승이 바구니를 들고 나왔다. 아니, 거의 쫓겨나는 듯한 모습이었다.

"바쁘니까 거치적거리지 말고 넌 밖에 나가서 그거나 다 깎아오너라!"

굉료의 고함소리에 동자승은 울상을 지으며 공양간 밖으로 나왔다. 바구니 안에는 선홍빛 사과가 가득했다.

"큰스님도 너무하셔. 공양시간 전까지 이걸 나 혼자 다 언제 깎는담."

동자승은 투덜거리다가 장건을 발견하고는 화들짝 놀랐다.

"이크. 죄송합니다. 제가 실수를……."

"괜찮아요."

장건이 물었다.

"그보다 할 일이 많으신 것 같은데 제가 도와드릴까요?"

동자승이 머리를 긁적거렸다. 아직 어려서 그런지 동자승에게서는 소림의 스님 같은 느낌이 들지 않았다.

"아닙니다. 이건 제가 해야 할 일인걸요. 더구나 나무칼이라서……."

"사과 정도는 저도 깎을 수 있으니 도와드릴게요."

동자승의 얼굴이 환해졌다.

"그럼 조금만 도와주실래요? 전 칼을 하나 더 가지고 올게요."

동자승은 나무칼을 장건에게 건네주고 공양간 안으로 다시 들어갔다. 장건은 나무칼을 들고 바구니에서 사과 하나를 집어 들었다.

칼을 다뤄본 적도 없고 사과를 깎아본 적도 없었지만 어떻게 하는지는 당연히 알고 있었다.

곧 동자승이 나무칼 하나를 더 들고 나왔다.

"나무칼이라 다치시진 않겠지만 조심하시구요."

동자승과 장건은 공양간 옆 건물의 주춧돌에 앉아 사이좋게 사과를 깎기 시작했다.

동자승도 서툴렀지만 장건도 서툴렀다. 장건은 끙끙대면서 하나를 겨우 깎았는데 모양이 엉망이었다. 여기저기 푹푹 패여서 본래 크기의 3분지 2밖에 남지 않았다.

'사과 깎는 게 이렇게 어려웠나?'

장건은 괜히 동자승에게 미안해졌다.

"껍질은 얇게 깎아야 해요. 그것도 끊어지지 않도록요. 안 그러면 큰스님께 혼나요."

동자승은 말을 하면서 자기가 깐 것을 장건에게 보여주었는데 그 역시 장건과 별반 다르지 않았다. 둘은 서로를 마주보고 픗 웃음을 지었다.

장건이 웃다가 사과를 보고 입맛을 다셨다.

"그런데 껍질도 먹을 수 있잖아요. 어쩐지 껍질을 버린다고 생각하니 아깝네요."

그냥 하는 말이 아니라 정말로 아까웠다. 두텁게 깐 껍질에 열매살이 붙어 있는 걸 보면 뭔가 크게 잘못한 듯 불안해졌다.

"원래 저희가 먹을 때는 사과껍질을 안 깎는데 일반 참배객들은 껍질이 있으면 싫어하시거든요. 깎고 남은 껍질은 퇴비로 쓰거나 산새들 먹이로 줘요."

"그렇군요."

"그러니 최대한 얇게 깎아야 하는 거죠."

동자승이 불평이 가득한 얼굴로 입을 뿌루퉁하게 내밀었다.

"아무리 그래도 나무칼로 사과를 깎는 건 너무해요. 쇠칼로도 깎기 어렵다구요."

"쇠칼로 하면 안 되나요?"

"큰스님께서 전 아직 쇠를 다룰 준비가 안 되어 있대요."

말을 하던 동자승이 다른 사과를 들어 다시 껍질을 까기 시작했다.

사각 사각.

여전히 잘 안 되는지 나무칼이 헛나가서 껍질과 과육이 함께 툭툭 떨어져 나갔다. 깐 껍질이 얇고 안 끊기도록 하는 건 무리인 듯싶었다.

"오늘도 꾸지람 엄청 듣겠네. 후우."

동자승은 한숨을 내쉬었다.

장건 역시 사과를 들고 어떻게 해야 잘 깎을 수 있을지 고민했다. 나무칼이 자꾸 헛나가 과육이 툭툭 떨어져 나가는 게 너무 아까웠다.

'아우!'

겨우 손톱 반만큼도 안 되는 과육이 떨어져 나갔음에도 장건은 좌불안석이 될 정도로 마음이 불편했다.

'최대한 얇게…… 얇게…….'

장건은 채공승들의 움직임을 떠올리며 그 중에서 불필요한 것을 버리고 자신만의 방법을 생각해냈다.

그러자 아랫배에서 실타래가 풀려 움직이기 시작했다.

장건은 실타래의 흐름을 따라 나무칼로 사과의 표면을 깎아 나갔다.

동자승은 끙끙대다가 문득 이상한 기운을 느꼈다. 온몸이 오그라드는 듯한 기분이었다. 어깨가 움츠러들고 위축되는 듯한 느낌이 들었다.

동자승은 고개를 한 번 크게 흔들고는 장건을 쳐다보았다.

그리고 그 순간 동자승의 입이 크게 벌어졌다.

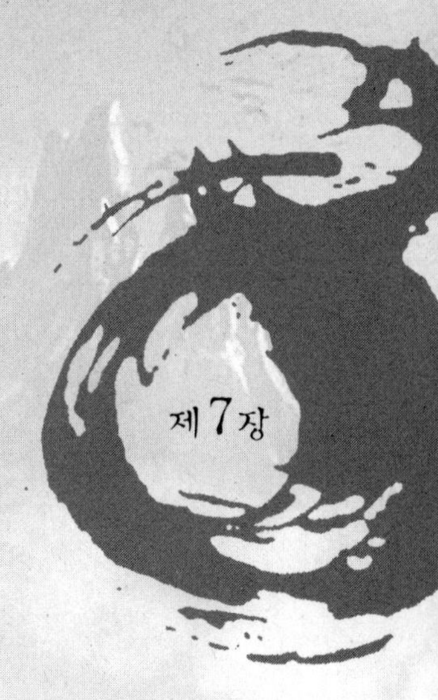

제 7 장

검성의 사과 깎기

굉목은 팔대호원을 지나 방장실 앞에 섰다.

"방장 사형, 굉목입니다."

방장실 안에서 부드러운 음성이 흘러나왔다.

"오! 굉목 사제가 왔군. 들어오게."

굉목은 방장실의 문을 열고 들어섰다.

방장실은 단출했다. 한쪽에 낡은 서탁(書卓)이 놓여 있고 족자 한 폭이 벽에 걸려 있는 것이 다였다.

"어서 오게."

인자한 주름살 아래 희고 굵은 눈썹을 가진 방장 굉운이 굉목을 맞았다.

부드러운 목소리에 어울리게 소탈한 외모를 가진 방장 굉운의 모습은 검소한 방과 너무나 잘 어울리는 모습이었다.

굉목은 굉운을 찾아온 목적을 말하려다 말고 입을 다물었다.

방장 굉운의 뒤로 손님이 있었던 것이다.

청수한 인상의 노인 한 명과 이목구비가 뚜렷한 잘생긴 얼굴의 청년 한 명이었다. 노인이나 청년이나 범상치 않은 기도를 풍기고 있었다.

굉운이 굉목과 그들을 인사시켰다.

"이쪽은 제 사제인 굉목입니다."

노인은 굉목의 이름을 듣자 고개를 살짝 끄덕거렸다.

"이름은 진작에 들었네만 실제로 보긴 처음일세."

"그러셨군요."

굉운이 노인과 청년을 가리키며 굉목에게 말했다.

"화산에서 오신 분들이네. 검성이라 하면 사제도 알겠지."

굉목은 놀란 눈빛으로 노인을 보았다.

검성(劍聖)!

현 무림에서 검성이라 불릴 수 있는 사람은 단 한 명, 화산파의 윤언강이다. 검에 있어서는 극에 다다랐다고 불리는 인물이기도 하다.

그는 강호행을 하던 30여 년간 수많은 도전을 받았지만 한 번도 패배한 적이 없어 가히 현 무림의 최강자 중 한 명으로 손꼽히고 있다.

더구나 윤언강은 검성이라는 명호에 집착하지 않고 예순이 되기 전, 화산으로 돌아와 후배들을 양성하는 데 힘썼다. 이름만 대면 누구나 알 만한 화산의 절정 고수 다섯, 화산오검(華山五劍)이 모두 그의 손에서 키워졌다.

당금 화산의 위세가 강호를 위진(威震)하는 것도 모두 윤언강이 있기에 가능한 일이었다.

아무리 산속에 파묻혀 지내는 굉목이라 할지라도 모를래야 모를 수가 없는 이였다.

그런 윤언강이 너털웃음을 터뜨리며 말했다.

"방장 대사께서 과분한 허명으로 나를 부끄럽게 만드시는구려."

굉운은 부드러운 미소를 잃지 않고 대답했다.

"검성께서 스스로를 검성이 아니라 하시면, 강호의 군웅들이 어리둥절해할 것입니다. 검성이 소림사에 와서 실종되었으니 찾아내라고 저를 닦달할지도 모릅니다."

"허허. 누가 감히 소림의 활불(活佛)을 찾아와 닦달을 하겠소이까."

윤언강은 곧 자신의 옆에 있는 청년을 소개했다.

"아, 이 녀석은 내가 말년에 얻은 제자 녀석으로 문사명이라 한다오. 이 녀석 뭘 하느냐? 어서 인사 드리거라."

청년 문사명이 굉목을 보고 포권했다.

"문사명이라 합니다."

굉목이 반장으로 답하며 그를 보았다.

윤언강의 배분이 굉목이나 굉운보다 한 대가 높으니 이제 갓 20대인 문사명은 굉목이나 굉운과 같은 배분으로 인정된다. 화산의 장문인과 같은 배분이다.

문사명은 20대 초반으로 보이는데, 범의 눈썹과 용의 눈을 가졌다. 한눈에 보기에도 검성 윤언강이 화산의 배분을 무시하고 제자로 받아들일 만한 인재다. 앞으로 몇 년 내에 강호에 신성(新星)으로 떠오를 만한 재질이 느껴진다.

왜였을까?

굉목은 문사명의 모습에 장건이 겹쳐 보였다.

"굉목이라 하네."

괜히 심기가 불편해진 굉목은 평소보다도 더 무뚝뚝하게 인사했다. 가뜩이나 장건의 문제로 답답한데 시답잖은 인사나 나누고 있을 여유가 없었다.

굉목의 말투 때문에 분위기가 딱딱해질 것 같자 굉운이 먼저 말을 꺼냈다.

"이해하게나. 사제는 산중에서 오랜 시간 수행을 하고 있어서 사람을 상대하는 데 익숙지가 않다네."

"저는 괜찮습니다."

문사명은 걱정 말라며 웃음으로 화답했다.

윤언강이 먼저 나섰다.

"그럼, 우리는 이만 가봐야겠소이다."

굉운이 말을 받았다.

"귀한 손님을 모셔놓고 금세 축객하는 것 같아 빈승의 마음이 편치 않습니다."

"허허. 인사만 드리고 내려갈 생각이었소이다. 방장 대사께서는 마음에 두지 마시구려."

굉운은 동자승을 불러 윤언강과 문사명을 안내토록 했다. 둘은 곧 인사를 하고 방장실을 나섰다.

굉운이 '허' 하고 웃으면서 혼잣말처럼 중얼거렸다.

"화산에 화산오검에 이어 또다시 홍복(洪福)이 내렸구나. 어디서 저런 인재를 들였을꼬. 우리 소림에도 저만한 아이가 하나 있으면 좋겠거늘. 불제자인 나도 탐이 날 지경이니……."

굉운이 슬쩍 굉목을 쳐다보았다. 마치 제자를 들이지 않은 굉목을 타박하기라도 하는 투의 얼굴이었다.

굉목이 그의 얼굴을 외면하며 물었다.

"방장 사형께서 제게 무슨 볼일이십니까?"

굉운이 빙그레 웃었다. 보기 좋은 주름살이 입가에 흘렀다.

"보통은 화산의 검성이 무슨 일로 제자를 데리고 찾아 왔느냐, 아니면 그동안 잘 지냈느냐 하는 얘기부터 하질 않는가? 역시 사제답군 그래."

굉목은 불만 있는 사람처럼 인상을 쓰고 대답했다.

"검성이 오든 황제가 오든 저와 무슨 상관입니까. 게다가 방장 사형의 얼굴을 보니 신수(身手)가 훤하신데 뭐하러 안부를 묻겠습니까?"

"허허, 내 신수가 훤해 보이는가? 그러고 보니 속세에서 자유롭다던 절간에서조차 실로 자유로운 건 사제였구먼."

몇 년 동안 굉운을 괴롭혀오던 소림의 재정 문제가 해결되었으니 굉운의 표정은 밝을 수밖에 없었다. 반대로 소림에 무슨 일이 나든 신경도 쓰지 않는 굉목은 재정이 해결되거나 말거나 아무런 느낌이 없었다.

굉운은 이를 두고 한 말이다.

굉운이 말을 한 후 소리 없이 미소를 지었다. 굉목은 굉운의 미소에 '끙' 하고 얼굴을 찌푸렸다. 강호에서는 저 웃음을 두고 굉운을 활불이라고 부르기까지 했다.

굉목이 마지못해 물었다.

"검성께서 왜 소림을 찾으신 것입니까?"

"홍오 사숙을 찾아오셨다가 돌아가시는 길이네. 예전부터 친분이 있으셨으니 제자라도 인사시키려 오신 것일 테지."

"사부님을?"

굉목은 홍오의 이야기가 나오자 인상을 썼다. 굉운이 웃으면서 말했다.

"여전히 자주 찾아뵙지는 않는 모양이군."

굉목은 대답하지 않았다. 그와 사부의 관계는 좋지 못했다.

굉운이 화제를 돌렸다.

"아이는 데려오지 않았나?"

"잠시 공양간에 두었습니다. 대체 그 아이에게는 무슨 볼일이십니까?"

"아, 별 얘기는 아닐세. 자네도 나이가 적지 않으니 슬슬 제자를 들여야 하지 않을까 해서 말이네. 7년이나 함께 있었던 아이라면 정도 들었을 만하고."

굉목은 인상을 썼다.

"방장 사형. 저는 평생 제자를 들이지 않기로 하였습니다. 이제껏 내버려두시더니 갑자기 무슨 제자 타령입니까!"

"그럼 사제는 무책임하게 아이를 내칠 셈인가?"

굉목은 무슨 뜻이냐는 듯 굉운을 쳐다보았다. 굉운은 활불다운 미소를 지으며 굉목의 눈을 가만히 바라보았다.

'설마……, 건이가 무공을 익히고 있다는 걸 알고 있다는 뜻인가? 어떻게…….'

굉목은 숨이 탁 막히는 것 같았다.

그러나 그는 승려다. 거짓말을 할 이유도 없었고 그럴 필요도 없다. 굉운이 먼저 선수를 치긴 했지만 어차피 부딪쳐야 할 일이었다.

"알고 계셨습니까?"

굉운이 차분한 어조로 말했다.

"7년이나 지났네. 무공 한 수 배웠다는 게 이상한 일은 아니지. 하나, 그것이 자네의 쌍절인 것이 문제라네."

굉목은 침중한 안색으로 말했다.

"무공은 익혔으나 제가 가르친 것이 아닙니다."

"그래봐야 출처는 자네일 테지. 책임은 사제가 져야 한다는 뜻이야."

"그 아이는 독자라 출가할 수 없는 몸입니다."

"속가로 받아들일 걸세."

"하지만 속가를 받아들이는 시기는 이미 지나지 않았습니까."

"아이의 집에 연락을 보냈는데 답이 조금 늦었다네. 아이의 부모는 이미 허락했다네."

굉목의 눈이 일그러졌다.

"벌써 건이의 집에 기별을 했단 말입니까?"

"그렇다네."

"누구 마음대로 말입니까!"

"사제는 모르겠지만 소림은 지난 몇 년간 속가제자를 평소보다 더 많이 받아왔다네. 자질이 부족한 아이도 받아왔는데 하물며 자질이 있는 아이라면 더할 나위가 없지 않은가."

굉목은 장건의 부친이 유명한 상인이었다는 걸 기억해냈다.

"구걸을 할 정도로 소림이 퇴락(頹落)하였습니까?"

"굳이 그렇게 말한다면 부인하지는 않음세. 하나 장건이란 아이에 한해서는 다르네. 부친의 희사보다도 사제와 아이 때문이라 답하겠네."

"제가 원하는 건 저를 그냥 내버려두는 것입니다. 차라리 참회동에서 여생을 면벽하며 보내겠습니다."

"그럴 수야 없지. 소림의 무공을 멋대로 배운 아이, 그리고 그것을 방관한 사제. 둘 다 죄인이 아닌가. 세상에 죄인을 가만히 내버려두는 문파도 있다던가? 사제야 그렇다 치더라도 아이는? 아이는 어쩔 텐가. 정녕 사제는 소림이 죄 없는 아이에게 빌려준 것을 다시 되받기를 원하는가?"

"……."

광운이 딱 잘라 말했다.

"소림이 준 것을 소림이 거둘 각오가 되어 있을 때에는, 그 반대의 경우도 각오해야 하는 법일세."

광목의 얼굴이 일그러졌다.

"방장 사형!"

"소림이 잘못했다면 소림이 바로잡는 것이 이치에 맞는 일이 아니겠는가. 소림은 경우가 없는 무뢰배들의 집단이 아닐세."

광운의 뜻은 명확하다.

"정말……, 제가 끝까지 거부한다면 아이를 단근절맥의 참형에 처하실 생각입니까?"

"그렇다네. 그리고 방금 말한 대로 사제는 여생을 참회동에서 면벽을 하며 보내야 할 걸세."

광목의 얼굴이 딱딱하게 굳었다. 그가 잘못되는 건 두렵지 않았다. 그러나 장건이 잘못되는 것은 참기가 어려웠다.
굉목은 한참이나 말을 않다가 물었다.
"어떻게 아이의 일을 아신 겁니까."
굉운은 웃기만 했다. 승려가 웃으면서 아이를 단근절맥의 형에 처할 리는 없다. 굉목이 어쩔 수 없이 따르리라는 걸 확신하고 있는 것이다.
굉목은 부글부글 끓는 속을 겨우 진정시키며 다시 물었다.
"제게 원하시는 게 뭡니까?"
"제자를 들이기가 정 싫다면 약간의 대안도 있네. 이것이 나로서는, 소림으로써는 최선의 방책일세."
"말씀해 보시지요."
"소림사에 와서 10년을 있었는데 어설프게 소림의 무공 흉내를 내는 건 볼 수 없다네. 가르치려면 제대로 가르쳐야지. 하지만 사제가 싫다하니 다른 분께 부탁할 생각이네."
굉목은 그 말에 갑자기 불안감을 느꼈다.
"누구에게 말씀이십니까?"
"자네의 스승이신 홍오 사숙께 장건이란 아이를 하루 두 시진씩 맡겨 무공을 배우게 할 생각이네. 어느 정도 수준에 오르면 그때 다른 속가제자들의 수련에 합류하도록 하면 되겠지."
굉목은 말문이 탁 막혔다. 뒷애기는 들리지도 않았다. '홍오' 라는 이름이 나온 순간 그의 정신은 어디론가 날아간 것 같았다.

"설마 했더니……!"

굉목의 얼굴은 수행을 하는 승려답지 않게 잔뜩 찌푸려졌다.

*　　*　　*

검성 윤언강과 문사명은 동자승의 안내를 받아 소림사를 벗어나는 산문으로 향하고 있었다.

그 둘을 보는 소림사의 중들은 저마다 반장을 하며 조용한 걸음으로 지나쳐갔다. 윤언강과 문사명은 가벼운 목례로 응답했다. 어딜 보나 정숙한 보통의 사찰과 다를 바가 없는 모습이었다.

문사명이 웃으면서 윤언강에게 말했다.

"이렇게 보면 소림사도 커다란 절에 불과할 뿐인 것 같습니다."

윤언강은 웃지 않았다.

"네가 말하는 '그 커다란 절에 불과할 뿐인 소림사'를 우리 화산은 단 한 번도 앞지른 적이 없었다."

"하지만 지금 강호에서는 우리 화산이 당대 최고라 하지 않습니까."

"사람들이 말하는 최고에는 소림이 빠져 있다. 소림이 반석이라면 나머지 8파1방은 반석 위에 세워진 기둥이다. 기둥은 바뀔지언정 반석은 변하지 않는다. 사람들은 반석을 두고 기둥만 비교한다. 기둥끼리 비교해 1등이 된다 한들 그게 무슨 소용이겠느냐. 그게 바로 허울 좋은 당대 최고란 것이다."

"하지만 제자는 이해가 되지 않습니다. 지금의 소림에는 그리 뛰어난 인재도 없질 않습니까."

"네가 무얼 말하는지 알겠다. 나는 그게 더 걱정이다."

"예?"

윤언강이 문사명을 빤히 바라보았다.

"너의 재능으로 보아 너는 머지않아 독보천하(獨步天下)하게 될 것이다. 그리고 그때에 벽을 마주하게 될 것이다. 소림이라는 벽을."

윤언강은 뒷짐을 지고 자리에 섰다.

"하나도 놓치지 말고 소림의 구석구석까지 보아두거라. 언젠가 네가 반드시 넘어야 할 벽이다."

문사명은 깊이 읍을 했다.

"제자, 반드시 그 벽을 넘어 보이겠습니다. 절대로 사부님의 기대를 저버리지 않겠습니다."

그제야 윤언강은 미소를 지었다.

"그것은 나의 기대일 뿐 아니라 화산의 오랜 숙원이기도 하다. 네가 그것을 알았으니 되었다. 널 소림으로 데려온 보람이 있어."

윤언강은 흐뭇했다. 그간 수많은 제자들을 키워왔지만 이토록 마음에 들었던 제자가 있었던가.

더구나 이번 소림행의 이유 중에는 과거 강호행에서 생사고락을 함께한 벗, 홍오를 만나기 위함도 있었다. 아니, 사실은 그가 목적이라고 해도 틀린 말은 아닐 터였다.

제자를 들일 수 없는 홍오의 그 부러워하던 눈빛이라니!

새로 얻은 제자에게 강호 구경도 시킬 겸 홍오에게 자랑도 할 겸, 겸사겸사 먼 거리까지 온 보람이 있었다.

'홍오 이놈, 지금쯤 팔짝팔짝 뛰면서 분을 못 참고 있겠군. 끌끌끌.'

윤언강은 기분 좋은 얼굴로 걸음을 옮겼다.

"자, 가자꾸나."

그런데 순간, 윤언강의 눈빛이 변했다. 윤언강은 걸음을 멈췄다.

그가 고개를 돌려 어딘가를 바라보았다. 윤언강의 눈자위에 자줏빛의 기운이 슬그머니 맴돌았다. 자하신공(紫霞神功)을 일으켜 안력을 돋운 것이다.

"사부님?"

윤언강이 발길을 돌렸다.

"저곳으로 한 번 가보자꾸나."

윤언강의 한 쪽 입가가 슬그머니 올라갔다.

문사명은 그 미소의 의미를 안다.

무언가 흥미로운 것을 발견했을 때의 표정이었다.

*　　*　　*

장건은 천천히 손을 놀렸다.

그의 손에 들린 것이 나무칼이라고는 믿어지지 않을 만큼 사과 껍질이 얇게 깎이고 있었다. 동그랗게 말리며 아래로 떨어지는 선홍색의 탐스러운 껍질이 부분 부분 투명하게 비치고 있었다.

함께 사과를 깎던 동자승은 벌려진 입을 다물 줄 몰랐다.

"사, 사과를 그렇게 얇게 깎는 사람은 처음 봐요. 큰스님도 그렇게는 못하시는데……."

장건은 완전히 몰두해 있어 동자승의 말을 들을 수 없었다. 사과의 결과 나무칼의 끝에 온 신경이 집중되어 있었다. 장건의 손 아래로 떨어지는 사과 껍질의 너비는 고작 손가락 한마디에 불과했다.

장건은 거의 움직이지 않는데 사과만 손 안에서 뱅그르르 돌았다. 그 모습이 묘기를 부리는 것 같아서 동자승은 신기한 눈으로 장건의 모습을 지켜보았다.

동자승이 또다시 감탄했다.

"우와아! 한 번도 안 끊어졌어요!"

동자승이 사과 껍질을 들어올렸다. 사과 껍질은 원래 하나였던 것처럼 길게 이어져 있었다. 게다가 양끝이 거의 울퉁불퉁하지 않아서 네모난 밧줄 같았다.

하지만 장건은 깎은 사과를 돌려보며 시무룩한 표정을 지었다.

"생각보다 잘 안 되네요."

아무래도 조금의 과육조차 남김없이 껍질만 깎아내는 건 무리인 것 같았다. 짐승 가죽을 벗겨내듯 껍질만 깐다는 건 불가능한 일이었다.

장건이 깐 사과의 표면에는 어쩔 수 없이 칼로 깎아낸 흔적이 남아 있었다.

그래서 장건은 실망한 것이다. 할 수 있다고 생각했었기 때문이다.

"그래도 아까보다는 훨씬 나은걸요?"

동자승이 보기에는 잘 깎은 사과였다. 좀 느려서 그렇지 그다지 손색이 없는 모양이었다.

장건은 다시 사과를 손에 들고 어떻게 하면 잘 깎을 수 있을까 고민했다.

"원래 모양처럼 동글동글하게 깎는 건 불가능할까요?"

"에이, 칼로 깎으면 아무래도 자국이 남겠죠."

그때 누군가가 말했다.

"방해가 되지 않으면 옆에서 좀 지켜보아도 되겠느냐?"

"어?"

장건이 쪼그려 앉은 채로 위를 올려다보니 인자한 표정의 노인 한 명이 장건을 내려다보며 서 있었다. 그리고 그의 곁에는 장건보다 네댓 살 정도 나이가 많아 보이는 청년이 함께 있었다.

검성 윤언강과 문사명이다.

장건은 뒷머리를 긁으며 머쓱한 표정을 지었다.

"겨우 사과를 깎는 것뿐인데요."

"가만히 보고 있을 테니 하던 일을 계속하거라."

윤언강의 웃음을 보며 장건은 이상한 노인이라 생각했다.

'사과 깎는 걸 구경하는 게 재밌나?'

장건은 사과를 손에 쥐고 나무칼로 다시 사과를 깎기 시작했다.

사각 사각.

투명하리만치 얇은 사과 껍질이 도르르 말리며 장건의 손 밑으로 흘러내렸다.

처음엔 문사명도 겨우 사과를 깎는 걸 구경하려고 윤언강이 발걸음을 돌렸나 싶어 의아했다.

그런데 장건이 사과를 깎는 모습을 보다가 자기도 모르게 '어?' 하고 작은 탄성을 냈다.

"사부님!"

"쉿."

문사명의 외침에 윤언강이 입가에 손가락을 올렸다. 문사명은 입을 다물었다. 그는 당황스러웠다. 이게 무슨 일인지 윤언강에게 묻고 싶었다.

'이 꼬마는 뭐지?'

장건은 그저 사과를 깎고 있을 뿐이었다. 그저 흔하디흔한 일이다.

그럼에도 그 모습에서 이질감이 느껴졌다.

뭐라고 해야 할까.

'답답하다?'

보는 사람으로 하여금 답답하게 만드는 것도 재주라면 재주다.

윤언강이 대답해 주고 있지 않으니, 도대체 그 답답함이 어디에서 기인하는 것인지 문사명은 스스로 찾아야 했다.

필생의 역작을 만드는 장인처럼 '얇게 껍질을 까야 한다!'는 일념 하에 몰두한 장건을 문사명 역시 온 신경을 집중해 지켜보았다.

보고 있으면 있을수록 문사명은 미칠 것 같은 기분이 되어 갔다. 말 그대로 답답해 죽을 지경이다.

'끙.'

손바닥에 땀이 나 손가락을 꼼지락거려 보아도 이유를 알 수가 없다. 점차 마음이 조급해지고 호흡이 거칠어지며 이마에는 송글송글 땀방울이 맺혔다.

윤언강은 그런 문사명을 보면서 '쯧' 하고 혀를 찼다.

문사명은 모르고 있는 것이다. 왜 자신이 이 아이의 기운을 눈치챘는지, 이 아이의 어디에 자신이 불편해하고 있는지.

'아무리 봐도 열 대여섯이나 되었을까 한데, 이런 어린 나이에 마음에 제대로 된 검을 세우다니. 놀랄 노자로군.'

정작 장건 본인은 모르지만 나무칼의 끝에는 옅은 기가 서려 있었다. 자하신공을 돋우고 보지 않으면 그것이 유형화된 기, 즉 검기(劍氣)인지 확인할 수도 없을 지경이다. 사실 검기라고 보기엔 좀 초라하다.

그러나 느낌만은 확실했다.

검기라는 것은 검과 내공이 하나가 되었을 때에야 비로소 유형화되어 나타난다. 그렇게 한곳에 기를 응축시키면 주변 기 흐름이 살짝 변하게 된다.

그래서 윤언강이 장건을 느낄 수 있었던 것이다. 검 한 자루에 의지해 외길을 걸어온 윤언강이나 되니 느낄 수 있지, 다른 사람들은 무슨 일이 있었는지도 모를 테지만 말이다.

'소림에서 누가 검을 세우나 했더니만, 이런 아이일 줄이야. 게다가 그렇게 검을 세워 사과를 깎고 있어? 허허!'

검기를 발출하는 경지, 그것을 '마음에 검을 세운다' 고 한다. 윤언강이 마음에 검을 세운 것은 그의 나이 10대 후반이었다. 화산의 적전제자(嫡傳弟子)로 어렸을 때부터 백년에 한 번 나올 기재니, 천재니 하는 소리를 들어왔던 그다.

그런데 쇠로 만든 검도 아닌 나무칼에 검을 세우는 아이를 보게 되다니. 그것도 시기로 따져도 자신보다 훨씬 앞서 있질 않은가.

'이래서 소림이 두려운 것이다.'

윤언강은 어쩐지 씁쓸했다.

'삭발을 하지 않았으니 정식 제자도 아닌 듯한데…….'

윤언강은 참지 못하고 물었다.

"소림의 제자더냐?"

장건이 고개를 저었다.

"아뇨."

윤언강의 눈이 반짝였다. 소림의 제자가 아니라는 건 속가도 아니라는 뜻이 아닌가!

"그럼……."

"사정이 있어서 잠깐 의탁하고 있어요."

"호오, 그래?"

윤언강의 눈에 화색이 돌았다.

'아직 소림에서 이 아이의 가치를 모르는구나!'

오해일지도 모르지만 윤언강은 그렇게 믿고 싶었다. 이 아이를 잡을 수 있는 작은 기회라도 놓치고 싶지 않았다.

말년에 제자로 삼은 문사명은 누구라도 탐을 낼 만한 무골이었다. 성정 또한 올발라 윤언강은 물론이고 화산에서도 크게 기대를 하고 있었다. 그래서 배분을 무시하고 제자로 삼았다.

이제와 다른 아이를 또 제자로 삼으면 문사명은 심적으로 힘들어할지도 모른다.

그러나 윤언강은 고개를 저었다.

'인재란 많으면 많을수록 좋은 게 아닌가.'

윤언강과 문사명이 서로 다른 생각에 골몰한 사이, 장건은 사과 하나를 다 까고 다른 사과를 집어 들었다.

윤언강이 손을 내밀었다.

"가만히 보고 있자니 심심하구나. 내게 사과를 한 개 주어 보겠느냐?"

문사명이 윤언강을 놀란 눈으로 보았다. 직접 아이에게 가르침을 주려는 것이다.

'사부님이 왜…….'

그러나 장건은 아무 생각 없이 사과를 내밀었다.

"예. 여기요."

장건은 나무칼도 내밀었지만, 윤언강은 나무칼은 받지 않고 맨손으로 사과를 받아 들었다.

"사과는 과일이지 생사대적이 아니니라. 사과를 깎을 때에는 사과를 깎는 칼을 써야 하는 법이다."

스윽.

윤언강이 손으로 사과를 문지르는가 싶더니 껍질이 까지기 시작했다.

장건과 동자승은 눈을 휘둥그레 떴다.

윤언강은 맨손이었다. 손에 나무칼도 들지 않았는데 칼로 깎는 것처럼 사과 껍질을 벗기고 있었던 것이다.

사각사각.

맨손으로 사과 껍질을 깎는데 칼로 깎는 것과 똑같은 소리가 났다.

"우와아."

마치 묘기를 보는 것 같았다.

사과 껍질은 얇고 길게 이어지며 윤언강의 손 아래로 흘러내리고 있었다. 굵기와 크기도 일정했고 도중에 끊어지지도 않았다.

'어떻게 맨손으로 사과를 깎을 수 있지?'

이미 윤언강은 손에 검이 있으나 없으나 아무 상관이 없는 경지에 있다.

하지만 그런 이유를 모르는 장건은 신기할 따름이었다.

윤언강이 물었다.

"너는 무슨 마음으로 사과를 깎았느냐?"

"예? 저는 그냥 얇게 껍질을 까려고……."

"얇게? 허허허."

정말인지 알 수 없지만, 일념(一念)으로 집중하였다면 절로 검을 세운 것도 무리는 아니다.

사각사각.

윤언강은 느릿할 정도로 천천히 껍질을 까며 손자에게 옛날이야기라도 하듯 편안하게 말했다.

"사과는 그저 사과일 뿐이니 자연스럽게 깎으면 그뿐이란다. 그래야 제대로 된 검을 쓰는 것이지."

말 그대로 윤언강의 사과 깎는 모습은 자연스러웠다. 사실 그 누가 사과를 깎는다 해도 처음 칼을 손에 쥔 사람이 아니라면 그러할 것이다.

사각사각.

그러나 문사명은 그 순간, 장건과 윤언강의 차이를 깨달았다.

"아!"

윤언강이 사과 깎는 모습에 비해 장건의 동작은 지나칠 정도로 경직되어 있었다.

심하게 말하자면, 사과를 깎고 있는데 움직이는 것은 나무칼뿐이다. 사람은 미동도 않는데 칼과 사과만 움직이는 것처럼 보인다.

실제로도 사과를 쥔 손끝과 나무칼을 쥔 손목만 미세하게 움직이고 있었다. 아무런 반동도 없고 힘이 어떻게 실리는지도 알 수가 없다. 그럼에도 확실히 껍질은 잘 깎였다. 제대로 힘이 실리고 있다는 뜻이다.

'아무리 내공을 이용한다 해도 그렇지. 아예 몸이 미동도 않는다는 건 말이 안 된다. 어떻게 이럴 수가 있지?'

문사명은 답답했던 이유를 확실히 알았다. 이유는 알았지만 어떻게 이럴 수 있는지는 여전히 모른다.

'만약 비무를 할 때도 저런 상태에서 날 공격해 온다면?'

문사명은 머릿속으로 눈앞의 아이와 자신이 비무하는 모습을 떠올려 보았다.

상상만으로도 소름이 쭉 돋았다.

하다못해 검을 힘차게 찌르려면 어깨를 뒤로 빼는 동작이 필요한데, 저 아이에게는 그럴 필요조차 없어 보인다. 아무런 준비 자세도 없이 검을 날릴 것이다.

보이지 않는 각도에서 날아올 검을 생각하니 등골이 쭈뼛하다.

'지금의 나로서는 절대 못 막는다.'

문사명은 자기도 모르게 이를 악물었다.

그것이 마음이 답답해진 이유다.

문사명은 장건을 유심히 보았다. 아무리 봐도 특이한 것을 찾을 수 없는 평범한 아이였다. 승복을 입고 있는데 삭발을 하지 않은 걸 보면 정식으로 입적한 소림의 제자도 아니었다.

툭.

그 사이, 마침내 윤언강의 사과 깎기는 끝났다. 한 줄로 이어진 사과 껍질이 말린 채로 바닥에 떨어졌다.

"자, 보거라."

윤언강이 사과를 내밀었다.

"와아."

장건과 동자승은 감탄을 내뱉었다.

윤언강이 깎아놓은 사과는 깎은 흔적이 전혀 남아 있지 않았다. 원래 모습처럼 둥근 모양 그대로였다. 껍질만 사라졌을 뿐이다.

마치 사과가 아니라 옥이라고 해도 믿을 만큼 표면이 매끄럽게 광택이 났다. 사과에 설당(雪糖)을 녹여 곱게 입힌 빙당호로(氷糖葫蘆)만큼이나 반짝반짝 윤기가 흐른다.

장건은 윤언강이 깐 사과의 껍질을 들었다. 투명한 면사처럼 과육이 하나도 붙어 있지 않았다. 껍질을 깎은 것이 아니라 정말로 벗긴 듯했다. 심지어 껍질 뒤로 투명하게 사물이 비치기까지 한다.

"우와아."

장건은 윤언강이 깎은 사과를 들고 감탄했다.

윤언강이 장건을 보며 물었다.

"네가 해볼 테냐?"

"예? 저는 맨손으로 사과를 까는 건 할 줄 모르는 걸요."

"네겐 맨손보다 더 나은 칼이 있질 않으냐."

장건은 조금 떨리는 손으로 사과를 들었다. 윤언강이 깎은 것처럼 해보고 싶었다.

"움……, 그럼 한 번."

장건은 윤언강이 사과 깎던 동작을 되새기며 사과 껍질을 깎으려 했다.

한데 놀랍게도 그의 모습이 떠오르지 않았다.

'어, 어라?'

한 번 본 채공승들의 채 써는 모습도 기억해낼 수 있던 장건이다. 그런데 윤언강의 모습만큼은 좀처럼 떠올릴 수가 없었다.

이유는 간단했다.

너무 평범했다. 그냥 말 그대로 평범해서 특별하게 기억해낼 부분이 없었다.

이상하게 불편한 부분이라던가 하는 것도 없었다. 그랬다면 바로 느꼈을 것이다.

생각해 보니 동자승이 사과를 깎던 모습도 마찬가지로 기억나지 않는다. 동자승의 모습에서 불쾌감이나 불편함도 느낄 수가 없었다.

평범했기 때문이다.

'이상하네.'

늘 마음을 먹으면 저절로 움직이던 실타래도 지금은 아랫배에서 꿈쩍을 할 생각을 않는다.

평소에는 실타래가 가는 대로 흐름을 따라 움직이면 되었다. 그런데 지금은 실타래가 어디로 움직여야 할지 갈피를 못 잡고 방황한다. 갈팡질팡하면서 장건의 몸 안에서 허둥대고 있다.

'에이 씨! 왜 안 되지?'

하다못해 그냥 깎으면 되는데도 팔을 움직일 수가 없었다.

아깝다.

그냥 대충 손 나가는 대로 깎으면 껍질이 두껍게 되어 과육이 떨어져 나갈 것을 생각하니 아깝다. 그게 쓸데없는 일이 아니라는 걸 알면서도 아까워서 차마 손이 나가질 않는다.

장건은 자기도 모르는 새에 식은땀을 흘리고 있었다. 이마에는 땀이 송글송글 맺혀서 떨어지고 등허리가 축축해 온다. 계속 윤언강의 사과 깎는 모습을 떠올리려다보니 저절로 그렇게 되고 있었다.

실타래는 몸 안을 돌아다닐 생각을 않고 배 아래쪽에서만 퉁퉁 튀어 다닌다. 마치 기분이 나빠진 아이가 볼을 뿌루퉁하게 내밀고 어미 손을 피해 달아나듯, 그렇게 투정을 부리고 있다.

"후아아!"

장건은 크게 숨을 내뱉으면서 손을 놓았다. 그제야 기분이 확 풀렸다. 실타래도 조금씩 안정이 되었다.

장건이 이마의 땀을 닦았다.

"어휴, 이 땀 봐."

그의 전신은 온통 땀투성이였다.

"시주님!"

동자승이 놀라 눈을 크게 떴다.

장건은 부끄러운 얼굴로 뒷머리를 긁었다.

"사과 하나 깎는 게 참 힘드네요. 할아버지처럼 깎는 법은 좀 더 연습해 봐야겠어요."

그 말에 가만히 장건을 지켜보고 있던 윤언강이 크게 웃었다.

이 아이는 자신이 뭘 하고 있는지도 모르는 모양이다.

"나도 그 사과를 깎는 데 30년이 걸렸느니라."

윤언강의 말은 많은 뜻을 내포하고 있었지만 장건이나 동자승은 알아챌 수 없었다. 알아들은 사람은 유일하게 문사명뿐이다.

그때 동자승 한 명이 경내에서 다가왔다. 동자승은 공양간 앞의 네 명에게 공손히 합장을 하고 말했다.

"장건 시주님, 방장 대사께서 찾으십니다."

"아! 네."

장건은 벌떡 일어나서 윤언강에게 고개를 꾸벅 숙였다.

"전 이만 가봐야겠네요. 노사님께서 방장 대사님과 함께 계신가 봐요."

윤언강이 급히 말했다.

"그래. 다음에 혹시 기회가 닿으면 화산으로 놀러오도록 해라."

"화산이요?"

"우리는 화산파의 사람이란다. 화산에 와서 윤언강을 만나러 왔다고 하면 된다."

"네, 혹시 가게 되면 그때는 꼭 사과를 제대로 깎는 걸 보여드릴게요."

"기대하고 있으마."

윤언강은 미소로 대화를 마무리 지었다. 당장이라도 아이를 제자로 삼고 싶지만, 일단은 소림에 있는 아이다. 이렇게 여지를 남겨두는 것만으로도 충분할 것이다.

"어서 가시지요."

"예."

장건은 자신을 데리러 온 동자승과 함께 공양간을 떠났다.

그리고 곧 공양간 안에서 큰 호통소리와 함께 굉료가 나타났다.

"야, 이놈아! 사과 몇 개 깎는데 왜 이리 오래 걸려?"

장건과 사과를 깎던 동자승이 찔끔하며 일어섰다.

굉료는 거의 뛰쳐나오듯 공양간 안에서 나오더니 윤언강을 보고 걸음을 멈추었다.

"얼레? 검성 어르신 아니십니까?"

윤언강과 문사명이 며칠 머무르는 동안 직접 공양을 올린 적이 있기에 굉료는 금세 그를 알아보았다.

"허허. 흥미가 동해서 잠시 들렀다네."

"흥미요?"

"아까 그 아이가 흥미를 끌었다네."

"아아, 장건이를 말씀하시는군요."

"장건. 장건이라."

윤언강은 몇 번 장건의 이름을 되뇌다가 곧 굉료와 작별을 고했다.

“덕분에 재미난 구경을 했다네. 실례가 된 건 아닌지 모르겠군.”

“별 말씀을 다 하십니다.”

윤언강이 갑자기 어딘가를 한 번 힐끗 보았다. 느닷없는 목소리가 그의 머리를 울렸다.

다른 사람들은 듣지 못하는 전음입밀(傳音入密)이다.

『이놈아! 왜 남의 떡을 넘봐!』

윤언강이 얼굴을 찌푸리며 입술을 달싹였다.

『설마……, 자네가 말한 게 그 아이였나?』

대답이 왔다.

『설마는 무슨. 그 아이가 맞으니까 자넨 신경 쓸 것 없어.』

『소림의 제자가 아니라던데?』

『어허, 신경 쓸 것 없다니까. 소림의 제자가 아니래도 네가 소림에서 이러면 안 되지.』

『끙.』

윤언강은 살짝 탄식하고는 고개를 돌렸다. 문사명이 무슨 일인가 하고 그의 얼굴을 보고 있다.

“사부님?”

“아무 일도 아니다. 이만 가자꾸나.”

“네, 사부님.”

굉료가 반장을 하며 인사했다.

"아미타불. 살펴 가십시오."

"그럼 다음에 또 보세나."

윤언강과 문사명이 인사를 하고 떠나자 굉료는 윤언강이 깐 사과를 집어 들었다.

윤기가 반드르르 흐르는 맛있어 보이는 사과다.

무엇보다도 칼로 깎은 흔적이 전혀 없으며 사과의 원래 모양이 그대로 남아 있어 놀랍다.

"거 참. 장건이란 아이도 대단하지만, 역시나 검성은 검성이구나. 괜히 사람들이 검성이라 부르는 게 아니군."

굉료는 중얼거리다가 고개를 돌렸다. 바람이 휙 하고 불어오는 것을 느꼈다.

"헉!"

늙수그레한 얼굴에 흰 눈썹이 귀까지 걸쳐져 있는 노승이 눈앞에 있었다.

홍오였다.

"왜 사람을 보고 놀라? 놀라길."

"휴우. 인기척을 내셔야지요. 갑자기 나타나고 그러십니까. 그러다 애 떨어집니다."

"남자가 애를 가졌다니, 중이 애를 가진 것보다 더 이상하구만."

"그런 뜻이 아닌 걸 아시면서 그러십니다."

홍오가 웃자, 굉료도 껄껄 웃었다. 괴짜로 알려진 홍오지만 굉료가 워낙 털털한지라 은근히 죽이 맞았다.
한참 웃다가 홍오가 갑자기 손을 내밀었다.
"그건 그렇고, 그 사과 좀 내놓게나."
"예?"
굉료가 화들짝 놀라며 사과를 감추었다. 홍오의 손이 번개처럼 잔상을 그리며 굉료의 손을 따라갔다.
"안 됩니다!"
굉료는 다른 손으로 홍오를 막으며 사과를 빼앗기지 않으려 애썼다.
"안 되긴 뭐가 안 돼? 사문의 존장이 사과 하나 먹겠다는데, 그게 그리 아까워?"
"이건 그냥 사과가 아닙니다!"
"그러니까 더 맛있어 보여서 먹겠다는 거지."
홍오와 굉료의 손이 순식간에 몇 번을 오갔다. 홍오의 손은 느릿하게 움직였다가 갑자기 빠르게 움직이며 완급을 조절하는데 비해, 굉료는 숨이 가쁠 정도로 바삐 움직였다.
타타타탓.
동자승은 눈을 멀뚱히 뜨고 있는데도 뭐가 오가는지 보지 못하고 있었다. 바람 소리만 휙휙 나고, 뭔가 부딪치는 소리가 날 뿐이다.
"이 사과는 두어 달 동안 두고 공양간 아이들에게 보여줘야 한단 말입니다!"

"아무리 검성 놈이 신경 좀 썼대도 두어 달이나 있으면 맛이 떨어지지. 그러니까 지금 먹어야 한대도?"

"안 된다니까요!"

굉료가 한손을 들고 검지와 중지를 세우더니 갑자기 수세에서 공세로 전환했다.

정말로 검을 든 것처럼 손끝에서 날카로운 예기가 흘렀다.

쉭!

홍오가 살짝 손을 거두었다. 굉료의 검결지가 지나간 자리에 소름 돋는 파공성이 일었다.

"어이쿠, 소림에서 검결지(劍訣指)로 사문의 존장을 죽이려는 못된 제자가 있었구나! 잘하면 소림에서 검성의 후계자 하나 나오겠다?"

"무슨 그런 불경한 말씀을 하십니까. 절에서 살생이 말이나 됩니까? 제가 할 줄 아는 거라고는 그저 칼 쓰는 법밖에 없는지라 그럴 뿐입니다."

굉료는 말을 하면서 연신 손가락을 움직였다. 검을 휘두르는 것처럼 날카로운 바람이 일었다.

"그래도 검성의 후계자가 아니란 말은 안 한다?"

"소림에서 검성이 나오면 안 된다는 법 있습니까?"

"사문의 존장이 검성이 깐 사과를 먹으면 안 된다는 법은 있냐?"

홍오가 '킁' 하고 코웃음을 치며 손을 뻗었다.

"그러니까 그게……. 헛!"

손을 뻗을 때는 조법이었는데 뻗고 나서는 권법이었다. 그 연결이 말도 안 되게 자연스러웠다.

"이, 이런!"

굉료는 갑자기 어마어마한 벽을 마주한 느낌이었다.

홍오의 권이 현란하게 쏟아졌다. 묵직한 기세가 소림의 권인가 싶더니 어느 샌가 부드러운 무당의 장이 되어 내가 장력을 뿜고 있다. 자세는 어딘가 다른가도 싶었지만 굉료가 그것까지는 알 수 없었다. 하나 그 흐름은 분명 무당의 장법이었다.

"어헛!"

서로 다른 무공이 이렇듯 부드럽게 연결될 수 있다는 건가?

홍오에 대해 알고는 있었지만 직접 손을 섞은 적은 없었다.

'설마 이 정도까지라니!'

주먹을 피할 정도의 거리만 두었더니 갑자기 장력이 쏟아졌다. 굉료는 아예 옆으로 몸을 뒤틀며 공세를 벗어났다. 완전히 벗어났다 싶었는데 홍오가 또다시 눈앞에 있었다.

몸이 상대의 거리를 용납하지 않고 자신의 거리를 지키는 개방의 취팔선보(醉八仙步)다.

취팔선보를 밟는 홍오의 신형이 마구 흔들리며 압박을 해왔다.

그런데 취팔선보에서 튀어나오는 건 곤륜파의 낙안권(落雁

拳)이다. 주먹이 땅에서 위로 치솟는가 싶더니 어느새 하늘에서 뚝뚝 떨어진다.

개방이나 곤륜의 제자가 본다면 기겁을 할 노릇이다. 내공 운용이 전혀 다른 두 가지 무공을 원래 같은 줄기의 무공인 양 자유로이 쓰고 있으니.

굉료의 눈이 어지러워졌다. 작고 초라해 보이는 외견과 달리 홍오의 무공은 아름답기까지 했다.

굉료는 나한보(羅漢步)를 밟으며 겨우 낙안권에서 벗어났다.

"저, 정말 이러시깁니까!"

"싫으면 사과를 내놓던지."

"소림의 제자를 사문의 어른이 어찌 곤륜의 무공으로 핍박한단 말씀이십니까!"

"그럼 넌 화산의 검이 사문의 어른보다 소중하더냐?"

말을 하는 사이 살짝 호흡이 끊겼다. 그 틈을 타고 홍오가 주먹을 쭉 뻗었다.

보는 순간 온몸이 오싹해졌다.

일견 가벼워 보이는 주먹이었음에도 굉료는 대경실색하며 검결지를 여러 번 허공에 그었다.

쩍쩍.

하나의 권경(拳勁)을 갈라내는가 싶었더니 바로 그 뒤에 또 다른 권경이 들이닥친다.

'공동파의 복마권(伏魔拳)!'

굉료의 검결지에서 발출되는 기운은 홍오가 뻗은 가벼운 주먹을 이겨내지 못하고 가닥가닥 부서져 나갔다. 주먹의 기운이 눈에 보이지 않음에도 굉료는 진땀이 흘렀다. 엄청난 압박에 어깨가 묵직해지고 다리가 굳는다.

한 꺼풀 벗기면 또 한 꺼풀의 권경이 나타나니 어떻게 할 도리가 없다.

'못 막는다!'

굉료는 할 수 없이 사과를 홍오에게 던지며 뒤로 몇 차례나 거푸 몸을 틀며 물러났다.

팡! 파앙!

굉료가 몸을 틀고 있는 도중에도 그의 승복 여기저기가 무언가에 맞은 듯 펄럭거린다.

"치사하게! 사과 하나 때문에, 너무하십니다!"

홍오가 씨익 웃으며 권을 거두고 사과를 받아들었다. 그러자 굉료를 짓누르던 압박감이 씻은 듯 사라졌다. 그러나 권을 거두고 나서도 굉료의 전신을 세찬 바람이 한 번 훑고 지나갔다.

'사과를 안 드렸으면 몇 달 누워서 못 일어날 뻔했군.'

굉료는 몸을 살짝 떨었다.

홍오가 사과를 들고 말했다.

"잘 먹으마. 이런 건 오래 두면 안 돼. 오르지도 못할 나무를 보면 괜히 주화입마에 걸린단 말이지."

홍오는 말이 끝나기가 무섭게 금세 어딘가로 가 버렸다. 나타났을 때처럼 표홀한 바람같이 사라진 것이다.

굉료가 쳇 하고 혀를 찼다.

"하여튼 괴짜시라니까."

괴짜도 괴짜지만, 무공 실력도 놀랍다. 왜 젊은 시절에 소림 최고의 기재니, 천재니 하는 소리를 들었는지 알 만하다.

굉료는 식은땀을 닦으며 몸을 돌렸다.

동자승이 눈만 말똥말똥 뜨고 굉료를 쳐다보고 있었다.

딱!

굉료가 동자승의 새파란 머리를 주먹으로 때렸다.

"아야!"

"이놈아. 뭐하고 있어? 넌 남은 사과나 빨리 깎아."

"네……."

동자승은 머리가 아파 눈물을 그렁거리면서 사과를 들었다.

* * *

침묵 속에서 걷던 윤언강이 입을 열었다.

"사명아."

"예, 사부님."

"재미있었지 않으냐?"

"솔직히…… 두려웠습니다."

문사명은 기운이 쭉 빠지는 느낌이었다. 자신보다 어린아이를 상대로, 그것도 명색이 화산파의 후기지수인 자신이 겁을 먹었다는 사실이 부끄러웠다.

"그 아이가 저를 상대로 손에 검을 들었다면……, 제자는 막을 수 있을지 자신이 없었습니다."

"허허허."

윤언강이 웃으면서 말했다.

"분하냐?"

문사명은 입술을 깨물었다.

"분합니다!"

"분할 것 없다. 오히려 네게는 좋은 약이 되었다고 생각하거라. 타고난 자질은 네가 더 뛰어나다. 무엇보다 네게는 내가 있질 않으냐."

문사명은 부끄러운 듯 머리를 숙였다.

"알겠습니다."

윤언강은 다시금 의욕을 불태우는 자신의 제자를 부드러운 눈으로 바라보았다.

오늘의 일이 문사명에게는 더욱 자극이 될 것이다. 언젠가 자신이 그러했던 것처럼. 문사명을 두고도 장건이란 아이를 욕심 부렸던 것이 부끄럽다.

'홍오야. 나는 참으로 좋은 제자를 두었다. 너는 젊은 날 내게 벽을 보여주었지만, 지금 나처럼 내 제자는 언젠가 그 벽을

뒤엎어 버릴 것이다.'

윤언강은 속으로 웃었다. 할 수 있다면 크게 소리쳐서 웃고 싶었다.

그러나 아직은 소림의 산문 안이었다.

그가 마음 놓고 웃는 것은 소림이라는 벽을 완전히 넘는 날뿐이다.

그리고 그것은 홍오와의 내기에서 이긴 직후가 될 터였다.

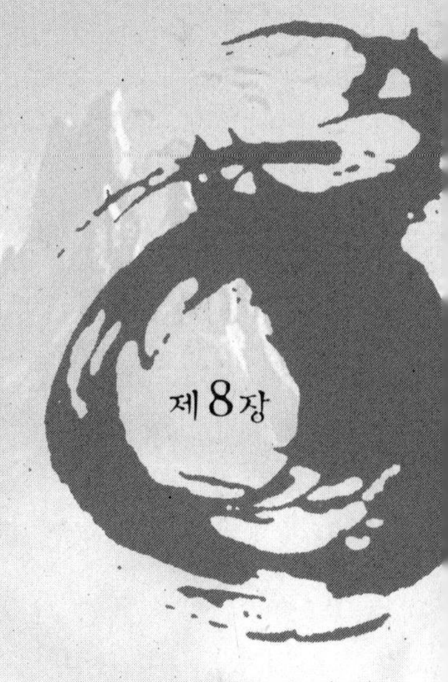

제 8 장

소림의 속가제자

장건은 방장실에 들어와 있었다.

그곳에서 방장과 더불어 홍오를 본 것은 그리 놀라운 일이 아니었다.

장건은 아는 체를 하려다가 홍오와 했던 말이 기억나 고개만 꾸벅했다. 홍오도 눈짓으로 장건에게 아는 체를 했다.

그러나 방장실의 분위기는 그리 좋은 편이 아니었다.

무엇보다도 굉목의 인상이 팍팍 구겨져 있었다. 굉목은 무슨 원수라도 대하듯 홍오를 보고, 홍오는 귀를 후비적거리며 굉목을 무시하고 있었다.

'왜들 그러시지?'

굉목이 천천히 입을 열었다.

"사부님이셨습니까?"

"뭘 말이냐?"

"건이를 끌어들인 것 말입니다."

장건은 고개를 갸웃했다.

'날 끌어들여?'

홍오하고는 그저 얼굴 한 번 본 것뿐인데 끌어들이다니? 그보다 놀라운 건 홍오가 바로 굉목의 사부였다는 점이다.

홍오가 끙 하고 얼굴을 돌린다.

"다 네 업보가 아니냐. 못난 제자 놈이 사고를 쳤으니 스승인 내가 해결할 수밖에."

"제가 무슨 업보를 지고 있단 말입니까!"

"소림의 무공을 무단으로 전수해 놓고 책임도 못 지겠다, 배 째라 그러니 내가 나설 수밖에."

홍오가 불쑥 굉목의 앞에 얼굴을 디밀었다.

"나 때문에 제자를 받긴 싫고, 그렇다고 또 안 받을 수도 없는 상황이니 아주 환장하겠지?"

굉목의 얼굴이 붉으락푸르락해졌다.

"제게 죄가 있다면 죽어가는 아이를 구한 죄밖에 없습니다. 승려가 사람을 구한 것이 그리 큰 죄입니까?"

"아니지. 네 죄는 사람을 구해 놓고 나 몰라라 한 게 죄이니라."

홍오가 계속해서 말했다.

"네 녀석이 아무리 소림과 멀어지고 싶어도 네놈은 소림의 제자다. 적어도 사적인 감정 때문에 사문에 해는 끼치지 말아야지."

"제가 언제 해를 끼쳤다는 겁니까?"

굉목이 억울한 듯 항변했다. 그러나 홍오는 콧방귀만 뀌었다.

"검성 놈이 저 아이에게 화산으로 오라고 했댄다. 우리가 거두지 않으면 화산이 데려갈 거야."

"네?"

굉목은 물론이고 방장인 굉운도 놀랐다. 굉목이 장건을 보고 물었다.

"사부님의 말씀이 사실이냐?"

장건이 윤언강이 했던 말을 떠올리며 대답했다.

"검성인지는 모르겠는데요. 화산으로 오면 윤언강을 찾으라고 하셨어요."

"검성의 함자가 윤언강이니라."

"아하. 그랬군요. 전 그냥 놀러오라는 줄 알았는데요."

장건은 별로 대단할 것 없다는 표정이었다.

홍오가 '허허' 하고 웃었다.

"천하의 검성을 길가의 돌멩이마냥 보는 녀석이 있었구나. 이것 참 검성이 한 방 먹었는걸?"

홍오는 기분이 좋은지 눈웃음을 짓고는 굉목의 앞에 사과를 내밀었다.

"쯧쯧, 미련한 놈. 봐라. 이게 그 검성 놈이 공양간에서 우리 귀여운 장건이를 만나고 깐 사과다. 한 수 보여주고 데려갈 셈이었나본데, 어림도 없다. 내가 두 눈 시퍼렇게 뜨고 있는 한은 절대로 그럴 수 없다."

"검성이요?"

"그래. 그러니까 이 녀석은 소림을 빛내줄 보석이란 말이다."

굉목이 눈을 가늘게 뜨고 홍오를 째려보았다.

"하지만 그건 사심이 아닙니까? 승려가 어찌 세속의 공명에 욕심을 부린단 말입니까."

"소림사는 무림문파가 아니냐? 사람 사는 세상에 어찌 사심이 없을 수 있겠는고."

아삭.

홍오는 사과를 한 입 크게 깨물며 말했다.

"에잉, 맛있긴 맛있구나. 그놈 실력이 더 늘었어. 그놈은 30년 동안 사과만 깎았나. 하여튼 굴러들어온 복덩어리를 내차서 검성 놈을 웃게 만들 수는 없다. 게다가 소림의 제자가 아니라 하더라도 멀쩡한 아이가 잘못되는 꼴을 두고 볼 수도 없고. 내가 네놈처럼 인정머리도 없는 줄 아냐?"

굉목이 마지막 발악처럼 말을 내뱉었다.

"오욕칠정을 끊고 번뇌에서 벗어나는 것이 중의 도(道)이거늘 어찌 정을 쌓으라 제자를 핍박하십니까?"

"부처께서도 성내고, 탐내고, 어리석은 삼독(三毒)에서 벗어나지 못하는 중생을 연민하여 구제에 나서셨느니. 칠정(七情)은 버려야 할 해악이나 인정(人情)은 사람의 본성이니라."

굉목은 얼굴이 붉게 달아올랐다. 홍오는 그런 굉목을 가만히 내버려두지 않았다.

"갈 날도 머지않았는데 덕이라도 쌓아야지. 네놈도 괴악하게 굴지 말고 받아들이거라."

참다못한 굉목은 가사를 팩 떨치며 싸늘하게 말했다.

"그렇게는 못하겠습니다."

"이놈이? 이것도 싫다. 저것도 싫다. 그럼 네놈이 방장을 하던가!"

방장 굉운이 머쓱하게 웃었다.

"허허."

"내가 전생에 무슨 업을 쌓았길래 제자에게 이딴 소리나 듣고 있어야 하누."

홍오의 질책어린 한탄에 굉목도 지지 않았다.

"전생이 아니라 사부님께서 현세에 쌓은 업만 해도 그 정도는 될 겝니다."

"이놈, 아주 악담을 해라. 악담을. 네가 그러고도 불가의 제자냐?"

"그러게 왜 남의 말을 듣지 않으십니까. 사부님께서는 여전히 변한 게 없으십니다?"

"나야 부동심을 가지고 있으니 늘 여전하지. 안 그런 놈이 이상한 것이다."

장건이 가만히 듣고 있으니 홍오의 말도 틀린 점이 없다. 그런데도 묘하게 억지 같은 느낌이 드는 것은 착각이었을까?

어쨌든 무림의 일을 잘 모르는 장건이었지만 사부와 제자 사이가 이처럼 좋지 않다는 건 분명 이상한 일이었다. 게다가 광목이 오늘같이 말을 많이 하는 것은 처음 본다. 거의 1년치 할 말을 다하는 것 같았다.

보다 못한 광운이 나서서 말렸다.

"사제지간에 이게 무슨 일이랍니까. 남들이 볼까 두렵습니다. 이제 그만들 하시지요."

"끙!"

"흠!"

광목과 홍오는 서로 고개를 돌려 버렸다.

광운이 아이처럼 토라진 홍오를 물끄러미 바라보자 홍오가 벌컥 역정을 낸다.

"내가 뭘!"

광운이 다소 부끄러운 표정으로 장건에게 말했다.

"너를 속가제자로 받아들여 무공을 가르치기로 했다. 삭발하여 중이 될 필요도 없단다. 여기 홍오 사숙께서 당분간 네 사부가 되어 주실 거다."

광목이 또 끼어들었다.

"사부님께서는 제자를 들일 수 있는 상황도 아니잖습니까. 사조님의 유명(遺命)을 어기실 작정입니까?"

홍오가 욱했다.

"그거야 제자를 받을 수 없단 말이지, 가르치는 것까지 하지 말란 소리는 아니었다!"

"가르치면 제자지, 제자 스승이 따로 있답니까?"

"이런 무식한 놈. 가르친다고 다 제자면, 남의 산 돌멩이는 다 스승이라고 불러야겠구나?"

타산지석이라, 홍오는 그 말을 빗댄 것이다. 그러나 다소 어거지였다.

"그게 무슨 억지입니까!"

굉운이 한숨을 쉬며 다시 둘을 말렸다.

"그만하십시오. 방장으로서의 명입니다."

홍오와 광목은 견원지간처럼 노려보다가 고개를 팩 돌렸다.

그런 광경들을 바로 눈앞에서 접하고 있던 장건은 마음이 편치 않았다.

'조용히 3년만 버티면 집으로 돌아갈 수 있는데…….'

광목과 홍오가 불구지천의 대적을 앞둔 것처럼 흉흉하다보니 장건이 싫다고 말을 할 수가 있는 상황이 아니었다.

그러나 말을 해야 했다. 7년이나 배를 곯으며 참아온 건 소림의 제자가 되기 위해서가 아니었다.

장건은 눈치를 보다가 겨우 입을 열었다.

"전 무공을 배우고 싶지 않은데요."

굉운과 굉목, 홍오가 동시에 장건을 보았다.

장건이 당황스러워하며 변명을 했다.

"저는 3년 있다가 집에 갈 거예요. 무공 같은 거 가르쳐 주시지 않아도 돼요."

순식간에 분위기가 가라앉았다. 대부분은 이해할 수 없다는 표정이다.

"허허허!"

홍오가 허탈하게 웃었다.

"검성 놈만 한 방 먹은 줄 알았더니 나도 한 방 먹었네 그려. 이놈아, 무공 같은 거라니. 소림의 속가제자는 아무나 되는 줄 아느냐?"

"전 가업을 이어 받아서 상인이 될 거거든요."

"헐."

굉운이 난처한 얼굴을 했다. 장건을 속가로 받아들이기로 한 건 장건이 소림의 무공을 배우고 있기 때문이다.

정확히 말하자면 소림의 무공이라고는 할 수 없으나, 소림에서 나간 것이니 아니라고 할 수도 없는 미묘한 상황이었다.

그런 말을 검성조차 대단하지 않게 생각하는, 무림에 대해 아무것도 모르는 아이에게 설명을 한다는 것도 어려운 일이다.

굉운이 말했다.

"이미 네 부모님께서도 허락한 일이다."

"예?"

홍오가 하도 다그쳐서 그 비싼 전서구(傳書鳩)까지 날렸다.

'이러니 굉정 사제가 재정 걱정을 하느라 주름살이 느는게 지.'

나지막이 한숨을 쉰 굉운이 장건에게 말했다.

"속가제자가 된다고 해서 상인을 못한다거나, 집에 못 간다거나 하진 않는단다. 다만 소림의 제자로서 기본적인 소양을 갖추는 시간이 필요할 뿐이지."

장건은 다소 불만스러운 표정을 지었다.

장건의 표정을 본 굉운이 쩝 하고 입맛을 다셨다. 소림의 무공을 한 자락이라도 얻어 보려고, 소림의 이름을 걸어보려고 전 재산을 다 쏟아 붓는 사람도 부지기수였다.

'이 아이에게는 그런 모든 것들이 다 부질없다는 뜻인가.'

무인이 아닌 보통 사람들에게는 그게 당연한 일인지도 몰랐다.

"3년이라. 그래. 그럼 3년 뒤에는 집에 보내주기로 약조하마. 그러면 되겠느냐?"

굉운의 말에 장건의 귀가 솔깃해졌다.

무공이라는 게 뭔지 잘 모르지만, 그게 일종의 '간소한 움직임' 이라는 거라고 어렴풋이 생각하고 있는 장건이다.

'지난번 홍오 대사님이 보여주신 것처럼 그런 걸음을 걷는 걸 배우는 거겠지?'

홍오가 보여준 움직임은 아직도 기억에 새록새록하다. 얼마나 빠르게 힘들이지 않고 움직이는지 경탄이 절로 나온다. 연습을 하긴 했지만 홍오처럼 걸을 수는 없었다.

그렇게 걸을 수 있다면 먼 거리를 가도 전혀 지치지 않을 것 같다.

'대사님의 걸음을 배우면 집에 갈 때 마차를 안 타고 그렇게 가도 되겠다.'

몸을 쓰는 일이니 당분간은 힘도 들겠지만 다 배우고 나면 훨씬 편해질 수 있다.

'3년 고생해서 30년 편하면 수지맞는 장사잖아. 집에 가면 아빠도 잘했다고 칭찬하실 거야. 그래서 내가 소림사의 제자가 되길 바라신 거겠지.'

장건은 마음을 정하고 고개를 끄덕였다.

"할게요."

그리고 한 마디를 더 붙였다.

"무공 배우는 거, 배 많이 고픈 건 아니죠?"

"허!"

홍오가 괭목을 째려보았다. 약점 하나 잡았다는 듯 마구 쏘아붙인다.

"얼마나 애를 굶겼으면 이런 말을 하나? 그간 소림이 빈곤에 허덕댔다지만 애를 굶길 만큼은 아니었다."

홍오는 장건의 머리를 쓰다듬었다. 얼굴에는 가련하다는 표정이 한껏 드러났다.

"걱정 마라. 내가 가르치는 동안에는 마음껏 먹여줄 테니. 에잉, 괴악한 놈."

뒷말이 굉목을 향한 것임은 말할 필요도 없었다.

굉운도 반대하지 않았다.

"소림사가 절간이라 하나 아이를 굶길 만큼 야박하진 않으니 앞으로는 홍오 사숙님의 말씀대로 굶지 않게 해주마."

아이 하나 배불리 먹인다고 굉정이 울상을 짓진 않을 것이다.

그러나 굉목은 발끈했다.

"지금 무슨 말들을 하는 겁니까! 설마하니 내가 건이를 굶겼다고 생각하시는 겁니까?"

장건은 굉목이 쩔쩔매는 걸 보면서 속으로 킥 하고 웃었다. 굉목이 어쩔 줄 몰라 하는 모습을 보는 것만으로도 소림의 제자가 되는 게 나쁘지 않다는 생각이 들었다.

'어차피 배고프면 기 먹으면 되는데.'

장건은 그렇게 단순히 생각하고 있을 따름이다.

* * *

굉목은 방장 굉운과 독대했다.

굉목은 불만어린 표정이 가득하고 굉운은 담담히 미소를 짓고 있었다.

"사제."

"말씀하십시오."

대꾸가 퉁명스럽다. 그래도 굉운은 웃을 뿐이다.

"오늘 일, 이해하기 힘들겠지만, 받아들이도록 권하고 싶네. 이것은 사형이 아니라 방장으로서의 권유일세."

굉목이 특유의 꼬장꼬장한 목소리로 역정을 냈다.

"솔직히 이게 말이나 되는 얘깁니까? 사조의 유명을 거스르면서까지 사부님이 건이를 가르쳐야 할 이유가 무엇입니까."

굉운은 곧바로 대답하지 않고 굉목의 기분이 가라앉을 때까지 잠시 기다렸다.

"근래에 홍오 사숙께서 심득(心得)을 얻으셨다 하네."

굉목의 눈썹이 꿈틀거렸다.

"그게 건이와 무슨 상관입니까?"

"홍오 사숙은 소림에 다시없을 기재셨지. 한 번 본 무공을 모두 자신의 것으로 만드실 수 있을 만큼."

"알지요. 동시에 엄청난 무공광이기도 하셨구요. 그래서 강호행을 하는 동안 온갖 잡다한 무공을 다 익히지 않으셨습니까. 심지어 구파일방의 무공을 죄다 익혀서 무림공적으로 몰릴 뻔도 했지요."

굉목이 얼굴을 더 딱딱하게 굳혔다.

"소림의 제자라는 이유만으로 다들 아무 말도 못한 겝니다. 타 문파의 제자였다면 용서가 되는 일이었겠습니까? 그런데도 정작 건이는 소림의 무공을 몇 수 익혔다고 해서 이 난리를 치고 있다니, 이게 무슨……."

"나는 그 구파일방의 대다수 무공을 섭렵하신 사숙께서 심득을 얻으셨다고 말하고 있는 것이네."

굉목은 순간 온몸에 전율이 왔다. 두 눈을 부릅뜨고 굉운을 쏘아 보았다.

"사형……, 설마, 사형께서도……?"

"나는 무인이기 이전에 승려이네만, 동시에 소림을 지켜야 할 책무를 지고 있는 한 문파의 장문일세. 어느 것이 먼저냐고 묻는다면……."

"그만하십시오!"

굉목은 '아미타불' 하고 불호를 몇 번이나 외며 마음을 다스렸다.

방장으로서는 어쩔 수 없는 일이다. 소림 방장이란, 소림뿐 아니라 강호 전체의 판도까지 염두에 두어야 하는 막중한 직무다.

실망스럽지만 이해 못하는 바는 아니었다.

조금은 힘이 없어진 목소리로 굉목이 물었다.

"다른 아이를…… 찾으면 안 되겠습니까? 하다못해 구결로라도 전수할 수 있지 않습니까."

굉운이 천천히 대답했다.

"그 심득을 소림에 남기는 조건으로 장건이란 아이를 원하고 계시는 걸세. 얼마 전까지는 확신하지 못하셨는데, 검성께서 탐내시는 걸 보고 완전히 마음을 굳히신 것 같네."

"……."

한참이나 말이 없던 굉목이 초점 흐려진 눈으로 굉운을 보며 다시 물었다.

"그래……, 도대체 그 잘난 심득이 뭐길래 그러신답니까?"

"당신께서 스스로 명명하시기를 무량무해(無量武海)라고 하셨네."

"무량무해……."

굉목은 같은 말을 몇 번이나 읊조리며 눈을 감았다.

'이렇게 다시 사부님과 관계를 맺게 되는 건가.'

괴짜인 홍오가 장건에게 무슨 짓을 할지 예상도 할 수 없지만, 만약 자신처럼 건이가 잘못된다면 어쩔 셈인지.

굉목은 자신이 홍오에게 당했던 아주 예전의 기억을 회상하며 불안함을 감추지 못했다.

* * *

장도윤과 손 씨 부인은 마음이 들떠 탁자 위에 올린 보이차가 다 식을 때까지 마실 생각도 않았다. 유명한 차산지로 알려진 운남 난창에서 가져온 고가의 보이차(普洱茶)였지만, 지금 장도윤과 손 씨 부인에게는 그런 귀한 보이차도 눈에 들어오지 않았다.

"여보. 우리 건이가 정말 그 천하제일 소림사의 제자가 되는 건가요?"

손 씨 부인의 붕 떠 있는 말투에 장도윤 역시 한껏 상기된 얼굴로 말했다.

"그럼! 이제 우리 건이가 소림의 제자가 된다고! 소림의 천하제일 무술을 배운단 말이오."

손 씨 부인은 기쁜 와중에도 염려스런 표정을 지었다.

"하지만 소첩이 들어보니 무술을 배우는 게 굉장히 힘들다던데……. 혹시 다치거나 하진 않을까요?"

"소림사의 무술을 배우는 데 조금 힘든 게 대수요? 건이가 잘 참고 견뎌내서 돌아오기만 한다면 우리 운성방도 이제 소림사의 비호를 받는 상단이 되는 거요. 진상 내에서의 입지도 크게 높아질 테고."

운성방의 방주인 장도윤은 앞으로 쭉쭉 뻗어나갈 상단을 생각하며 몽롱한 눈을 했다.

"휴우. 저는 그저 하루라도 빨리 우리 건이의 건강한 모습을 보고 싶을 따름입니다."

"무술을 배우니 건강할 것이고, 속가제자가 되면 언제든지 집으로 돌아올 수 있으니 그 무슨 걱정이란 말이오."

"요즈음 소림사의 형편이 많이 어렵다고 다들 수군거립니다. 어떻게 어미 된 자가 그런 곳에 있는 자식 걱정을 않을 수 있단 말입니까."

장도윤은 온갖 휘황찬란한 금실로 십장생(十長生)을 수놓은 비단 소매를 들어 가슴을 탕 하고 쳤다.

"그럴 줄 알고 내가 이번에 기별을 받으면서 소림사에 크게 시주를 했소. 소림사의 다른 대단한 속가제자들에게 견줄 바는 아니겠지만 소림사에서도 우리 건이를 무시하지는 못할 것이오."

그제야 손 씨 부인의 얼굴이 펴졌다.

"잘하셨습니다. 소첩의 마음이 좀 놓이는 듯하군요. 이 모든 게 혜원사의 금오 대사님 덕분이니, 혜원사에도 시주를 아끼시면 아니 됩니다."

"당연하지. 다른 사람도 아니고 하나뿐인 내 아들 건이를 위한 일인데 그깟 돈 몇 푼을 아낄 수 있나!"

장도윤은 가슴을 펴고 호방하게 너털웃음을 터뜨렸다. 손 씨 부인도 눈물까지 글썽거리면서 좋아했다.

그러다가 문득 손 씨 부인이 물었다.

"한데 우리 건이 팔자는 어찌되는 걸까요?"

"소림사의 덕이 높은 고승께서 이제 문제가 없다 판단하셨으니 제자로 들이는 게 아니겠소? 갑자기 왜 그런 말을 하시는 게요?"

"소첩의 짧은 소견으로는……, 최근 소림사의 형편이 어렵다 하던 것이 우리 건이 때문이 아닌가 하는 생각이 들었습니다. 우리 건이 팔자가 그렇다질 않습니까."

장도윤은 손을 내저었다.

"에이, 말도 안 되는 소리요. 더구나 부인의 말이 맞다 해도 소림사의 형편은 벌써 좋아지는 중이니, 외려 잘된 것이 아니겠소?"

"그렇군요. 아아, 정말로 소첩은 한시름 덜었습니다."

"껄껄."

한참 웃던 장도윤이 갑자기 은근한 눈빛으로 손 씨 부인을 쳐다보았다.

"부인."

"왜 그러십니까?"

"오늘따라 부인이 더욱 아름답구려. 어째 부인은 나이를 먹지도 않는 것 같소."

장도윤이 슬며시 손을 뻗어 손 씨 부인의 손등을 덮자 손 씨 부인이 부끄러워하며 고개를 돌렸다.

마흔이 넘었는데도 손 씨 부인은 아직 한창 때의 처녀 같았다. 그 수줍은 얼굴이 장도윤을 타오르게 했다. 다른 건 몰라도 첩 한 명 들이지 않을 정도로 손 씨 부인을 아끼는 장도윤이다.

"아직, 낮이라 민망합니다."

"허어, 우리는 부부이고, 우리 부부의 금실은 모르는 사람이 없는데 뭐 어떻소."

"아이, 당신도 참."

"이 참에 우리 둘째도 하나 낳아 봅시다."

장도윤은 부끄러워하는 손 씨 부인의 손을 끌고 침상으로 갔다.

반짝이는 화려한 휘장이 스르륵 침상을 덮었다.

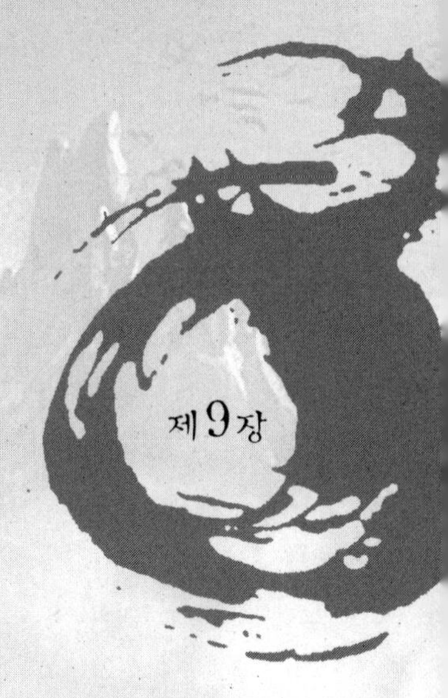

제 9 장

행보여수에 낙각사채니?

홍오는 매우 기분이 좋았다.

"언강이 놈. 어린 제자를 들였다고 내게 자랑을 하러 와? 흘흘. 나도 이제 제자가 생겼다 이거야."

속가로 시작하고 자신의 밑으로 들일 수 있는 정식 제자도 아니지만, 직접 가르칠 수 있는 소림의 문하다.

그나마라도 없는 것보다는 낫다. 하다못해 어디 가서 자기가 가르쳤다고 큰소리 떵떵 칠 수는 있을 테니 말이다.

말년에 얻은 심득을 담보로 장건을 요구할 만큼 홍오는 절실했다. 그동안 몇 번이나 방장에게 장문령으로 사부의 유명을 풀어 달라 했으나 거절당했던 참이다.

홍오는 신이 난 얼굴로 혼잣말을 중얼거렸다.

"언강이 네놈의 제자도 자질은 꽤 뛰어나 보인다만, 자질만 따지자면야 내 제자가 훨씬 낫지. 5년? 3년이면 충분히 내 제자가 네 제자를 앞지를 게다. 끌끌끌."

그런 아이를 어떻게 가르칠까 생각하다 보니 가슴이 다 두근거렸다. 아니, 안도의 한숨부터 나온다.

젊은 시절, 귀찮아서 제자라고는 굉목 하나만 둔 게 다였다. 가르치는 것보다 강호를 돌아다니는 생활이 더 좋았다. 무공을 배우는 재미에 제자는 뒷전이었다.

나중에 필요하면 한 명 들이면 되지, 하고 가볍게 생각했을 뿐이다.

그러다가 영영 제자를 두지 못하는 처지가 되자, 마음이 급해졌다. 설상가상으로 하나뿐인 제자 굉목이 제자를 두지 않겠다고 선언하고 나섰다.

사람 마음이 간사하다고, 그때 느낀 절망감이란 이루 말할 수 없는 것이었다.

"무엇부터 가르쳐야 할지 고민해야 하는 것이 오히려 행복이구나! 이놈아, 열심히 하거라. 네가 잘만 따라준다면 내가 가진 모든 것을 아낌없이 다 전수해 주마."

홍오는 껄껄대고 웃으면서 하늘을 올려다보았다.

참으로 맑은 날이다.

유구한 세월 정체되어 있던 소림이 다시 웅비하는 것을 축복하기라도 하듯.

*　　*　　*

다음날 아침.

장건은 아침 공양이 끝나자마자 설거지를 마치고 암자의 앞에 나와 앉았다.

밝은 아침 햇살이 상쾌하게 얼굴을 간질였지만 장건은 그에 신경 쓸 겨를이 없었다.

'어떻게 한 거지?'

한 가지 의문이 밤새도록 떠올랐던 까닭이다.

'왜 따라할 수가 없지?'

어제 보았던 검성 윤언강의 사과 깎는 모습이 계속 뇌 언저리에 남아 장건을 괴롭히고 있었다.

채공승들의 움직임은 확연히 떠오르는 데 비해 검성의 모습은 희미할 뿐이다. 아무리 떠올리려 해도 평범한 사람들이 사과 깎는 모습처럼 생각나는 게 없다.

'평범한 것이라…….'

장건은 입을 삐죽 내밀었다. 평범하게 걷고 평범하게 숨을 쉰다는 건 생각해 본 적이 없었다. 그저 조금이라도 덜 움직이고 편하게 할 수 있는 방법만 생각해 왔었다.

평범하게 사과를 깎았다는 것은 군더더기는 없지만, 더 아낄 수 있는 것을 아끼지 않았다는 뜻도 된다.

적은 투자로 최대의 이문을.

그것이 이제까지 장건이 지켜온 행동 법칙이었다.

그런데 검성은 장건의 입장에서 보자면 '보통의 투자로 극대의 이문을' 남긴 셈이다. 검성이 깎은 사과에 비하면 장건이 깎은 사과는 초라할 지경이었으니 말이다. 장건이 깎은 사과는 '적은 투자로 적당한 이문을' 남긴 것밖에는 되지 않았다.

그렇다면 투자를 좀 더 해야 할까?

그럼 그 방법은?

장건은 고개를 도리도리 저었다. 이런 산중에서는 자신의 생각을 확인할 서책도 없고 상담할 만한 이도 없다.

'아냐. 분명히 방법이 있을 거야. 나중에 아버지를 따라 거상이 되려면 그런 방법을 찾아내야 해.'

그래도 아직은 그런 방법이 뭐가 있는지 감을 잡을 수도 없다.

"휴우."

자기도 모르게 한숨이 나왔다.

그때 누군가 장건을 불렀다.

"웬 한숨이냐?"

굉목이 멀찌감치 서서 뚱하게 장건을 바라보고 있었다.

"아, 노사님!"

"오늘부터 홍오 사부님께 무공을 배우러 가야 하지 않느냐. 어서 채비하고 갈 것이지 무슨 한숨이냐. 나이도 어린 녀석이."

퉁명스러운 말투지만 이제는 그러려니 할 정도라 퉁명스럽지 않은 게 더 이상하다.

"헤헤."

장건이 웃으면서 소리도 없이 일어섰다. 앉아 있던 시체를 일으킨 것 마냥 딱딱하고도 간결한 동작이다. 그냥 툭 하고 나무토막을 세우듯 일어난 것 같다. 익숙해질 만도 하건만 그런 사소한 동작을 볼 때마다 굉목은 기괴하기만 하다.

장건이 일어나 말했다.

"어제 윤 어르신이 깎은 사과를 생각하고 있었어요."

"검성의…… 사과를?"

"네."

"흠."

굉목은 홍오가 내밀었던 사과를 떠올렸다. 유난히 표면이 반질반질한 것이 보통 사과와는 달랐다.

그러나 굉목은 그게 무슨 의미인지 명확하게 알 수는 없었다. 홍오가 유난을 떨었으니 그런가보다 싶었지, 지나치다 보았다면 무심코 넘어갔을 것이다.

'내 성취가 부족한 탓이지.'

어차피 무공에 뜻이 없는 굉목은 그러려니 할 뿐이었다.

장건이 고개를 갸웃하며 물었다.

"어떻게 하면 저도 그렇게 사과를 깎을 수 있을까요?"

굉목은 순간 마음 한구석이 싸해지는 기분을 느꼈다.

'내가 알아보지 못한 것을 건이는 알아보았단 말인가?'

굉목이 가만히 장건을 보다 물었다.

"너는 그 사과가 특별하다고 생각하느냐?"

"그럼요. 맨손으로 깎은 사과잖아요. 게다가 껍질이 깨끗하게 벗겨졌잖아요. 노사님은 그게 특별하지 않으세요?"

장건은 반문했다. 특별한 게 당연하다는 투여서 굉목은 괜히 심사가 꼬였다.

맨손으로 사과를 깎았다는 것은 놀랍지 않다. 명색이 검성이니 손으로 검기를 일으키는 건 식은 죽 먹기가 아니겠는가.

그런데 껍질이 깨끗하게 벗겨졌다는 의미는 이해할 수가 없다.

"검성이 사과를 깎은 것이 아니라 사과가 스스로 껍질을 벗었다는 듯이 말하는구나?"

"제가 보기엔 그렇게 보였어요."

굉목은 대답하지 않고 장건의 말을 곱씹었다. 어린아이가 하는 말이니 정말 그렇게 보였을 수도 있고, 아니면 다른 의미가 있는지도 모른다.

"저도 그런 사과를 깎으려면 30년은 연습해야 할까요?"

"30년?"

"네. 윤 어르신은 30년 동안 연습을 하고 나서야 그렇게 사과를 깎을 수 있었다고 하셨거든요."

"허어."

굉목은 그제야 사과에 깃든 의미를 알아차렸다.

30년이란 세월을 무공에 정진한 후에야 깎을 수 있게 된 사과 하나.

그것이 의미하는 바가 무엇이겠는가.

검성의 평생 무공 정수가 사과 하나에 담겼다는 뜻이 아닌가!

굉목의 눈살이 찌푸려졌다.

'검성이 그렇게까지 건이를 탐냈단 말인가?'

홍오가 난리를 부린 것도 이해가 가는 순간이다. 그러나 굉목은 애써 홍오를 이해하고 싶지 않았다.

그래서인지 그의 입에서는 퉁명스러운 말이 튀어나왔다.

"그런 사과를 깎고 싶었으면 검성을 따라 화산으로 갔어야지. 왜 뒤늦게 한숨이나 쉬느냐!"

장건이 두 눈을 동그랗게 뜨고 굉목을 보았다.

"제가 왜 윤 어르신을 따라가요?"

"검성처럼 사과를 깎고 싶다면서?"

"에이!"

장건이 손사래를 치며 웃었다.

"고작 사과 깎는 거 배우려고 30년씩이나 따라다녀요? 묘기 부리는 약장수가 될 것도 아닌데 맨손으로 사과 잘 깎아서 뭐하게요. 전 상인이 될 거예요."

굉목은 자신이 기분 나빴던 것도 잊고 웃음을 터뜨릴 뻔했다.

혼자서 강호를 오시(傲視)할 수 있는 천하의 검성이 30년간 맨손으로 사과 깎는 묘기를 연습한 약장수가 된 순간이다.

장건은 굉목의 눈치를 살피며 말했다.

"그리고 전 죽으나 사나 여기서 10년을 지내야 하는 거 아시잖아요. 전 그냥 그렇게 사과를 깎는 방법이 궁금했을 뿐이에요."

그렇게 말하며 웃는 장건이 마냥 밉지만은 않다.

'이 녀석이…….'

굉목은 괜히 헛기침을 하며 장건을 타박했다.

"험험. 아무튼 빨리 채비하고 올라가거라."

장건이 크게 심호흡을 하며 대답했다.

"후우후우. 마음의 준비만 하면 돼요. 그럼 다녀오겠습니다!"

장건은 예의 변함없는 딱딱한 발걸음으로 산길을 오르기 시작했다.

그 뒷모습을 보던 굉목이 마침내 참지 못하고 픽 실소를 흘리고 말았다.

"고작 사과 하나란 말이지."

그러나 이내 굉목의 얼굴에는 음울한 불안감이 감돌았다. 장건이 말하는 그 고작 사과 하나에 호들갑을 떨던 인물이 생각났다.

"산에서 7년이나 산 녀석이니 세상물정이고 뭐고 아무것도 모를 텐데, 사부님께 이용당하지나 않을지……. 걱정이구나."

부디 자신처럼 홍오에게 깊은 마음의 상처를 입지 않기를.

굉목은 간절히 바라마지 않았다.

자신이 이제껏 누군가를 걱정하는 말을 내뱉은 것은 처음이라는 걸 자각하지도 못한 채.

* * *

홍오가 거처하는 암자는 담백암보다 더 높은 곳에 자리하고 있다. 걸어서는 반시진이 채 안 되는 거리인데 비탈이 심하고 산세가 험해 실제로는 반시진이 더 걸렸다.

사람이 거의 다니지 않았던 듯한 좁은 오솔길을 걸어 오르자 가파른 절벽 아래 고즈넉이 자리한 작은 암자가 보였다.

바로 아래로 깎아지른 듯한 낭떠러지가 있었다. 태실산과 소실산을 아우르는 숭산 전체가 한눈에 내려다보이는 장소였다.

장건은 '와! 멋지다' 라고 감탄을 내뱉으려다가 낭떠러지

끄트머리에 홍오가 좌선을 한 채 앉아 있는 걸 보고 그리로 향했다.

장건은 합장을 하며 인사했다.

"홍오 대사님, 저 왔어요."

"왔구나. 너도 와서 여기 앉거라."

장건은 홍오의 곁으로 가 앉았다. 서늘한 바람이 기분 좋게 몸을 한 바퀴 타고 미끄러지며 흘러간다.

"어떠냐. 호연지기(浩然之氣)가 절로 느껴지지 않는고?"

장건이 힐끔 아래를 내려다보았다.

아침의 서늘한 기운이 채 가시지 않았는지 소실산의 첨봉을 둘러싼 운무는 사라지지 않고 짙게 배어 있다. 소실산의 산자락에 희끄무레하게 소림사의 본산 전체가 내려다보였다. 소림사의 본산은 마치 장엄한 산맥의 일부인 듯 웅장하게 자리 잡고 있었다.

절벽을 타고 오르는 바람이 갑자기 시리게 느껴진다.

장건은 어깨를 움츠리면서 어색하게 웃었다.

"저는 무서운데요."

"무섭지. 하지만 조금만 생각을 달리하면 전혀 무섭지 않다. 왜냐하면 넌 저 절벽 아래로 뛰어내리지도 않을 것이고 가만히 앉아 있으니 발을 헛디뎌 떨어질 염려도 없질 않으냐."

"대사님 말씀을 듣고 보니 그렇긴 하네요."

"마음먹기에 따라 대장부가 될 수도 있고, 겁쟁이가 될 수도 있으니. 세상에서 가장 강한 것이 사람 마음이요, 또 세상에서 가장 약한 것이 사람 마음이니라."

홍오는 말을 하면서 기분이 좋은지 연신 웃음을 짓고 있었다.

장건이 조심스럽게 물었다.

"저, 그런데 3년 뒤에는 저 집에 갈 수 있는 거죠?"

"물론이지. 속가제자는 어느 정도 성취만 이루면 언제든지 강호로 나갈 수 있단다."

물론, 검성과의 내기가 기다리겠지만.

장건은 그것도 모르고 좋아했다.

홍오도 주름진 얼굴로 온화한 미소를 지었다.

"미리 얘기 들었을 테지만, 나는 네게 앞으로 무공을 가르칠게다. 궁극적으로는 무량무해까지 이르도록 할 생각이다."

이미 홍오는 장건에게 무량무해를 가르칠 생각으로 머리가 가득 차 있다. 어떻게 가르칠까 고민하다가 밤을 꼬박 샜을 정도다.

"무량무해요?"

가만 생각하던 장건이 물었다.

"아! 용조수와 불영신보라는 그런 건가요?"

"응?"

홍오는 미소를 머금던 그대로 살짝 굳었다.

'그런 거라니?'

무공을 모르는, 아니 무공이란 말의 뜻도 모르는 사람이나 할 말이다.

"엄밀히는 무량무해도 무공이나, 초식이 없는 무공이라고 할 수 있다. 사실은 무학이라 할 수 있지."

"초식이요?"

홍오는 떨떠름한 얼굴로 장건을 보았다.

"굉목이 그런 것도 가르쳐 주지 않았느냐?"

"네. 노사께서는 그냥 제가 물어보면 대답만 해주시고 다른 건 일절 가르쳐 주거나 하지 않으셨어요."

"헐."

굉목을 따라하기만 했지 무공은 안 배웠다는 말이 사실이었던가?

홍오는 의심을 애써 감추며 다시 물었다.

"그럼 혹시 혈도에 대해서는 들어 봤느냐?"

"아뇨."

"내공심법이나……."

"아뇨."

"기혈이나 경락 같은 건?"

"기혈이 뭔지는 모르지만 제 몸 안에 있다는 건 예전에 들었던 것 같아요."

"헐!"

내공도 적당히 쌓였고 나름 상승 수법인 용조수와 불영신보를 하고 있길래 기본은 되어 있는 줄 알았다.

그런데 무공에 대해 아무것도 모르다니?

'내공도 혈도도 모르는 아이가 용조수와 불영신보를 했다? 말이 되는 얘긴가?'

홍오는 계인이 찍힌 맨머리를 매만졌다.

"허허, 거 참."

불현듯 광목이 자신을 골탕 먹이기 위해 장건에게 거짓말을 하라고 시킨 건 아닌지 하는 생각도 들었다.

그러나 광목은 고지식하고 깐깐한 성격이다. 승려의 표본이라 해도 무방할 정도다. 그런 융통성 없는 광목이 뭔가 일을 꾸밀 리가 없다.

'가서 한 번 물어봐야겠군.'

하나 당장은 이 아이가 문제다.

'어떻게 한다?'

무공에 관련된 용어나 단어만 모른다면 쉬운 일이지만, 만약 빗나간 방향으로 무공을 익히고 있다면 그게 문제다.

하루에 주어진 시간은 고작 두 시진인데, 처음부터 다시 길을 잡으려면 보통 일이 아니다.

'에잉, 광목 이놈. 가르치려면 제대로 좀 가르쳐 놓던가.'

홍오는 애먼 광목만 욕하며 해맑게 웃고 있는 장건을 보고 애써 웃었다.

"뭐 상관없다."

“예?”

“용어야 천천히 배우면 되는 것이고, 무공이야 당장엔 글을 몰라도 배울 수 있는 게다.”

“다행이네요.”

장건이 겸연쩍게 웃었다.

“우선 네가 모른다고 했던 무공이란 무엇인지부터 이야기해 줘야겠구나. 무공이란 신체를 단련하고 정신을 수양하는 일체의 행위를 말하는 것이니라.”

장건이 고개를 갸웃거렸다. 홍오의 말에 따르면 굉목이 매일 하던 느릿느릿한 운동도 무공이었던 것이다.

‘나도 그럼 7년이나 무공을 배웠던 건가?’

다른 사람들이 어딘가 불편하게 보이는 것도 무공 때문이 아닐까 하는 생각이 들었다.

홍오가 말했다.

“우선 네가 무공을 잘못 익히진 않았는지 확인을 좀 해야겠구나.”

혼자서 굉목을 따라하다 무공을 익혔다니 몸 상태가 어떤지 확인하려는 것이다.

장건은 혹시나 하며 물었다.

“신체를 단련하고 정신을 수양하는 방법도 잘못될 수 있는 건가요?”

“보통은 크게 잘못될 일이 없단다. 욕심을 부리거나 방향을 잘못 잡았을 때 그런 일이 생기지."

장건이 눈을 또르르 굴렸다.

'기를 많이 먹으려고 욕심을 부렸나? 하지만 그건 욕심을 내도 괜찮은 건데.'

알쏭달쏭했다.

"어려워요."

홍오가 웃었다.

"무학의 이론이란 원래 그렇단다. 하지만 알고 보면 아주 쉬운 것이지. 심신을 단련하는 것, 단지 그뿐이니까."

"예. 알겠습니다."

장건이 고개를 끄덕거리며 몇 번이나 조그맣게 '심신의 단련' 이라고 중얼거렸다.

'쓸데없는 움직임을 안 하고 최대한 힘을 아끼는 것도 심신의 단련이니까, 이것도 무공이라고 할 수 있는 건가보다.'

장건은 그렇게 생각하고 넘어가기로 했다.

홍오가 수염을 가다듬으며 말했다.

"자, 그럼 마보(馬步)를 해보거라."

"마보요?"

당연히 모를 거라고 생각해서 이제는 놀랍지도 않다.

홍오는 양다리를 벌리고 무릎을 반쯤 굽힌 말 탄 자세를 취했다.

"이 자세가 모든 무공 수련의 기본이다. 하체가 튼튼해야 중심을 잡고 상체에 힘을 밀어줄 수 있는 법이다. 소림의 일절이라 알려진 정권도 이 자세에서 나오지."

'아하. 저게 마보였구나.'

굉목과 건신동공을 할 때 매일 했던 기본 동작이었다. 7년이나 매일 해온 동작이라 별로 어려움이 없었다.

다리를 굽히고 서자, 건신동공을 할 때처럼 실타래가 풀리며 장건의 전신을 감쌌다. 곧 의자에라도 앉은 것처럼 몸이 편안해졌다.

홍오는 무릎을 두드리며 자세를 풀었다.

"에구구. 나이가 드니 힘들구나. 이제 네가 한 번 해보거라."

"이렇게 하면 되나요?"

"호오, 잘하는구나. 살짝 주먹을 쥐어 배꼽 아래에 두거라. 그래. 그렇게 한 이다경 정도 할 수 있으면 기본은 다 되었다 할 수 있느니라."

말이 이다경이지 마보의 자세로 이다경을 한다는 건 쉬운 일이 아니다. 갓 무공을 배우는 아이들은 일다경도 채 못 채우고 주저앉기 마련이다.

하나 장건의 경우에는 어느 정도 보법을 밟을 줄 아니 이다경 정도는 충분히 할 수 있을 것이다. 제대로 마보부터 배워 보법을 익히지 않았다면 그것조차 어려울 테지만.

장건이 마보를 하는 동안 홍오는 무공에 대한 얘기와 무림에 대한 전반적인 얘기를 풀어놓으며 시간을 보냈다. 장건은 맞장구도 치고 웃기도 하며 홍오의 얘기를 들었다. 하지만 주로 질문이 더 많았다. 장건이 모르는 말들이 계속 튀어나와 이해할 수가 없던 까닭이다.

한참 얘기를 하던 홍오가 가만히 장건을 보니 장건은 별로 힘든 기색도 없이 마보를 하고 있었다.

보통은 이쯤이 되면 다리를 후들후들 떨어야 했다. 아니, 힘들다고 그만둘 시기는 한참 전에 지났다.

"안 힘드냐?"

"괜찮아요. 벌써 이다경이 됐나요?"

홍오는 어이없는 표정을 애써 감추며 대답했다.

"반 시진이 다 됐다."

"아? 너무 오래했나 봐요?"

홍오는 어이가 없었다.

'거 참, 희한한 녀석일세.'

마보를 거의 반 시진을 해놓고도 땀방울 하나 흘리지 않고 있으니 이상하긴 이상한 일이었다.

"너무 오래됐나요?"

"아니 아니, 괜찮다. 그건 오래할수록 좋은 거야."

홍오는 가만히 장건을 지켜보았다. 아무리 기다려 봐도 지칠 것 같지 않아서 그게 더 이상했다.

'아무리 기본이 잘 되어 있다 하더라도 저 나이 때 반 시진을 하면 힘들어해야 하는 거 아닌가? 나도 젊었을 적엔 마보를 반 시진하고 나면 땀이 줄줄 흘렀는데, 흐음.'

장건은 장건대로 이게 무슨 수련이 되나 생각하고 있었다. 무려 7년간 매일 두시진 동안 굉목을 따라 건신동공을 해왔다.

굉목과 함께 한 건신동공은 거의 움직이지 않는 것처럼 움직이는 수련법이었다. 그것을 매일 거르지 않고 두 시진 동안 했으니 가만히 서 있는 건 장건에게 일도 아니다.

'무공이라는 게 생각보다 어려운 건 아니구나.'

앞으로 홍오에게 무공을 배우며 보내야 할 3년이란 시간이 그리 어렵게 느껴지지 않았다. 일부러 덜 움직이려 하는데 오히려 가만히 있으라니 마음이 편하다. 이렇게 가만히만 있으면 배도 안 고프고 더 좋을 것 같다.

장건과는 반대로 홍오는 잠시 고민했다.

'다른 건 몰라도 마보 하나만큼은 소림의 일대, 이대 제자와 맞먹겠구나. 도대체 이 아이의 몸은 어떤 상태인 게지?'

눈으로 봐서는 알 수 없으니 확인해 보는 수밖에 없다.

"그럼 이번엔 저걸 들어보자꾸나."

홍오는 암자 앞마당에 놓인 물지게를 가리켰다. 긴 장대 끝에 큼지막한 두 개의 물통을 달아놓은 평범한 물지게다.

물통도 비어 있었기에 장건은 별 어려움 없이 지게를 졌다.

홍오가 말했다.

"소림사에 처음 들어온 신입 제자들은 보통 이 수련을 가장 먼저 하지. 물지게를 지고 걷는 것은 균형감각을 키워주는 데 아주 좋은 수련 방법이란다."

정작 홍오는 물지게 수련을 한 기억이 없었다. 아마 했어도 며칠 정도였을 것이다.

"자, 날 따라오너라."

"어딜 가는데요?"

"헐헐, 물지게로 할 일이 뭐가 있겠느냐. 물을 길러 가는 게지."

홍오는 뒷짐을 지고 암자 옆을 돌아 산을 올랐다. 장건은 물지게를 지고 홍오의 뒤를 따랐다.

이제까지 들은 얘기를 생각해 보면 이불 하나 접는 것도 무공이고 걷는 것도 무공이었다. 물을 길러 가는 것도 전혀 이상하다는 생각이 안 들었다.

'그럼 사과를 깎는 것도 무공이었던 걸까?'

장건은 아직도 검성 윤언강의 사과 깎는 모습이 뇌리에서 잊히지 않았다.

'그렇게 맛있게 사과를 깎을 수 있다면 어딜 가서도 자랑할 수 있을 텐데. 난 언제 그렇게 깎을 수 있을까?'

부러운 일이다.

곧 장건은 다른 생각을 하다가 홍오를 놓칠까봐 얼른 홍오의 뒤를 쫓아갔다.

한참을 오르다보니 공기가 희박해져서 숨을 쉬는 것도 쉽지가 않았다. 홍오가 거하는 암자 자체도 소림사 본산 전체가 내려다보일 정도로 상당히 높은 곳에 자리하고 있는 까닭이다.

홍오는 장건이 잘 따라오고 있는지 힐끗 뒤를 돌아보았다. 헉헉대며 땀을 흘리는 모습이 눈에 선하다.

하지만.

'엥?'

홍오는 다시 한 번 기대가 어긋남을 느꼈다. 그러면서도 한편으로 희열이 느껴졌다.

장건은 조금 얼굴을 찡그렸을 뿐 아무렇지 않게 걸음을 옮기고 있었던 것이다.

'숨쉬기가 쉽지 않네?'

단순히 그렇게 생각하고 있을 뿐이었다.

일반적으로 무공을 익힌 무인들이라면 생각할 수도 없는 일이겠지만, 세장심균의 요체를 깨달아 평소에도 조식법을 행하고 있는 장건이었다.

평소에도 기를 먹는다고 가늘게 숨을 쉬는 연습을 하다 보니, 급하게 숨을 몰아쉴 만큼 격렬하게 움직이지 않는 이상은 호흡이 흐트러지지 않았다.

굽이굽이 좁은 산길을 올랐지만 장건은 크게 힘든 기색 없이 홍오를 잘 따라왔다.

"아직 멀었나요?"

"다 왔다."

홍오가 멈춰 선 곳은 깨끗한 물이 퐁퐁 솟아오르는 작은 옹달샘이었다.

"여기서 물을 길어 가자꾸나."

"예."

장건은 시키는 대로 물지게를 내려놓고 물통에 물을 채워 넣었다.

"와아, 물이 아주 맑고 시원하네요."

"소림에서 가장 깨끗하고 좋은 물이란다. 예로부터 물터만 좋아도 삼대가 건강하다 했다. 좋은 밥과 좋은 차, 그리고 좋은 술을 짓기 위해서는 좋은 물이 필요한 법이지."

"굉목 노사님께 이 물로 밥을 해드리면 좋아하시겠네요."

굉목과 장건은 생쌀을 물에 불려 먹었으니 밥을 짓는 것과는 다르지만 어쨌든 좋은 물로 밥을 불려 먹으면 굉목이 좋아할 것 같았다.

그런 장건의 마음도 모르고 굉목의 얘기가 나오자마자 홍오는 콧방귀를 뀌었다.

"굉목 녀석은 아무거나 먹어도 된다. 그런 나쁜 놈 이름은 내 앞에서 입에도 담지 말거라."

"예예."

정말 사이가 좋지 않은 사제간이다.

장건은 홍오의 눈치를 보다가 물통에 물을 다 채우고 어깨에 짊어지었다.

"어어."

한데 물통의 물이 흔들리며 잠시 몸이 기우뚱했다. 장건은 급히 중심을 잡아 바로 섰다.

"무겁지 않으냐?"

"무, 무거워요."

어른도 벅찰 만한 크기의 물통 두 개를 들었다. 무겁지 않으면 그게 이상한 일이다.

"그럼 나 먼저 내려갈 테니 천천히 오거라. 말 안 해도 알겠지만 물통의 물을 흘려서는 아니 되느니. 반 이상 흘린다면 너 혼자 다시 올라와 떠와야 한다."

장건은 몇 번 기우뚱하다가 손사래를 쳤다.

"에이, 아까운 물을 흘릴 수야 있나요. 너무 걱정하지 마세요."

"그래그래. 물론 그래야지."

홍오는 몰래 웃음을 흘리며 먼저 돌아섰다.

'요놈아. 이번엔 좀 힘들 것이다.'

양쪽으로 물지게를 지고 비탈길을 내려오는 것은 생각보다 어렵다. 물통 안의 물이 굉장히 무거운 데다 끊임없이 출렁거리기 때문에 중심이 자꾸만 흔들리게 된다.

보기에는 단순해 보이지만, 순간순간 변하는 중심을 맞추는 것은 쉬운 일이 아니다. 상당한 균형감이 필요하다.

물지게 지기를 오래하면 균형 감각과 더불어 다리의 근력이 키워져 하체가 단단해지며 허리가 올곧게 펴져 무술에 적합한 자세를 만든다. 소림 무술의 특징인 견고함과 강맹함은 이런 기초 수련이 바탕이 된다.

보통 소림에 갓 입문한 제자들은 어렸을 때부터 이 물동이 지기를 하는데, 익숙해지기까지 최소 반년에서 3년이 걸린다.

'자, 요 녀석은 얼마나 할 수 있나 볼까?'

홍오는 대나한선보로 훌쩍 거리를 벌린 후 뒤를 돌아보았다. 예상대로 이번만큼은 장건도 고전했다. 금방 따라오지 못하고 멀찌감치 떨어진 거리에서 허우적대고 있었다.

"어어, 어어."

평탄한 길도 아니고 가파른 비탈길이라 자꾸만 물이 출렁거렸다. 무게도 꽤 나가기 때문에 조금만 중심을 잘못 잡아도 물통에서 물이 흘러 내렸다.

물이 흐르는 정도가 아니라 하마터면 넘어질 뻔도 했다.

"아! 아까워."

물이야 또 길으면 되지만, 한 번에 할 수 있는 일을 다시 해야 한다는 건 장건에게 있어 매우 심기가 불편해지는 일이었다.

"어떻게 하지?"

장건은 잠시 멈춰 서서 생각했다.

"흘리지 않고 내려가려면 어깨가 흔들리지 않아야겠는걸?"

어깨를 움직이지 않고 걷는 건 쉽게 할 수 있었지만, 물지게가 얹히니 평소처럼 잘 되지 않았다.

장건은 생각을 거듭하며 발걸음을 내딛었다. 몇 번의 시행착오를 거치면서 어깨를 움직이지 않는 것보다 중심을 잡는 게 더 중요하다는 걸 깨달았다.

'어깨가 아프다고 힘을 주니까 더 몸이 기우뚱거려.'

평상시에는 움직임을 거의 없게 해서 걷는 것이 익숙해져 있었지만, 지금은 방법을 달리 해야 했다. 물통이 흔들리는 만큼 어깨가 상하로 움직여 주어야 물통 안의 물이 출렁이지 않는다.

그렇게 생각한 순간.

스르륵.

단전에서 똬리를 틀고 있던 역근경의 내공이 풀려 나왔다.

내공의 실타래가 허리를 단단히 감아 지탱하며 다리로 내려갔다. 무거웠던 물지게가 한결 가벼워지고 등허리는 꼿꼿하게 펴졌다.

대신 어깨에는 힘을 풀어 물지게가 자연스럽게 움직이도록 했다.

장건은 실타래가 이끄는 대로 조심스럽게 걸었다. 천천히 발을 내딛되 발끝으로 강약을 조절해 보았다.

'어? 된다!'

살짝살짝 흔들리기는 하지만 물이 쏟아질 정도는 아니었다.

중심축인 허리는 움직이지 않고 어깨와 발끝으로 균형을 잡는 법을 익힌 것이다.

'생각보다 쉽네.'

장건은 힛, 하고 웃으며 편하게 걸었다. 처음이 어려웠을 뿐이지 한 번 하고나니 다음부터는 쉬웠다. 아니 방식만 약간 다를 뿐, 평소에 걷는 동작과 별다를 바가 없었다.

이는 장건이 몸 안 미세한 근육들까지 무의식적으로 조절할 수 있기에 가능한 일이다.

스윽 스윽.

장건은 속력을 냈다. 넘어지거나 물을 흘릴까봐 걱정하며 조심스럽게 걷는 게 아니라 점점 더 빠른 속도로 걷는다.

멀리서 이를 바라보던 홍오는 할 말이 없어졌다.

홍오가 보고자 한 건 장건이 얼마나 균형을 잡을 수 있는지였다.

그런데 이건 황당할 만큼 완벽하지 않은가!

"허허!"

장건의 발끝이 지면을 스치듯 하는데 물 위를 걷듯이 자연스러웠다.

홍오는 자기도 모르게 혼잣말을 내뱉었다.

"아무것도 배우지 않았다는 녀석이 경공을 3년은 수련해야 익힐 수 있는 행보여수(行步如水)에 낙각사채니(落脚似採泥)의 묘리를 알고 있단 말이냐!"

물처럼 끊임없는 움직임을 행보여수라 하고 흔들림 없이 부드럽게 걷는 것을 낙각사채니라 한다. 보법에서는 상승의 묘리로 일컫는 것이다.

더구나 둘 다 몇 년 이상은 집중적으로 수련해야 할 수 있는 것이다. 처음 물지게를 진 아이가 할 수 있는 게 아니다.

홍오는 입맛을 다셨다. 좋은 한 편, 어딘가 찜찜하다.

"쩝. 이걸 좋아해야 하는 건지……."

마냥 좋아하기엔 너무 잘해서 불안한 느낌까지 든다.

젖도 안 뗀 아이가 걸음마를 하기에 신기해서 데려다놓고 다시 걸음마를 시켰더니 뛰고 있는 격이다.

기대이하가 아니라 기대이상, 또 그 이상을 해버리니 불안한 것이다.

그런데.

갑자기 홍오의 고개가 갸웃거린다.

"응?"

장건은 열심히 산비탈을 내려오고 있다.

"허어……."

홍오는 장건을 유심히 본다.

자꾸만 어딘가 마음에 걸린다. 말로 꼬집어 할 수 없는 무언가가 홍오를 부담스럽게 만들고 있다.

"잘 하고는 있는데……, 뭔가 좀 이상하다?"

굳이 표현하자면 웬 나무토막 하나가 물지게를 지고 허공을 날아오는 것 같다고나 할까?

사람이 움직이고 있는데 사람이 움직이는 게 아니라 딱딱한 돌덩이가 움직이는 것 같다고나 할까?

돌덩이는 거의 미동도 없이 움직이는데 그 위에 얹힌 물지게만 상하로 흔들흔들거리고 있다고나 할까?

하여튼 기괴하기 짝이 없었다.

"그것 참……. 희한한 녀석이로고."

장건을 처음 봤을 때도 어딘가 모르게 묘하다 생각했는데 그게 이것이었나 보다.

'그저 단순히 빈틈이 없어 보이는 게 아니었던가?'

홍오는 미간에 주름살을 한가득 모았다.

딱딱한 움직임이야 둘째 치고 아무래도 이상하다.

타고난 무골을 7년 동안 죽어라 가르친다 해도 지금 이만큼은 할 수 없을 것이다.

그런데 홍오가 보기에도 장건은 타고난 무골이 아니다. 타고난 무골이 아닌데도 지금 나이에 소림의 일대, 이대 제자만큼이나 몸 상태가 잡혀 있다.

이것을 어떻게 해석해야 할까?

"내공?"

홍오의 머리를 퍼뜩 스치고 지나가는 생각이 있었다.

"어쩌면 내공의 운용이 뛰어나서가 아닐까?"

장건은 나이에 비해 내공이 많이 쌓여 있다.

만약 내공의 운용이 자신의 생각보다 뛰어나다면 마보를 반시진 동안 하는 것도 무거운 물지게를 지고서 가볍게 움직이는 것도 모두 앞뒤가 맞아 떨어진다.

'끌끌. 신체의 근력을 키우기 위해 마보를 하는 것인데, 누가 내공을 썼을 거라고 생각이나 했겠나? 무공을 체계적으로 배우지 않은 아이니 내공을 쓰며 마보를 했다고 하면, 전혀 이상하지가 않구만.'

다만, 혈도니 기경팔맥이니 하는 것도 모르는 아이가 어떻게 내공을 잘 운용할 수 있는지가 관건이 되는 것이다.

"그것도 확인해 볼 방법이 있지."

홍오는 장건이 내려오기만을 기다렸다.

제 10 장

장건을 파악하다

장건이 내려오자, 홍오는 물지게를 두고 자리에 앉게 시켰다.

"잘 했다. 물을 거의 흘리지 않았구나."

장건은 홍오의 생각도 모르고 칭찬을 받은 것이 좋아서 히죽 웃었다.

"물 흘리면 아깝잖아요."

굉목이었다면 충분히 이해할 수 있는 말을 홍오는 이해하지 못했다. 그냥 하는 말이라고 생각할 뿐이다.

"잠시만 여기 앉아 보거라."

"네."

장건은 홍오가 시키는 대로 자리에 앉았다.

"앉아서 가부좌를 틀고…… 아, 가부좌가 뭔지 모르겠구나. 가부좌는……."

홍오가 시범을 보이자 장건이 아는 체를 한다.

"이거 알아요. 매일 새벽에 노사님과 함께 기를 먹을 때 이렇게 앉았어요."

"매일 같이 기를 먹었다고?"

"네. 기를 먹으니까 배가 덜 고파졌거든요."

"헐."

홍오는 아직도 장건의 말을 이해할 수가 없었다. 어쨌거나 장건이 어떻게 내공을 쌓았는지 드러난 순간이다.

'흐음.'

장건은 금세 가부좌를 틀었다. 확실히 한두 번 앉아본 솜씨가 아니다. 처음 가부좌를 틀면 다리가 접혀지지 않아 끙끙대는데 장건은 손도 대지 않고 가볍게 다리를 틀어올린다.

"엇험. 지금부터 내가 네 몸 안에 있는 내공을 인도할 것이다."

"저, 아까부터 말씀하시는 그 내공이 뭔데요?"

"네가 말한 그 기라는 것 말이다."

"아하."

말하는 홍오가 다 답답했다. 아예 말뜻부터 가르치는 게 더 빠르지 않을까 하는 생각이 들었다.

"몸은 움직이지 말고 정신을 집중하고 있거라. 절대 말을 하면 안 된다."

홍오는 장건의 명문에 손바닥을 대고 자신의 내공을 불어 넣었다.

마보로 서 있기와 물지게 지기를 할 때처럼 내공을 자유로이 사용할 줄 안다면, 분명히 자신의 내공에 반응할 것이다. 그 움직임을 보고 얼마나 내공의 운용이 숙련되었는지를 확인할 수 있다.

곧 부드럽고 웅후한 내력이 장건의 몸 안으로 스며들었다. 혈도를 따라 소주천하며 장건의 단전에 있는 내공을 끌어 들이려 했다.

그런데 장건의 내공이 따라오지 않았다.

"정신을 집중하고 단전에서 진기를 이끌어 기해(氣海) 바로 위까지 올리거라."

당연히 기해가 어디인지 모르는 장건이다. 홍오는 부연을 했다.

"지금 내 내공이 느껴지는 부위가 바로 그곳이니라. 단전 근처이니 어렵진 않을게다."

장건은 끙끙댔다. 무언가 따뜻하고 부드러운 느낌이 배꼽 바로 아래에서 느껴지고 있었다.

그런데 기를 움직인다는 게 어떤 건지 알 수가 없었다.

'그게 마음대로 움직이는 건가요?' 하고 묻고 싶어도 말을 하지 말라 했으니 물을 수가 없었다.

장건이 알기로 내공이라 부르는 실타래는 장건의 마음대로 움직일 수 있는 게 아니었다. 장건에게 있어 뭔가를 자연스럽게 하려고 하면 따라 움직이는 것이었다.

'어떻게 해야 하지?'

손이나 발을 움직이는 것도 아니고 형체가 없는 기를 움직이려니 막막했다.

홍오는 홍오대로 갑갑했다.

'이상하군? 왜 내공을 움직이지 않지?'

홍오는 다시 장건의 내공을 인도해 보기로 했다.

"마음을 차분히 가라앉히고 느껴 보거라. 내 내공이 가는 길로 너의 내공이 움직인다 생각하거라."

장건은 속으로 '네' 하고 대답하고 실타래를 풀어보려 애를 썼다. 하나 실타래는 꿈쩍도 하지 않았다. 홍오의 내공이 건드릴 때마다 조금씩 움찔거리며 반탄할 뿐이다.

지루한 시간이 흘러갔다.

홍오도 슬슬 힘이 들었다.

'저절로라도 내공이 반응해야 하는데 전혀 반응이 없다?'

물지게를 질 때 내공을 사용한 것은 확실했다. 그렇지 않으면 그냥 들어도 무거운 물지게를 두 개나 들고 15살 아이가 산을 뛰어 내려올 수는 없다.

'이 녀석이 고의적으로 내공을 움직이지 않는 건가?'

홍오가 일부러 과하게 힘을 주어 장건의 내공을 당기려 했다. 내공 수위가 몇십 배나 차이가 나니 이 정도 자극을 주면 움직이는 게 당연하다. 그러나 장건의 내공은 단전에서 가만히 웅크리고 있을 뿐이었다.

'허어?'

더 힘을 주자니 장건이 다칠 것 같고, 이대로 있어봐야 아무 일도 벌어지지 않고.

홍오는 답답해서 환장할 지경이다.

반대로 장건은 잘 되지 않자 딴 생각이 들었다.

'아……. 아침부터 산만 몇 번 왔다 갔다 했더니 배만 고프네.'

꼬르륵.

'배 안 고프게 해주신다더니……. 뭐라도 좀 먹고 하면 안 되나?'

말을 하지 말라고 했으니 말은 못하겠고, 배는 점점 더 고파져 왔다. 평소에는 늘 먹던 기를 오늘은 좀 덜먹어서 그런가 싶었다.

'배고파서 안 되겠다. 기라도 먹어야지.'

장건은 조심스럽게 기를 먹는 호흡을 하기 시작했다.

그때 돌연 실타래가 움직였다.

스륵, 하고 풀린 실타래는 단전 위 기해혈 위에서 진기를 유도하려 바둥대던 홍오의 내공을 스리슬쩍 감쌌다.

'응?'

홍오는 드디어 장건의 내공이 움직인다고 좋아하다가 문득 이상한 느낌에 정신이 번쩍 들었다.

'이, 이런!'

장건의 단전에서 뻗어 나온 내공이 자신의 내공을 감싼다 싶더니 진기의 흐름이 뚝 끊긴 것이다.

'어허?'

홍오는 자기가 내공을 제대로 조절하지 못했나, 하고 다시 한줄기 진기를 장건의 몸 안으로 흘려보냈다. 그러자 다시 장건의 단전에서 내공이 올라오더니 자신이 흘리고 있는 진기를 감쌌다. 그리고는 또다시 감감무소식이 되었다.

장건의 몸 안으로 흘린 진기가 사라진 것이다!

"허!"

홍오는 놀라서 손을 뗐다.

"이 무슨 괴악한 일인고!"

홍오가 자기도 모르게 소리를 높였다.

"설마……, 흡성마공(吸星魔功)?"

장건은 홍오가 갑자기 소리를 치자 놀라서 기를 먹다가 중단했다.

"네?"

흡성마공은 상대의 내공을 흡수해 자신의 것으로 만드는 사악한 무공이다. 내공을 빼앗긴 자는 목내이(木乃伊)처럼 말라 죽고, 시전자 역시 부작용으로 끔찍한 최후를 맞이하기 때문에 오래전 절전된 마교의 비전이다.

'도대체 어떻게 이런 일이…….'

홍오는 무슨 일인지 몰라 멀뚱히 자신을 쳐다보는 장건을 바라보았다. 순진하게 똘망거리는 눈을 보니 뭔가 알고도 모른 척하는 건 아니다.

홍오는 장건의 명문에 손을 대고 재차 확인해 보았다. 이번에는 아무런 일도 일어나지 않는다. 장건의 몸에도 아무런 변화가 없다.

만약 마공을 익혔다면 홍오가 모를 리 없다. 장건의 단전은 그저 평온하고 고요할 뿐이다. 장건의 단전이 홍오의 내공과 같은 기운을 지니고 있기 때문이다. 거기에 소림 특유의 웅후한 느낌이 내력으로 전해진다.

'이 아이의 내공은 굉목에게서 전해진 것이고, 굉목의 내공은 내게서 전해진 것이다. 역근경의 내공이 확실하다.'

홍오는 '끙' 하고 작은 신음을 냈다.

'그렇다면 마공을 익힌 것은 아닌데…….'

아무리 경험이 풍부한 홍오였지만, 이 같은 기이한 일 앞에서는 당황할 수밖에 없었다.

"이것 참."

꼬르륵.

꼬르르륵.

"저……."

홍오가 한창 생각에 잠겨 있는데, 배고픔을 참다못한 장건이 홍오를 불렀다.

"산을 왔다 갔다 했더니 배가 고파요. 뭐라도 먹으면서 하면 안 되나요?"

"응?"

장건은 혼잣말을 하며 입을 삐죽 내밀었다.

"무공 배우는 게 이렇게 배가 고픈 줄 알았다면 안 했을 거예요."

자신을 원망스러워하는 장건의 눈초리에 홍오는 헛웃음을 터뜨리고 말았다.

이런 귀여운 아이가 마공은 무슨 마공이란 말인가.

"오냐. 내 깜박 잊었구나. 잠시만 기다리거라."

결국 홍오는 장건이 얼마나 내공을 운용할 수 있는지 확인하지 못했다.

젊은 시절, 강호를 발발거리고 돌아다닌 덕에 소림의 그 누구보다 많은 지식을 얻었으나 그런 홍오로서도 현재 상황을 딱 집어 말할 수가 없었다.

'이건 뭐 말이 통해야 무슨 일인지 알기나 하지. 진작에 무공 이론이라도 좀 알려줘 놓던가.'

생각할수록 굉목이 괘씸해지는 홍오였다.

* * *

홍오는 굉목을 찾아 내려왔다.

독경을 하던 굉목이 홍오를 발견하고 잠시 멈추었다.

“소리 없이 독경하는 건 여전하구나.”

“건이는 어쩌고 스승님만 내려오십니까?”

말투는 둘 다 퉁명스러웠다.

“전병 몇 개를 내어 주었으니 그걸 다 먹고 나서야 내려올 것이다.”

굉목은 알았다는 듯 더 묻지도 않고 다시 경전으로 눈을 돌렸다.

홍오가 이죽거렸다.

“제자를 아아주! 잘 키워놨더구나?”

“볼일이 없으시면 가보시지요. 제 제자가 아니라고 말하는 것도 이제는 지칩니다.”

“무공을 가르쳤으면 제자지. 무공을 가르쳐 놓고 무공인지 알려주지 않으면 무공을 가르치지 않은 게 되느냐?”

굉목은 눈살을 찌푸리고 자세를 거두었다. 바로 어제 굉목이 했던 말을 고스란히 하고 있는 홍오다.

“몇 번을 말씀드려도 제 대답은 같습니다. 저는 건이에게 무공을 가르친 적이 없습니다. 몸이 심하게 아플 때 추궁과혈을 하며 역근경의 내공을 전수한 게 다입니다. 그렇게 절 못 믿으시겠으면 아이에게 직접 물어보십시오!”

“이놈 보게? 방귀 뀐 놈이 성낸다더니, 어디 하늘 같은 사부에게 눈을 까뒤집고 덤벼?”

광목은 말없이 인상만 썼다.

홍오가 콧방귀를 뀌며 말했다.

"오늘 보니 완전히 기초가 잡혀 있더구나?"

"그거야 이미 알고 계셨던 게 아닙니까."

"이놈아, 말이 되는 소리를 해라! 내 어느 정도까지라면 이해하겠다. 세상에 어떤 아이가 물지게를 진 지 촌각 만에 행보여수에 낙각사채니를 해?"

"행보여수에 낙각사채니를?"

광목은 잠시 생각하더니 '흥' 하고 코웃음을 쳤다. 장건이라면 능히 그럴 수 있다는 생각이 든다.

홍오가 자신에게 찾아온 이유도 알 만하다. 장건이 어떻게 그럴 수 있는지 궁금한 것이다.

'그러면 그렇다고 대놓고 물어보실 것이지.'

광목도 홍오와는 감정이 있으니 곱게 말이 나올 리 없다.

"검성이 눈여겨 본 복덩어리라고 말씀하신 건 스승님이 아니십니까? 다른 사람도 아닌 검성이 그러한데 아이의 자질이 특출나지 않으면 그것이 이상한 것이지요."

"그거야……."

홍오는 변명거리가 없어져서 고개를 홱 하니 돌렸다. 자신이 한 말이니 부정할 수도 없고, 광목의 말이 맞다고 인정하면 자신이 검성보다 못하다는 뜻이 되어 버린다.

"에잉! 특출난 아이인지는 몰라도 특이하다는 건 확실하게 알겠더구나. 네놈이 가르쳤든 가르치지 않았든."

"아셨으면 됐습니다."

"끙, 괴악한 놈 같으니……."

홍오는 잡아먹을 듯 굉목을 노려보았고 굉목 역시 지지 않으며 홍오를 쏘아 보았다.

결국 목마른 사람이 우물을 판다고, 홍오가 말을 걸 수밖에 없었다. 그만큼 장건에 대해 궁금한 탓이다. 조그마한 단서라도 잡아야지 지금 상태로는 막막해서 속이 터져 죽을 지경이다.

"그럼 하나만 묻자."

굉목은 놀랐다.

이렇게 간절한 홍오의 말투는 처음이다. 심지어 홍오는 굉목이 더 이상 무공에 뜻을 두지 않겠다, 제자를 두지 않겠다 할 때도 화를 냈지 부탁을 하진 않았다.

홍오가 물었다.

"건이의 단전에는 상당한 양의 내공이 쌓여 있다. 그런데 정작 본인은 내공을 운용할 줄 모르는 것 같더구나."

"운기하는 법을 가르친 적이 없으니까요."

"하지만 운기하는 법을 모르는 아이가 반시진이 넘게 마보를 하고, 족히 열 근이 넘는 물통을 두 개나 들고 비탈을 뛰었다면 말이 되겠느냐? 그건 내공만 쌓아 둔다고 되는 게 아니지 않으냐."

홍오가 말을 이었다.

"만약 운기하지 않고 그것들이 가능하다면, 아마도 장건은 다른 사람보다 몇 배나 강한 정(精)을 가지고 있다는 게다."

"하지만 정을 단련하려면 운기를 해야 하지요. 그것이 연정(鍊精) 아닙니까."

"그러니까 내 얘기가 그 얘기다."

정기신(精氣神)은 무공을 익히는 데 있어 아주 중요한 세 요소다.

그 중에서도 정은 사람의 힘이고, 기는 자연의 힘이다.

사람은 기를 받아들여 자신의 몸에서 정으로 바꾸니 이 과정이 주천이다. 무인들이 일반인보다 더 힘이 세고 빨리 움직일 수 있는 것도 이 주천의 과정을 통해 정을 강화하기 때문이다.

장건처럼 원래 힘이 센 체질이 아님에도 힘이 세어진 것은 후천적으로 정이 강해졌다는 것을 의미하는 것이다.

특히나 정이 극대로 강해지게 되면 정과 기가 서서히 일체화되기 시작하는데, 이것이 바로 검성이 말한 '검을 세우는 경지' 즉, 검기(劍氣)가 처음 유형화되는 시기이다.

검성은 검기를 보고 장건의 상태를 어느 정도 알 수가 있었다. 그러나 검기를 보지 못한 홍오는 장건의 상태를 알 수가 없었던 것이다.

"으음."

갑자기 굉목이 신음을 냈다.

"왜 그러냐?"

"건이는 저를 따라 7년간 건신동공을 해왔습니다."

"건신동공!"

홍오는 벼락을 맞은 듯 몸이 움찔거렸다. 길게 자란 흰 눈썹과 처진 눈꺼풀 때문에 잘 보이지 않던 두 눈이 휘둥그레졌다.

"내가 왜 그 생각을 못했을꼬."

굉목의 하루 일과는 수십 년간 바뀐 적이 없다. 7년 동안 굉목을 따라 했다 하니, 장건 역시 건신동공을 했을 것이다.

건신동공은 역근경의 성취가 높아야 가능하다. 역근경의 내공을 동적인 움직임을 통해 주천시키는 상승의 수련법이기 때문이다.

그러나 아무것도 모른 채 따라 해도 성과를 얻을 수 있을 때가 있다.

홍오는 방금 그 예외적인 방법을 알아챈 것이다.

"심생종기(心生從氣)다."

홍오의 허탈한 한마디에 굉목도 불현듯 깨달았다.

심생종기.

도인법(導引法)의 양생술에서 기본이 되는 가르침 중의 하나로 마음이 일면 자연히 기가 따른다는 뜻이다.

무인들은 의식적으로 경락을 통해 기를 움직이려 노력하지만 기를 인식하고 있다면 의식하지 않아도 기는 스스로 움직이니, 이것이 심생종기다.

장건은 기혈도 경락도 모르지만 마음으로 기를 움직여 스스로 주천을 할 수 있었던 것이다.

그러나 이것은 말처럼 쉬운 일은 아니다. 마음과 검이 하나가 되는 심검(心劍)은 심생종기에 기반을 둔, 검객들이 꿈에도 그리는 경지가 아니던가.

"거 참."

홍오는 길게 늘어진 수염을 달싹이며 씁쓸한 미소를 머금었다.

"소림의 틀을, 무공의 틀을 벗어나겠다고 발버둥치던 놈이나 자신의 틀에서는 벗어나지 못하였구나!"

홍오의 탄식에는 깊은 회한이 담겨 있었다.

정형화된 무공 수련과 정형화된 과정이 싫어 자신만의 무공을 추구했다. 그러나 정작 자신이 장건을 보고 있던 시각은 정형화된 시각이었다.

그런 씁쓸함에도 불구하고 이제까지 가지고 있던 의문은 모두 풀렸다. 장건이 심생종기를 하였다면 모든 의문에 대한 해답이 된다.

다만, 새로운 의문이 생겨났다.

"마음이 기를 움직였다면 도대체 장건이 그 녀석은 대체 어떤 마음을 가지고 있던 것인고? 심생종기를 할 정도였다면 보통 마음가짐은 아니었을 텐데?"

홍오의 혼잣말에 굉목은 뜨끔했다.

장건이 늘 입에 달고 살던 말이 떠올라서다.

"배고파서요."

건신동공을 처음 따라 하게 된 것도 그런 이유였다. 배가 덜 고프기 위해서 굉목이 하는 걸 다 따라 하기 시작했으니 말이다.

그러나 굉목은 차마 그 말을 입 밖에 내지 못했다.

'아무리 그래도 배가 고파서 심생종기가 된 건 아니겠지.'

배가 고파서 심생종기를 할 수 있다면, 고수가 되고 싶어 하는 무인들은 죄다 검성이 되고 권절(拳絕)이 되고 독선이 되어 있을 것이다. 적어도 굉목의 생각은 그렇다.

홍오는 여전히 감을 못 잡고 있다.

"심생종기를 하고 있다면 당장 운기법을 가르칠 필요는 없긴 하겠다만. 도대체 무슨 마음이었단 말인고……."

굉목은 홍오의 시선을 피해 고개를 돌렸다.

아니라고 생각하면서도 못내 가슴이 아프다. 만약 정말로 배가 고파서 기를 일으켰다면, 얼마나 배가 고팠길래 그랬을까 하고 생각이 든 것이다.

한데 갑자기.

홍오가 껄껄 웃었다.

"왜 웃으십니까?"

굉목은 불안해하며 물었다.

"장건이가 무슨 마음이든 그게 무에 상관이겠느냐. 이렇게 내 마음에 쏙 드는 것을! 껄껄, 그 나이에 누가 심생종기를 할

거라고 생각했겠누?"

"예?"

홍오가 갑자기 말을 바꿨다.

"나는 늘 소림이 너무 나태하다 생각하였다. 천하제일이라는 허명에 안주하고 있다가 언젠가는 잡아먹히고 말 거라 생각했다."

"젊은 날, 제게 하신 말씀이지요."

홍오의 그 말 때문에 얼마나 많은 고초를 겪었던가.

새로운 것을 배우고 나아가야 한다고 얼마나 다그쳤던가.

"발전하지 못하면 도태한다. 그게 자연의 섭리요, 법칙이라 생각했고, 지금도 그 생각엔 변함이 없다."

"소림은 소림이기에 소림인 겝니다. 나아가도 소림이고 물러나도 소림입니다."

"암, 그렇지. 그래서 하는 말이다."

홍오가 굉목을 보며 수염을 쓰다듬었다.

"소림은 늘 그 자리에 있으니 내 어찌 소림이 나태하다 하였을꼬. 내 이전에는 그것을 미처 보지 못했었구나."

"그게 무슨 말씀입니까?"

"소림은 부처란 지존(至尊)을 등에 업고 있지 않으냐! 개세무적(蓋世無敵)의 지존께서 늘 소림을 돌보아 주시는데 뭐가 걱정이냔 말이다."

굉목은 황당한 마음에 말을 하지 못했다. 늘 그렇듯 홍오의 말은 틀리다고는 할 수 없는데 듣고 나면 뭔가 이상하다.

"부처님께서 소림을 돌보다니, 갑자기 그건 또 무슨 말씀이시란 말입니까?"

홍오는 굉목을 보며 혀를 찼다.

"부처님께서 소림을 위해 장건이를 보내주시지 않았느냐. 이토록 내가 원하는 아이를 보내주셨는데, 내 어찌 쓸데없는 일로 고민하고 있을까."

말을 마친 홍오는 크게 웃었다.

굉목은 소리치고 싶었다.

'장건을 달라 한 건 사부님이셨잖습니까!'

그러나 그 말을 내뱉을 틈도 없었다.

"껄껄껄……."

어느 샌가 홍오는 웃음소리만 남긴 채 경공을 써 암자를 벗어나고 있었던 것이다.

"허어."

홍오의 뒷모습을 바라보며 내뱉는 굉목의 깊은 한숨이 고즈넉한 산속의 암자 위를 오래도록 머물고 있었다.

『일보신권』 2권에서 계속

Dark Blaze

다크 블레이즈

김현우 판타지 장편소설

FANTASYSTORY & ADVENTURE

『레드 데스티니』, 『골든 메이지』의 작가!
김현우 판타지 장편소설

십 년 전쟁의 승리에 파묻힌 충격적 비화.
제국이 아버지의 죽음을 감췄다!

알파드 공의 죽음과 엘리멘탈 프로젝트의 실체.
뒤틀린 진실을 알기 위해 아르미드 남매가 복수의 칼을 들었다!

dream books
드림북스

천극의 서
天極之書
2010년 무협계가 주목한 작가
권인호 신무협 장편소설
권인호 신무협 장편소설
일류가 삼류에게 패하는 강호 초유의 사태.
모든 것은 한 소년이 쓴 무공서에서 시작됐다!
재미 삼아 쓴 23권의 얼치기 무공서.
세상에 나타나자마자 천하 무림에 파란을 일으키다!
dream books
드림북스

이환 판타지 장편소설

FANTASYSTORY & ADVENTURE

숲의종족 클로네

『은빛마계왕』, 『정령왕 엘퀴네스』의 작가!
이환이 그려간 신비로운 숲의 종족 클로네!

태곳적부터 이어온 클로네와 마물족 간의 대결.
그리고 그에 얽힌 세계의 종말에 관한 비밀!

세계를 구하려면 클로네의 비밀을 찾아야 한다.
운명의 아이, 세이가 그 끝 모를 모험에 뛰어든다!

dream books
드림북스